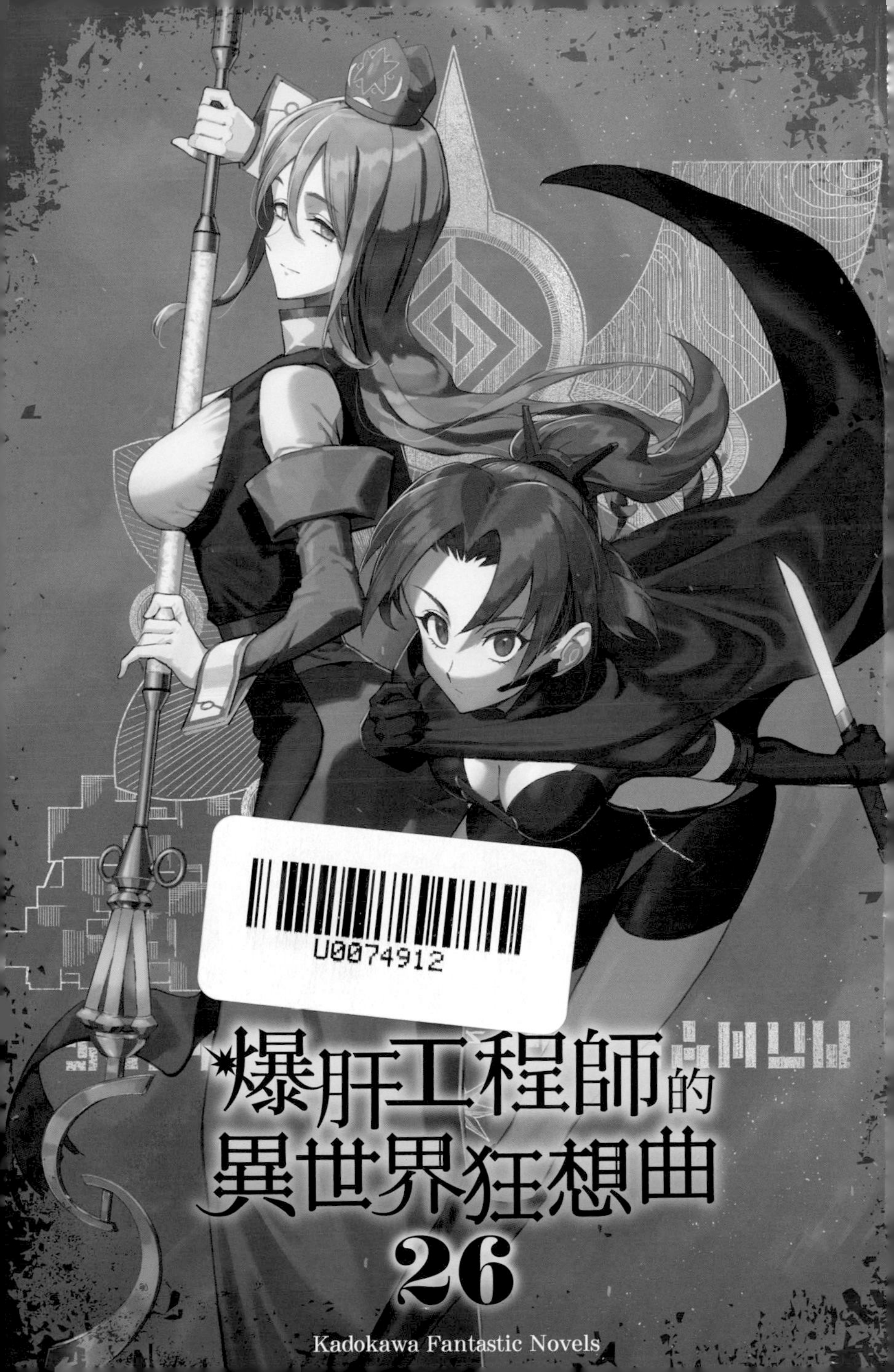
爆肝工程師的
異世界狂想曲
26
Kadokawa Fantastic Novels

賽拉
特尼奧神殿巫女。
佐藤
闖進異世界的三十歲左右
程式設計師。
亞里沙
前庫沃克王國公主，
前世為日本人。
戴金色假髮變裝中。
蜜雅
喜歡音樂的寡言精靈。
娜娜
面無表情的魔造人。

露露
出身於
庫沃克王國，
亞里沙的姊姊。
波奇
犬耳族少女。
小玉
貓耳族少女。

「恭喜妳，莉薩。」
「謝謝您，主人。」
莉薩這麼說著，
將臉頰湊近捧花露出了夢幻般的微笑。
莉薩
橙鱗族少女。

爆肝工程師的異世界狂想曲

26

★★★

愛七ひろ

Death Marching to the Parallel World Rhapsody

Presented by Hiro Ainana

Kadokawa Fantastic Novels

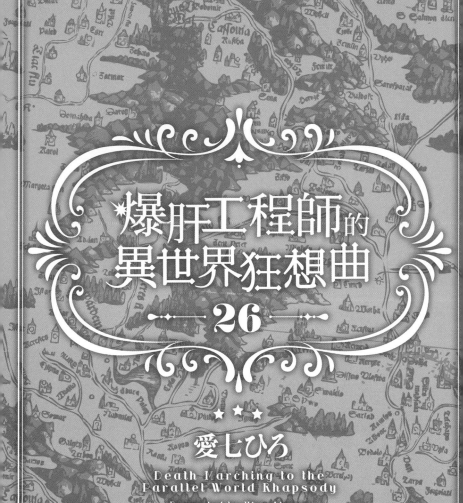

插畫／ｓｈｒｉ

CONTENTS

Death Marching to the Parallel World Rhapsody 26

被捲入的日本人

「我是佐藤。根據種類不同，故事存在依照固定流程和發展，被稱作「套路」的東西。當然，也有刻意反其道而行的形式，所以不能大意。」

「小光光，看那裡！」

原為日本人轉生者的亞里沙甩動淡紫色的頭髮精神飽滿地說。

她所指的前方，有著聖骸巨神和雲巨人小孩們一同玩耍的身影。

之前和聖骸巨神道別時，他應該為了自我修復而進行石化了，如今石化似乎已經解除。

「……空踏。」

小光見到聖骸巨神的那副模樣，感動到說不出話來。

黑色長髮遮住她低下頭的表情。

『啊——！小小的人來了！』

『是娜娜——！來玩吧——！』

雲巨人小孩們看見我們之後，興高采烈地跑了過來。

雖然他們看似天真無邪，超過二十公尺的龐大身軀接近相當有魄力。

「主人，我想去跟高大的幼生體玩，我這麼報告道。」

儘管面無表情，語氣卻難掩興奮向我要求允許的，是金髮巨乳的娜娜。

外表像個高中生的她，其實是個只有一歲的魔造人，因此比現場所有人都還要稚嫩。

『咦～？有好多娜娜！』

「「「幼生體！我們是娜娜的姊妹，我們這麼報告道。」」」

今天娜娜和她的七個姊妹一起來了。

雖然她們的長相跟娜娜一樣，由於髮型不同，分辨起來很簡單。

「波奇也要一起玩喲！」

雙手高舉擺出姿勢如此宣言的，是留著茶色鮑伯短髮的犬耳犬尾幼女波奇。

聽見她天真無邪的發言，雲巨人的孩子們也高興地發出歡呼。

「小玉也要一起來喲！」

「系系系～？」

受到波奇邀請，留著白色短髮的貓耳貓尾幼女小玉用獨特的口吻回答。

擔任斥候的她在抵達碧領後就一直豎起耳朵聆聽周圍的聲音搜索敵人。

——ＬＹＵＲＹＵ。

此時小型的幼龍溜溜從跑出去的波奇胸前冒了出來。

「是溜溜喲！溜溜也要一起玩喲！」

——LYURYU。

平時溜溜都在波奇持有的「龍眠搖籃」裡沉睡，但牠似乎受到波奇快樂心情的影響醒了過來。

『蜜雅，演奏音樂吧。愉快的那種。』

「嗯，交給我。」

在雲巨人女孩的要求下，精靈族幼女蜜雅從妖精背包裡拿出魯特琴。

或許是覺得會妨礙演奏，蜜雅將綁成雙馬尾的藍綠色頭髮撥到背後。

由於將頭髮撥到身後，她那精靈族特徵的微尖耳朵露了出來。

『露露、露露，烤肉串，要很多。』

受到貪吃鬼男孩提出要求的，是身為隊伍廚師廚藝有顯著進步，有著黑色長髮的超級美少女露露。平時的她就擁有堪稱傾城的美貌，要是像這樣毫無防備地露出微笑，別說是城堡了，就連國家都會為之傾倒。

「可以啊。烤好之後我會去叫你們，在那之前就去跟大家玩吧。」

『知道了！我去玩了！』

貪吃鬼男孩跑向大家正在遊玩的地方。小孩子總是很有精神。

「露露，一個人烤很辛苦，我也來幫忙吧。」

用凜然語氣說要幫助露露的，是橙鱗族的莉薩。在白銀色鎧甲的包裹下，看不見她尾巴和手背上的橙色鱗片。

她和道謝的露露一同往巨大房子裡的廚房走去。

『──救世主大人。』

將我稱作救世主的，是寄宿在聖骸巨人裡的雲巨人「空踏」。

他數百年前在古代孚魯帝國和魔王率領的歐克帝國戰爭中失去了許多同族，深陷絕望而自暴自棄。我和特尼奧神殿的巫女賽拉拯救了他，在那之後他就用救世主來稱呼我。

『叫我佐藤就好了。』

『那可不行。考慮到吾等同胞受到的恩惠，不可隨意直呼名諱。』

他似乎是個一板一眼的人。

「……空踏。」

『這個女孩是──難不成是勇者希嘉．大和嗎？』

──咦？聖骸巨神跟小光應該在王都見過面了吧？

「果然，那時候你沒注意到我呢。」

『失控的時候嗎？抱歉，我沒有印象。』

當時因為企圖謀反的夏洛利克第三王子的緣故，從遺跡被挖出來的聖骸巨神在王都陷入了失控。

「那種事無所謂了。比起這個，對不起喔。我明明保證不會讓任何人打擾你沉眠……」

『沒關係。拜此所賜，我才能和救世主大人相遇，並像這樣見到同族的孩子們。』

「……嗯。恭喜你，空踏。比起道歉，我應該先祝賀才對，真的恭喜你。沒想到孩子們居然會隱居在碧領裡。」

聖骸巨神和小光愉快地看著嬉戲的孩子們。

『這一切都是託救世主大人的福。』

「這樣啊。謝謝你，一郎哥。」

這次聖骸巨神和小光開口向我道謝。

「只是剛好運氣好罷了。」

我並非刻意去找，而是孩子們主動發現這座都市跑來玩，被我遇到了而已。

講到這裡，我突然想起該做的事。

「對了，我回收了在王都被打倒的聖骸隨從殘骸，該怎麼處理比較好？」

由於聖骸隨從是將聖骸巨神當作母艦，類似艦載機的存在，因此我詢問他該如何處理。

它們作為第三王子的手下在王都大肆破壞，所以被夥伴們和希嘉八劍為首的王國軍給打倒了。

『想怎麼處置都無所謂，如果要返還，那麼我就回收吧。』

「有地方能用嗎？」

在一旁守望事情發展的亞里沙開口詢問。

『如果是半毀程度，亞空間萬納庫裡的自動修理機構會把它們修復好。就算全毀也應該能加以分解，作為零件和素材再次利用。』

根據聖骸巨神的說法，為了能在無補給的情況下作戰，裡面似乎充滿了孚魯帝國技師們的智慧結晶。

「有幾隻好像被送去希嘉王國的王立研究所了，這樣沒關係吧？」

『無所謂。就如救世主大人所願。』

如果聖骸巨神要求取回，我打算透過小光讓國王下達命令，可是似乎沒有這個必要。

「對了，一郎哥，可以在這座都市的某個地方建一座靈廟嗎？」

「靈廟？」

「嗯，我想讓王子裝備的聖骸動甲冑在那裡沉眠。」

小光似乎回收了王子原來裝備的聖骸動甲冑。

『希嘉．大和啊，不需要那麼做。我想那傢伙更希望能與妳同在喔？』

「是這樣嗎？」

『嗯。雖然他似乎已經失去對話能力，作為彼此都是捨棄肉體變成這副模樣的同類，我能些微感受到那傢伙的心意。』

「我明白了，我會與它同在，不會再帶它上戰場。」

小光將手放在胸前默默地祈禱。

那或許是獻給共同跨越諸多困難的戰友的祈禱也說不定。

◆

「太好了，據點似乎平安無事。」

守望小光和聖骸巨神重逢之後，我和亞里沙一起來到建於碧領之中的葛延先生據點觀察情況。

原本擔心的犯罪奴隸部隊紫隊也沒有引發叛亂，營地似乎順利地運作著。這也是多虧了葛延先生的人望吧。要是我們多管閒事整理好的據點環境能幫上忙就太好了。

「進展到什麼地步了呢？」

「還在鞏固陣地的階段喔。他們現在似乎正在調查四周的土地。」

雖然王國的最終目的是解放碧領，葛延先生他們接收到的目標是調查前往最近都市遺跡的道路。

話雖如此，王國方也很清楚不可能一步登天，因此首先第一階段就是重新確保據點，讓那裡能夠隨時使用。

「不派出飛空艇和飛龍騎士嗎？在空中調查不是比較輕鬆嗎？」

「畢竟碧領也有很多飛行系的魔物嘛。」

飛空艇就不用說了，就算是一騎當千的飛龍騎士，被大量的飛行系魔物纏上也很危險。因此應該不會做出會讓貴重的飛空艇或飛龍騎士遭受損害的行動。

「調查就是派遣擅長的人出發前往都市遺跡嗎？」

「要是不設置中繼點就派人出去，不是中途死掉，就是會假裝迷路逃走吧？」

因為紫隊的成員大多是重刑犯，而且除了葛延先生之外幾乎都對王國沒有忠誠心嘛。

「他們暫時會一邊製作地圖，一邊尋找能建立中繼點的地方吧？」

我想應該會採用每隔一段距離建立中繼點，逐漸前往深處的調查形式。

「只要花上幾年，就能抵達最近的都市遺跡——碧七都市吧。」

「可是，如果發現切開碧領樹海抵達的都市已經遭到解放，想必會很失望吧。」

亞里沙一臉擔心地說。

「沒問題喔。我打算在他們抵達碧七都市之前放棄資格，只會把城市裡的魔物狩獵乾淨，不會做其他事情。」

畢竟要是成功解放都市，葛延先生說不定會得到特赦，變得再次能跟家人一起生活也說不定。

「這樣好嗎？」

「我又不想當王，還是交給願意再次利用的人比較好吧？」

「說得也是呢。畢竟機會難得，如果出現強大的敵人擋在都市解放戰線面前，感覺會很有趣呢！」

「確實。我會事先找個適合的對象。」

儘管只要拜託黑龍赫伊隆之類的傢伙，牠應該就會開心地答應，但我只能聯想到出現犧牲者又傷亡慘重的未來，因此決定作罷。碧領裡有很多適合的魔物，從中挑選出剛好能當成試煉的魔物帶過去就行了吧。

雖然有一半是開玩笑的，我認為擊敗強敵取得勝利比較有成就感嘛。

「話說回來，那個日本人小孩該怎麼辦啊？」

「日本人小孩是指真嗎？」

在第三王子謀反的事件後，我認識了一個日本人。

真是由賽拉的姊姊，原本擔任勇者隼人隨從的「天破的魔女」琳格蘭蒂小姐帶來，出身於日本的男國中生。

「我會依照要求，試著介紹他跟葵和唯兩人見面。」

「我覺得就算跟他們見面，那個自大的小鬼也不會有任何改變就是了～」

亞里沙嘆著氣說，使我回想起自己和真相遇的過程。

平息失控的聖骸巨神後，琳格蘭蒂小姐出現在返回王都的我和賽拉面前。

正當我守望著走下飛空艇的她和賽拉交流的時候——

◆

「哇，好漂亮的美女！」

我順著毫不客氣的聲音看了過去，發現有個年紀大約是國中生的黑髮少年，正瞪大眼睛看著**露露**。

沒錯，他看著大陸上所有人都當作醜女的露露。

「琳格蘭蒂大人，他該不會是……？」

「是的，這孩子是——」

琳格蘭蒂小姐對少年招了招手，向我們介紹了他。

「這孩子叫做真，是透過勇者召喚儀式前來，來自勇者之國『日本』的少年。」

我由於在意這種不符合她風格，拐彎抹腳的說話方式而確認了一下，發現真並不是「勇者」，而是擁有「被捲入的異世界人」這個稱號。等級是一位數，沒有技能，當然也不具備勇者或轉生者那樣的獨特技能。之所以能夠溝通，似乎是使用了翻譯戒指。

「琳格蘭蒂大人——」

在我叫住她打算詢問真是否並非勇者的事情前，琳格蘭蒂小姐用食指抵住了我的嘴巴。

「之後我會去你家玩。」

她這麼說著並拋了個媚眼，便帶著真搭上馬車前往王都了。

我們日復一日地協助第三王子謀反的善後工作，或是進行賑濟及提供物資給避難所。救災活動之類的工作已經由小光率先進行，因此我們負責後勤。

琳格蘭蒂小姐則在隔天上午來訪——

「露露泡的茶果然很好喝呢。」

「顏色真怪的茶——好燙！」

在優雅地用白瓷茶杯喝茶的琳格蘭蒂小姐身邊，真打算一口氣喝下剛泡好的藍紅茶，卻被溫度嚇了一跳而把茶撒在桌上。大概是一直盯著露露看，以至於沒注意到吧。

露露連忙拿出手帕，但立刻被守在王都宅邸的女僕制止，接著她代替露露擦拭沾在真衣服上的茶水，另一位女僕則清理了桌子。

「呿，比起這個大嬸，還是那個美女幫我擦比較好。」

真的話語使得房間的氣氛產生了變化。被叫成大嬸的女僕雖然表情一成不變，眼神明顯沒有笑意。

順帶一提，她的年紀還只有二十出頭，用大嬸稱呼不得不說很失禮。

「給我住口。」

琳格蘭蒂小姐敲了一下真的腦袋。

「好痛，妳幹嘛啊！」

「發牢騷之前，你應該先為自己的不小心道歉吧？還要對她的失禮發言道歉。」

「咦——把客人弄髒的桌子擦乾淨是服務生的工作吧？」

日本的家庭餐廳或咖啡廳等地方，大多都會提供這種服務，但正常來說都會為造成對方麻煩一事道歉，以及為對方關心自己是否燙傷一事道謝。

「少廢話，快道歉。」

不過嘛，他還是個孩子，感覺這方面大概要從父母或是周遭環境來學習吧？

「……抱歉。」

儘管真還想抱怨，被琳格蘭蒂小姐瞪了一眼就不甘不願地開口道了歉。

因為說的方式含糊不清，感覺應該傳不進女僕們的耳中。

「真是廉價的自尊心耶～是還在叛逆期嗎？」

在我身旁觀望情況的亞里沙開口說。

與其說是叛逆期，我認為應該是青春期吧。

「這小鬼是誰啊？」

「我可不想被小鬼叫做小鬼。」

「妳說什麼！想打架嗎，臭小鬼！」

聽見亞里沙的諷刺，真破口大罵地回嘴。

因為我當成耳邊風所以記不太清楚，但他的詞彙量少到讓人想叫他去看不良少年漫畫好好學習。

「亞里沙，適可而止吧。」

「抱歉，有點小家子氣了。」

我在真激動到想站起來時出手制止。

琳格蘭蒂小姐說著：「你給我去冷靜一下。」真就這麼在女僕的帶領下前往庭院散步。

因為他的言行有點危險，我對他加了標記，透過地圖觀望他的行動。

帶路的女僕跟露露學過護身術，是個有辦法對脫序行為作出相應處置的女性。

「真是的，他的言行完全不像個勇者呢。」

亞里沙意味深長地說。

「那孩子是個來自勇者之國的普通少年喔。」

琳格蘭蒂小姐朝房間裡的女僕們瞥了一眼，於是我示意要她們離開房間。

「也就是他並不是勇者對吧？」

當女僕們全部離開後，我試著直搗核心。

「是的，沒錯。佐藤好像在初次見面時就發現了呢。」

「因為從他身上感覺不出和隼人大人見面時的魄力，或者該說是領袖魅力吧。」

聽我這麼說，琳格蘭蒂小姐露出了贊同的笑容。

「真被捲入了沙珈帝國的勇者召喚儀式。」

「居然還會發生這種事嗎？」

「這似乎是第一次。」

又是個特殊狀況。

真似乎認識被召喚的勇者，對於不是勇者的自己抱持著自卑感，導致和勇者的關係鬧得很僵。

由於他不是自願被捲入，沙珈帝國照料著真的生活，盡可能讓他自由地行動，然而——

「該怎麼說呢，他是個問題兒童。」

讓他帶著護衛和女僕去帝國參觀，結果和市民以及貴族起了衝突；讓他去學習或訓練，別說是三天了，光是三分鐘他就失去興趣逃走。到頭來甚至還對皇族沒大沒小，差點就被關進牢裡。

「也就是說，他是被送來希嘉帝國避風頭的嗎？」

「雖然也有這個用意，主要是真聽說這裡有跟自己同樣遭遇的人，讓他很感興趣。」

「相同遭遇——是指葵和唯嗎？」

聽我這麼問，琳格蘭蒂小姐點了點頭。

葵少年和唯是受到盧莫克王國召喚的日本人。

「嗯，沒錯。他們現在在王都對吧？」

「葵和唯都很有精神地在工作喔。」

由於琳格蘭蒂小姐開口確認，我便將兩人的近況說了出來。

「咦？他們在工作嗎！」

散步回來的真驚訝地叫了出來。

「剛剛提到的兩個人年紀跟我一樣對吧？居然會讓未成年工作嗎！」

「這裡不是日本喔。會上學的孩子數量本來就少，也沒有基於年齡的就業限制。」

亞里沙回答提出抱怨的真，語氣有點冷淡。

「為什麼啊！讀書是小孩子的工作吧？」

「勇者們的國家真不錯呢。我希望將來希嘉王國也能成為一個讓孩子們上學是理所當然的國家。」

這種說法聽起來很像在吹捧日本，不過這是我的真心話。

儘管目前還只在迷宮都市的探索者學校和私立孤兒院進行嘗試，對文字和算術有興趣的孩子比預料中還要多。

現在只有讓私立孤兒院的孩子們前往王立學院的幼年學校留學，但是將來我打算擴大對象。當然，這麼一來事務工作和挑選會很麻煩，我打算委託能夠信賴的外部知識分子負責。

「你在耍我嗎？」

「不，很遺憾，目前勇者大人國家的常識，在希嘉王國並不適用。」

我對咄咄逼人的真解釋自己這麼說的用意。

「而且，葵和唯都是基於自己的意志找出自己想做的事，並朝著將來努力喔。」

「更何況，日本也有很多年紀輕輕就在工作的人吧？」

「才沒有呢。」

「就說有了呀。像是童星、學生作家或是學生漫畫家之類的。」

「雖、雖然妳說得沒錯啦！那不都是擁有某些才能的傢伙嗎！」

「才沒那回事喔。還有在影片網站獲得收益的學生或創業的小學生。大門其實對任何人敞開，差別在於是否能不害怕失敗，踏出那一步而已。」

失敗才是正常的，或者說一次就成功的例子還比較罕見。我認為正是因為能吸收失敗的經驗，不放棄堅持走下去，才能夠掌握勝利。

話雖如此——

「亞里沙，話題偏掉了。」

「抱歉、抱歉。總而言之，葵和唯是基於自己的意志在工作喲。」

亞里沙跟我道歉後，再次把最重要的事告訴真。

「為什麼要工作啊？反正只會被有錢人壓榨而已……」

「要問問看本人嗎？」

青春期就是會一一反駁成年人的意見，不過同齡對象的話或許就會坦率地聽進去吧。

「我知道了。」

亞里沙說出「高高在上」之類的話抱怨著，不過讓她說下去事情會變得複雜，於是我迅速摀住了她的嘴。

「佐藤，不好意思，可以拜託你安排見面嗎？」

「好的，請交給我吧。」

畢竟是為了幾乎算同鄉的孩子，這種程度不過是小事一樁。

◆

「先找同性應該會比較好聊吧。」

在接受琳格蘭蒂小姐委託的第三天，也就是在碧領讓聖骸巨神和小光見面的隔天，我一大早就帶著真前去拜訪葵少年。

當然，琳格蘭蒂小姐也一起同行。潔娜小姐受到上司傳喚返回聖留伯爵邸了，因此沒有其他同行者。

「女僕咖啡廳？」

「哦～這個嗎？」

聽見真的喃喃自語，琳格蘭蒂小姐感到稀奇似的說。

「他的工作地點經常要處理機密情報，所以約好在這裡見面。」

雖然也可以借用越後屋商會的會議室，在密室見面有可能會被懷疑與沙珈帝國有所勾結，於是便這麼安排了。

而且挑在這種地方，宰相大人的間諜應該也方便收集情報嘛。

「咦？是少爺耶！」

「妮爾小姐，今天妳在這裡工作嗎？」

剛走進女僕咖啡廳，在越後屋商會工作的紅髮少女妮爾隨即吃驚地叫了出來。

她原本應該在本店做事，今天似乎來咖啡廳幫忙了。像她這種既有精神又開朗的女孩子，在女僕咖啡廳感覺也很受歡迎。

「沒錯！一共三位對吧。我帶您去ＶＩＰ包廂吧～」

「不，我今天跟人約好在這裡見面。葵來了嗎？」

「小葵的話，不久前就在裡面等了喲。」

妮爾說著：「這邊請——」為我們帶路。

周圍的女僕們紛紛說著：「是少爺耶！」「好漂亮的美女～」「難道是琳格蘭蒂大人？」騷動了起來。客人們也交頭接耳地說：「弒魔王者。」「是潘德拉剛子爵。」「是琳格蘭蒂大人！」吵成一團。

因為覺得無法好好說話，跟葵少年簡單打過招呼後，我們便決定移動到ＶＩＰ包廂裡。

「初次見面，我叫做葵・春賀。」

「……小遙（註：「遙」和「春賀」的日文發音相同）……好可愛。」

真直到剛剛都還用色瞇瞇的表情盯著路過的巨乳女僕，看見葵少年那宛如美少女的面容後，臉頰紅了起來。

剛剛那大概是無意識的自言自語吧。

儘管很容易忘記，葵少年的嗓音很尖銳，渾身上下充滿了能在「偽娘」這個類別中拔得頭籌的美少女氛圍。

「那個，雖然外表長成這樣，但我是個男生。另外，『春賀』是我的姓氏。」

葵少年帶著苦笑說。

「男生？真的嗎？」

「沒錯，是真的。」

葵少年這麼說著，拉開胸口露出自己平板的胸部。

真的臉頰變得更紅了。青春期的少年還真難懂。

「請問要點什麼呢？」

妮爾一邊進行著在桌上放置溼毛巾和冷開水等越後屋的著名服務，一邊幫我們點餐。

當然，這種類似日本的服務是由顧問亞里沙提議的，蒂法麗莎也說這項服務頗受好評。

「沒有菜單嗎？女僕咖啡廳除了蛋包飯以外還有什麼啊？」

真擺出傲慢的態度詢問妮爾。

「菜單在這裡。如果看不懂，我可以幫忙唸喔。」

「不需要啦！」

妮爾親切地對看不懂文字感到困擾的真提議。或許是對此感到羞恥，他一臉不悅地別過頭去。

透過翻譯戒指理解話語的真當然看不懂希嘉王國的文字，只能乾瞪著菜單無法點菜。

我用手勢告訴不知所措的妮爾不用在意，決定由我試著開口提議：

「這裡有簡餐套組，我們就點那個吧。你要喝什麼飲料呢？」

「我要咖啡，黑咖啡！」

見話題轉到自己身上，真露出得意的表情說。他是個情緒起伏很大的少年。

這麼說來，國中生之類的人總是執著於點黑咖啡來追求地位呢。

豆子雖然有很多種類，他似乎沒有特別中意的品項，因此我推薦了適合大眾的混合豆。

「咖啡？那種苦澀的泥水就不必了，我要藍紅茶。」

琳格蘭蒂小姐似乎是紅茶派。

葵少年也點了藍紅茶，我則決定配合真點咖啡。儘管除了疲勞以外我都不會加砂糖和奶精，這次由於覺得真會搞砸，我便向妮爾要求加上砂糖壺和奶精罐。

就在還沒自我介紹的琳格蘭蒂小姐正在向葵少年自我介紹時，一個裝有輕食的蛋糕架和飲品被送了過來。動作相當迅速，似乎比其他桌的餐點還要優先製作的樣子。

「哦～感覺挺時髦的嘛。」

嘴上雖然這麼說，真的視線一直盯在前來送餐的女僕們胸口上。

「我對咖啡可是很挑剔的。」

他這麼說著喝了一口黑咖啡。

不出所料，他被咖啡的溫度和苦澀嗆到，因此我默默將砂糖壺和奶精罐推到他面前。因為他一個人大概不好意思使用，我也將砂糖和奶精加進咖啡裡。

——好甜。

「那麼今天有什麼事嗎？」

葵少年一邊歪頭不解地看著真的反應，一邊向我詢問來意。

約葵少年的時候，為了不讓他抱持先入為主的觀念，我只跟他說：「有個從日本被召喚過來的少年，希望你來跟他見個面。」

「真的遭遇——」

「我聽說了。他跟我和小唯一樣，是從地球被召喚過來的人對吧？」

葵少年回答琳格蘭蒂小姐的問題。

「你也被捲進了勇者召喚儀式嗎？」

「不，不是的。我是被某個小國召喚的。」

葵少年在隱瞞盧莫克王國名稱的前提下說明。

「真的假的？異世界果然很差勁，每個國家都在當綁架犯。」

「我無法同意你的發言。沙珈帝國的勇者召喚只會得到對方同意之後才進行召喚。」

「我可沒有同意喔！」

「沒錯，你那狀況是不幸的事故。」

面對激動的真，琳格蘭蒂小姐冷冷地說著。

真貶低勇者召喚的發言似乎讓她不高興。

「你是意外被召喚的嗎？那還真是倒楣呢。」

葵少年用關心的語氣說。

「你——遙也是意外被召喚的嗎？」

「與其說是意外，我比較像是被隨機召喚的感覺吧。似乎是偶然待在門打開的地方，就被召喚過來了。」

葵少年說明自己來到這個世界的狀況。

「不會吧！那不是太倒楣了嗎！」

「也有人因為打雷或交通事故死亡，就算生氣也無濟於事吧？」

「不對——！要是不讓綁架犯做出相當的補償就太不划算了！」

真站起身喋喋不休地說。

「補償已經結束了喔。召喚我的人已經死了，他的家人在我能夠獨立之前，也給了我許多支援。」

「獨立？你還只是小學生吧？」

「小學生？你是指幼兒園嗎？」

「再怎麼說也不是幼兒園吧？」

「教育制度不同呢。」

「你在說什麼啊？」

真似乎不明白葵少年想表達的意思。

「真，葵來自跟你不同世界的日本——是大倭豐秋津島帝國出身喔。」

「不同世界的日本？」

或許是不知道平行世界這個概念，他露出一副無法理解的表情。

「雖然話題有些偏掉了，我的年紀是十一歲。儘管距離元服還有點早，對武家來說並不是什麼稀奇的事。」

以前我就覺得葵少年年紀輕輕卻很成熟，看來是生長的環境不太一樣。

「元服？還有武家？哪來的時代劇啊？」

真說著：「簡直莫名其妙～」懶散地向後靠著椅子，將頭後倒在椅墊上。

「你在做什麼工作？」

「在越後屋商會協助博士們，以及開發魔法道具。」

琳格蘭蒂小姐代替放棄思考的真，向葵少年詢問。

「魔法道具？」

「是的。我打算把原本世界的家電——方便的用品透過魔法道具的方式重現。」

「咦？真的嗎？居然是個野生的天才。智慧型手機呢？有智慧型手機嗎？」

葵少年的發言引起了真的注意。

「沒有。畢竟製作積體電路的門檻太高了。」

希嘉王國應該也有相當於真空管或電晶體的魔法技術才對，不過那個不僅魔力消耗十分劇烈，體積還大得要命。雖然不能把精靈的技術傳授出去，下次以庫羅身分見面時就給他一點提示吧。

「居然沒有喔——」

真感到失落。

「跟他一起被召喚的，是他認識的人嗎？」

「是的，似乎是他的前輩和**同協**。」

前輩和同學，也就是說這次召喚的勇者有兩人以上嗎？

「那就不要緊了，只要有能夠交談的對象就沒問題。我也是因為有小唯和殿下陪伴，才沒有得思鄉病。」

葵少年看來很擔心真的遭遇。

不過真這個當事人似乎對葵少年失去了興趣，眼睛一直盯著從ＶＩＰ座位附近經過的女僕們俏麗的身影。該說他自我中心還是我行我素呢，總之是個沒有責任感的少年。

「各位也要去見小唯嗎？」

「之後預計會去她的美甲店一趟。葵也要來嗎？」

「是的！畢竟我還沒去祝賀小唯開店，想久違地去見個面。」

「小唯是女孩子嗎？可愛嗎？」

面對真失禮的問題，葵少年顯得有些掃興。

「這個嘛，我認為應該算可愛。」

「這樣啊！啊——不過小學生就算可愛也沒轍呢。」

「小唯的年紀跟你一樣喔。」

「好！那我們走吧！」

真拉住葵少年的手站起來。

我幫助被粗魯對待而感到疼痛的葵少年拉開真的手，帶著琳格蘭蒂小姐一起離開店裡。

「咦？您已經要回去了嗎，少爺？」

「下次再來慢慢打擾吧。」

我向依依不捨的妮爾道歉，結帳離開店裡。

雖然店長說看在我的面子上可以免費招待，被特別對待也不太好，所以我還是付了錢。

或許是對此感到不可思議，真露出疑惑的表情逼問我：

「你是什麼人啊？」

「應該算是琳格蘭蒂大人的朋友吧？」

「別給我裝傻！我不是在問這種事！」

為了不嚇到真，我刻意沒有提及自己的爵位和稱號，但這似乎惹怒了他。

「給我就此打住。他是『弒魔王者』，是跟上一任勇者隼人一起討伐魔王的劍豪喔。」

「我只是協助隼人大人而已。」

雖然我立刻訂正，琳格蘭蒂小姐只是面帶苦笑地帶過。

「這種瘦弱的傢伙？魔王很弱嗎？」

「怎麼可能會弱啊？牠可是將隼人和我們逼到差點全滅的對手。牠的實力強到如果是出現在這裡，就算是希嘉王國的王都也會在轉眼間毀滅。」

「——可以不要擅自毀滅我國嗎？」

聽見插嘴的聲音回頭一看，眼前是一位跟琳格蘭蒂小姐不分軒輊的美女。

「好久不見了，密娜。」

琳格蘭蒂小姐語氣輕鬆地向「槍聖」赫密娜小姐搭話。

「真是的，既然來到王都，至少來我家或者聖騎士團駐紮地露個臉吧？」

今天赫密娜小姐並非平時的鎧甲裝扮，而是聖騎士的制服。女性的制服似乎是長裙。

「一到這裡就在勾引佐藤嗎？」

赫密娜小姐從身後抱住我，隔著我的肩膀牽制琳格蘭蒂小姐。

高尚的香水氣味和背後的柔軟觸感實在太棒了。

「咦？那個孩子是誰？佐藤的同鄉嗎？」

赫密娜小姐看向葵少年和真。

葵少年機靈地向赫密娜小姐打了招呼，真則被赫密娜小姐的美貌給吸引。

「有點內情。妳就別追問了。」

「是嗎？那就算了。作為代替，今晚來陪我吧。我拿到了比斯塔爾的好葡萄酒。」

「可以啊。我也會帶沙珈帝國買到的名酒過去。料理可以拜託佐藤嗎？」

「沒問題喔。我之後會送過去。」

既然是美女的請求，區區外送我很樂意服務。

「當然，你也要來喔。」

赫密娜小姐邀請我。

儘管是難得的邀請，我不想妨礙老朋友重逢，此時就忍痛拒絕吧。

「我也要！我也想去！」

真不識時務地大喊出聲。

赫密娜小姐看著真的眼神，變得像在看無機物一樣。

「琳，妳們接下來要去哪裡？」

「是叫**美甲店**嗎？」

赫密娜小姐似乎想裝作沒聽見真說的話。

由於琳格蘭蒂小姐向我確認，我便告訴她接下來將會前往唯擔任店長的赤崎美甲店。

「哎呀，目的地一樣呢。」

「那麼就一起去吧。」

琳格蘭蒂小姐和赫密娜小姐開心地聊著天邁開步伐。

真雖然想設法加入話題，卻被兩人澈底無視，最後只能放棄。

「歡迎光臨，佐藤先生！」

來到美甲店之後，唯出來迎接我們。

「這不是葵嗎！你過得好嗎？」

「好久不見，小唯。我過得很好喔。」

受到盧莫克王國召喚的兩人久違地慶祝重逢。

此時真失禮地介入兩人之間。

「唯唯！妳是偶像唯唯對吧！」

「咦？你是哪位？」

唯顯得很畏縮。

「他是真，是跟你們一樣從日本被召喚過來的少年。」

「啊啊！這孩子嗎！難不成他就是第八個人嗎？」

唯口中的「第八人」是受到盧莫克王國召喚的最後一個人，召喚之後就立刻被魔族擄走了才對。

「第八人沒錯。我就是第八人。」

真作出配合唯一般的發言。

由於他是在沙珈帝國的勇者召喚被捲入的，不可能是被盧莫克王國召喚的第八人。

「真！」

琳格蘭蒂小姐連忙制止真。

「跟陸學長、海學長以及芽衣子他們不同，只有我不是勇者。」

「勇者？你在說什麼？」

唯露出困惑的表情詢問葵少年。

「慢著，琳！意思是沙珈帝國召喚了七名勇者嗎？」

赫密娜小姐吃驚地問。

「是的，沒錯。不好意思，在沙珈帝國正式派出使者之前，可以請妳保密嗎？」

「儘管身為公務員不能這麼做……不過算了，就賣妳一個人情。佐藤也沒關係吧？」
由於我不想捲入希嘉王國和沙珈帝國的政治鬥爭，因此老實地點了點頭。
「唯，真和被盧莫克王國召喚的第八人不是同一個人。」
「這樣啊。我還以為終於知道他的下落了，原來不是呢。」
「這麼說來，聖留市好像有類似日本人少年的目擊情報喔。」
約翰把名為聖留炸物的可樂餅推廣了出去，我將這件事情告訴唯。
「哦～那還真想見個面呢。」
「王都附近也有人親眼目睹到，如果有緣就見得到面啦。」
小光和娜娜姊妹們說過她們曾經在鄰近王家直轄地的傑茲伯爵領見過他，我認為他應該來到王都附近了。
「站著說話也不太好，我帶你們去會客室吧。」
唯這麼說著，帶領我們來到會客室。雖然赫密娜小姐也想跟過來，卻遭到琳格蘭蒂小姐提醒，便依照預定前往了美甲施術區域。
「哦～被捲入了召喚儀式啊？」
「就、就是這樣，唯唯。」
「雖然你剛剛也這麼說過，唯唯是什麼啊？」
「妳問什麼，是暱稱啊。妳是偶像唯唯對吧？」

「我的確當過偶像，但從來沒被人叫過唯唯喔？」

「咦？妳在電視上不是被這麼稱呼嗎？」

唯跟真說的話牛頭不對馬嘴。

「呃……那是不同的日本吧？小唯是來自南日本聯邦吧？真先生來自哪裡呢？」

「南日本聯邦？那是什麼？首都在大阪或京都嗎？」

「首都在西東京喔。你來自哪裡呢？」

「就、就是日本啊。沒有南北區別的日本。」

看來唯在真所在的日本也是以偶像身分存在的樣子。

「哦～沒有南北之分的日本啊？那裡一定很和平吧～」

「和平？雖然沒有戰爭，卻是個爛透了的地方。我老爸是個超級差勁的混帳，留下一屁股債就消失了。老媽在我小時候就對老爸失望透頂，跟別的男人跑了。沒有任何人想收留我這種小鬼，所以我被親戚們拋來丟去，無論到哪裡我都是個礙事的傢伙。」

真開始講述他從未跟人提過的身世。

說著說著他逐漸激動起來。與之相反，唯的眼神逐漸失去溫度。

「哦～？你希望我同情你，說你很可憐嗎？」

「——誰要妳同情啊！」

真激動地站了起來。

我迅速壓制打算對唯動手的他。

「放開我！」

等級三百一十二的力量可沒低到會被一個無力的國中生甩開的程度。

或許是對我文風不動的手感到畏懼，他抬頭看了我一眼，隨即低頭放鬆力道。

就算是青春期，他的情緒也太不穩定了。或許他需要一位能真心協助他的心理輔導師。

「冷靜下來了嗎？」

聽我這麼問，真含糊不清地回答。

「我的說法是不是有點壞心眼呢？」

唯對真這麼說完，隨即向他說聲：「對不起喔。」開口道歉。

真就像在鬧脾氣似的別開了視線。

「妳也是。」

「什麼？」

唯對真的低聲嘀咕給予反應。

「妳也在工作嗎？就像那傢伙一樣。」

「那傢伙是指葵嗎？當然，我也在工作喔。畢竟我是這間店的店長嘛。」

或許是沒聽見我在來到美甲店之前和琳格蘭蒂小姐她們的對話，聽唯這麼說完，真顯得很意外。

「雖然達令說我不用工作也沒關係，在家裡等著達令回家不符合我的個性嘛。而且，我在另一邊的世界也是以偶像身分工作，在這裡的美甲工作也是很久以前就想嘗試的，看見客人變多我很開心喔。」

看唯笑著這麼說，真彷彿見到某種耀眼的東西般轉過身去。

「為什麼……」

真喃喃自語地說。

「為什麼妳能夠接受這種差勁透頂的狀況啊！這可是綁架喔，綁架！」

「啊——你是用這種方式看待啊～我跟葵那時候不是刻意被召喚，只是我們剛好在傳送門開啟的地方而已，所以狀況有點不同也說不定——」

唯以此作為開頭繼續說下去。

「這裡跟日本不同，不存在能保護我們人身安全的人權和法律。」

如果讓我替這個世界的人辯護，他們雖然沒有原本世界那種人權意識，還是有尊重人命的觀念。縱使較為淡薄，且法律也依地域有所不同，但確實存在。在小國或地方領主那裡，法律雖然會被隨意曲解，即使在原來的世界裡，根據國家不同應該也會發生同樣的事。

「我不會要你忘記悔恨和辛酸，也不會要求你原諒他們——」

唯以此為前提繼續說：

「但我認為與其一味任由感情驅使，還是先穩固自己的立場比較重要喔？」

「不過是個女人，說什麼教啊！」

真激動地站了起來，朝著會客室外頭跑了出去。

雖然暗地裡有沙珈帝國諜報機構的人們守望，我認為應該不要緊，不過還是姑且加強掛在真身上的標記顯示吧。

「抱歉，我有點說過頭了。」

「沒那回事。謝謝妳站在同樣的立場告誡他。」

琳格蘭蒂小姐回應唯的道歉。

「那個，佐藤先生，不去追他真的好嗎？那個人不熟悉這塊土地吧？」

人很好的葵少年很擔心真。

「說得也是，在他迷路之前先去追他吧。」

儘管覺得不要緊，要是放著不管，他感覺會鬧彆扭。

作為幾乎是同鄉的年長者，還是去保護青春期的少年吧。

我對葵少年和唯說了句：「今天謝謝你們。」之後便和琳格蘭蒂小姐一起去追真了。

◆

「真是的，為什麼那孩子會那麼衝動呢？」

「雖然我認為他確實很情緒化，對那個年紀的少年來說，這樣很正常喔。」

環境突然變化也是原因之一，但學長姊和班上同學都被賦予了作為勇者的力量，只有自己被排除在外會稍微感到氣餒很正常。

「可是，剛剛那些孩子就很穩重吧？」

「那些孩子比較特別。」

因為沒有比較對象才沒發現，無論是葵少年還是唯都非常獨立自主，以這個年齡來說相當罕見。

「是這樣嗎？」

琳格蘭蒂小姐微微地偏了偏頭。

由於她也很優秀，身邊又盡是一些菁英人士才對，似乎無法理解這種普通少年的想法。

「我在他那個年紀的時候，各方面也很不穩定喔。」

「說是像他那個年齡，佐藤跟他只差了兩歲左右吧？」

對喔，我現在的身體好像是十六歲。

「是出外旅行之後才改變的。」

就當作是這麼回事吧。

當我們聊著這種事情走在路上時，在小巷子發現被當地小混混找麻煩的真。

「穿的衣服挺不錯的嘛。」

「小少爺，給點錢來花吧。」

這附近由於離聖騎士團駐紮地很近，治安相對良好，但小巷子似乎還是會有這種傢伙。

「我、我沒有錢——」

「那麼，這件衣服也行，脫下來吧。」

「別對小孩子做這種事。」

在真開始脫衣服之前，琳格蘭蒂小姐從後面開口說。

「哦～真是個大美女。」

「妳要代替這傢伙跟我們玩玩嗎？」

「可以啊。」

見琳格蘭蒂小姐露出微笑，男人們露出下流的表情朝她靠近。

當男人們放開真的瞬間，琳格蘭蒂小姐用眼睛難以追上的速度踹向男人們的雙腿之間。

——感覺好痛。

她絲毫不顧痛苦掙扎的男人們，帶著真離開現場。

「沒受傷吧？」

「……沒有。」

由於站著說話也不太好，我便邀請兩人來到附近的咖啡廳。

這裡也是越後屋商會旗下的咖啡廳。不是女僕咖啡，而是一間能享用甜甜圈和甜點，看起來是女性取向的店鋪。因為店員都是帥哥，應該是以執事咖啡作為形象創建的吧。

「……你肯定覺得我很遜吧？」

真露出陰沉的眼神對我說。

是指剛剛的事嗎？

「只是被兩個小混混找麻煩，就嚇得發抖。」

「被兩個高大且凶惡的小混混纏上，會害怕很正常喔。」

如果我還是國中生，要是被兩個那種充滿暴力氛圍的成年男性找麻煩，肯定會嚇得不知所措。

「只要變強不就好了？」

琳格蘭蒂小姐說。

「只要訓練然後變強，像那種小混混就算來十幾二十個，也能單手轟走喔？」

「訓、訓練是指陸學長他們做的那個嗎？」

真發出害怕的聲音。

「沒錯。」

「不可能！接受那種訓練會死人！」

真臉色蒼白地大喊。

雖然不曉得新勇者們接受了什麼樣的訓練，從真的樣子看來，我想肯定是激烈到非比尋常的訓練吧。

「不必擔心，我不會讓一般人進行適合勇者的訓練。只是一直空揮，或是整天跑步這類的而已。」

「就說不行了！我又不是運動社團的人！」

要缺乏運動的人突然做這種事或許太勉強了。

「既然如此，試著以魔法使為目標不就行了嗎？」

「就是那個！能使出『熊熊燃燒』或是『發射』之類的火魔法比較好！」

聽見我的建議，真興奮地列舉遊戲知識的魔法名稱。

「那麼，首先得先記住這邊的文字呢。畢竟沒有翻譯成勇者之國文字的魔法書。」

「咦？要念書？」

「沒錯喔。不記住文字就看不懂魔法書吧？只要花上兩三年的時間，就能學會初級火魔法喔。」

「不，要我念書有點……」

真似乎不擅長念書。

「先設定個目標如何？只要有了目標，也能決定努力的方向喔？」

我有些多管閒事地試著給予建議。

「目標？」

「像是自己將來想成為什麼樣的人……之類的吧？」

「那種事誰知道啊！」

真開始鬧起彆扭。

「不僅在學校要被嘮叨地問未來的打算，就連到異世界也要問這個嗎……」

他還處於被詢問未來發展或將來目標會覺得煩惱的年紀，會有這種抗拒反應也很正常。

「不用想得那麼困難喔。可以隨便一點，像是『想變成這樣』就行了。」

只要有類似魔法系、物理系或生產系之類的大概方向就夠了。

「我想做一件大事！」

哎呀，他說出了一個比預料中更隨便的答案。

「舉例來說？」

「這麼嘛……」

他好像沒有具體的構想。

不過，就算是中老年人似乎也會有「想成為某種人」的欲望，他的願望應該也沒那麼奇怪吧。

「那麼，想做件大事，然後呢？」

「想變成有錢人！然後受女孩子歡迎！」

這個雖然算是願望，卻也是常見的目標。

「既然如此，就把能夠賺錢，又能受女生歡迎的大事當成目標就行了。」

「你在把我當笨蛋嗎？」

「才沒有喔。」

我認為這是相對主流的願望。

「就以此當作長期目標，來制定為了實現的中期目標和短期目標吧。」

這是公司常用的方法。

「中期？短期？」

「像是三年後的目標，和一個月之後的目標，之類的感覺吧？」

其實間隔應該放遠一點來看，不過感覺他個性比較急躁，我決定稍微說得短一點。

「你認為要實現長期目標，應該怎麼做才好？」

「這種事情我怎麼知道。」

看來他不擅長自我反省，或是深入思考事情。

他至今為止的人生，學習機會很少也說不定。

「很簡單不是嗎？」

聽琳格蘭蒂小姐這麼說，真露出求助的眼神看著她。

「只要變強就好了喔。只要變強，狩獵魔物或探索迷宮就能賺很多錢，還能受女孩子歡迎喔。」

「我又不是勇者。」

「佐藤也不是勇者啊。」

抱歉，其實我是勇者。

「他雖然不是勇者，卻很有錢，也很受女孩子歡迎喔？」

琳格蘭蒂小姐就像要表現給真看似的，挽住我的手臂將胸部貼了上來。由於她今天沒有穿鎧甲，幸福的觸感直接傳遞過來。尺寸大概比賽拉大上兩圈吧。

「這麼說來，明明算不上帥哥，卻無論到哪裡都很受歡迎耶。明明不是個帥哥！」

儘管是事實，請你別刻意強調我不是帥哥這件事。

「對吧？而且還很有錢喔。他靠自己力爭上游，現在連在王都都有宅邸呢。」

「好厲害——！這個年紀就有房子了嗎！這麼說來初次見面的時候，還帶著超漂亮的美女女僕呢！」

或許是想起露露了，真興奮地大呼小叫。

「只要變強，我也可以……」

「就是這樣。加油吧。」

看來他似乎有幹勁了。

◆

「真是的，只知道一直抱怨！」

替真帶路的那天晚上，我依照約定外送食物造訪了赫密娜小姐的宅邸，莉薩也擔任護衛同行。一開始亞里沙和蜜雅也要求同行，可是半夜帶著小女孩到處走對風評不太好，因此換成莉薩負責監視。

「琳對年輕人太過期待了，貴族子弟大半都是那副德性喔？」

跟抱怨的琳格蘭蒂小姐相反，赫密娜小姐的態度顯得很平靜悠閒。

她們似乎在我來之前就開始喝酒，臉上都浮現淡淡的紅暈，眼神也顯得迷離。再加上寬鬆的家居服，看起來十分性感。我認為她們的胸口有點過於暴露了。

我一邊留意不要讓視線跑到胸口上，一邊來到兩人指定的沙發就座。

「莉薩也坐下吧，佐藤不需要護衛。」

「不，我不能那麼——」

「好啦，坐下來吧。」

赫密娜小姐要求莉薩就座，並將酒杯遞了過去。

莉薩以視線向我提問，於是我允許她喝酒。莉薩偶爾也得放鬆一下才行嘛。

「這麼說來，琳，妳親愛的妹妹沒事吧？我聽說她因為協助夏洛利克**前**殿下的嫌疑，正在城裡遭到審問喔。」

「賽拉沒問題啦。爺爺跟她在一起，而且陛下也很清楚她不是個會被夏洛利克那個蠢貨慫恿的孩子。」

雖然賽拉會加入夏洛利克第三王子的麾下是因為特尼奧神的神諭，由於第三王子向王國發起叛亂，導致她被懷疑有反叛嫌疑而被軟禁在王城。

小光已經向國王說明她是被冤枉的，我也以勇者無名的身分告知能夠阻止聖骸巨神失控都是託賽拉的福，因此她預計最近幾天就會被釋放。

「而且，軟禁賽拉真正的理由，是為了從潛藏的笨蛋王子擁護者手上保護賽拉喔。」

原來如此，難怪拘留時間會那麼久。

「真是太好了呢，佐藤。」

不知為何，赫密娜小姐將話題轉到我身上。

「密娜，妳為什麼要對佐藤這麼說啊？」

「畢竟佐藤會帶她來聖騎士團駐紮地嘛，聖騎士們都在打賭她就是佐藤的真命天女呢。目前比賽裡最受歡迎的是卡麗娜小姐，接著依序是賽拉小姐、潔娜小姐，以及娜娜。賭亞里沙和蜜薩娜莉雅大人的人也意外地多喔。」

赫密娜小姐接著說：「我則賭『真命天女不在她們之中』就是了。」

正確答案——因為不能這麼說，我只能用曖昧的笑容蒙混過去。

「莉薩覺得是誰呢？」

「我不能做出暴露主人祕密的不忠行為。」

莉薩享用兩人推薦的肉料理，用平靜的語氣乾脆地表示拒絕。

「我認為莉薩也很適合喔，妳覺得呢？」

「我沒有那種願望。只要能在戰場上幫上主人的忙就夠了。」

莉薩表情凜然地說，但視線的方向有點奇怪。

「我的長槍是為了主人而生。我會賭上自己的一切武勇，全心全意為主人效勞。」

莉薩表情認真地宣言——朝著觀葉植物。

看來莉薩似乎喝醉了。

「是不是有點惡作劇過了頭呢？」

赫密娜小姐揮動酒瓶吐著舌頭。

看來是她在莉薩的杯子裡加了酒的樣子。

「畢竟莉薩不太習慣喝酒嘛。」

我幫開始搖搖晃晃的莉薩倒水，讓她倚在我身上。

雖然可以用魔法藥讓她清醒過來，偶爾讓她體會喝醉的感覺也很有趣。

我一邊撫摸將身體倚靠在我身上撒嬌的莉薩頭髮，一邊聆聽赫密娜小姐講述琳格蘭蒂小姐的往事。

聽著感情融洽的兩人聊天，有種連我都曾經活在相同時代的奇妙感覺。

只有一開始能這樣愉快地聽著故事，途中她們開始講述會不好意思讓異性聽見的赤裸私事，因此我趁夜晚二刻的鐘聲響起時撤退。

為了兩人的名聲，那些年輕氣盛時犯下的過錯就當作沒聽見吧。

◆

「一郎哥！幫幫我！」

當我揹著睡著的莉薩回到宅邸時，小光慌慌張張地衝進屋子。

「怎麼了，小光？」

「約翰快要死掉了。」

難道是賽拉或聖骸巨神發生了什麼事嗎？我原本這麼想，她卻給出意料之外的回答。

那個叫約翰的少年是小光和娜娜姊妹的熟人，也是聖留市魔法兵潔娜小姐的朋友——莉莉歐的前男友，據說是被盧莫克王國召喚的第三名日本人。

「知道了，我來想辦法。」

感覺需要進行治療行為，因此我叫醒已經睡著的蜜雅，請她一起同行。

我和蜜雅一同前往小光的宅邸——光圀公爵邸。

「佐藤先生！」

「──「「主人！」」」

賽拉和娜娜的姊妹們也在這裡。

賽拉應該還被軟禁在王城裡才對，肯定是小光強行把她帶過來了吧。

「患者的情況如何？」

在走廊移動的同時我這麼詢問。

「約翰突然痛苦起來，我這麼告知道。」

「醒來時明明很正常，義手──」

姊妹們妳一言我一語地說出零散的情報。

「妳們都住口。巫女賽拉，請向主人說明。」

「我雖然使用了驅除詛咒和治癒系的魔法進行治療，症狀卻立刻復發，使得他變得越來越虛弱。」

在愛汀的催促下，賽拉將約翰的情況告訴我。

「嗯。」

走進患者的房間後，蜜雅皺起眉頭。

寬敞的房間裡放著一張大床，黑髮少年──約翰躺在床上。

「瘴氣。」

我依照她的說法用瘴氣視進行確認，發現約翰的左手覆蓋著濃厚的瘴氣。

根據AR顯示，我得知他的名字不是約翰，而是約翰史密斯。不過比起這個，有件事情更令人在意。

「義手是——聖骸動甲冑？」

AR顯示那是擁有聖骸左腕這個固有名稱的聖骸動甲冑零件。

既然如此，那麼他的狀態——

「跟聖骸巨神的心臟部位一樣？」

「沒錯，恐怕就是如此。」

賽拉似乎也有相同的看法。

聖骸巨神的心臟部位有名叫「龍焰玉碎片」的彩色火焰，其周圍包覆著跟魔神殘渣同性質的漆黑汙穢。一旦陷入失控狀態，汙穢將會擴散且開始折磨持有者。

「不能把義手拆下來嗎？」

「那似乎已經跟肉體合為一體了。」

小光露出難過的表情搖搖頭。

「這樣啊……」

看來那種單純的方法已經嘗試過了。

「——佐藤。」

「別擔心，我會想辦法。」

我朝著一臉擔心的小光點了點頭。

這次雖然不是幽體脫離那時的虛構環境，要做的事情卻相同。

我還是老樣子，在雙手戴上附有聖碑迴路魔法陣的手套開始作業。

首先將聖骸左腕的所有維修艙打開，用術理魔法「透視」解析聖骸左腕，調查收納那個「龍焔玉碎片」的魔力爐。

裡面是非常精細的迴路。

原以為是要調整塑膠製的玩具，結果卻是超精密的機械式手錶——感覺就像這樣。

這個就算跟精靈鄉的魔法裝置相比也毫不遜色。不如說，因為沒有使用精靈們的最新技術，看起來反而更複雜。

「是這裡嗎——」

找到了。

收納比芝麻粒更加細小，「龍焔玉碎片」的心臟部位。上面被宛如纖維般細微、物質化的汙穢覆蓋，不穩定地扭曲著。

雖然我打算用適合進行精密操作的魔術版念力「理力之線」修整汙穢，遺憾的是無法進行干涉。

「唔嗚嗚嗚嗚嗚！」

約翰史密斯痛苦起來。

汙穢的扭曲變得比剛才更加嚴重，沒有時間了。

我下定決心。

我從儲倉拿出維修聖骸巨神心臟部位時得到的汙穢結晶，用手指揉捏加工成比頭髮更細的針狀，把它當成鑷子來使用。

——行得通。

就算是理力之線無法干涉的汙穢，用同樣材質結晶製成的針似乎就觸碰得到。

我用在米粒上畫圖般的纖細方式，一步步調整汙穢。

滿溢而出的汙穢侵蝕了我的指尖使我痛得要死，但在無表情技能老師的幫助下，我面不改色地忍了下來。

如果在這裡露出疼痛的表情，只是毫無意義地讓小光和賽拉感到不安而已。

我將即將流出的冷汗也忍了回去，用一派輕鬆的表情進行作業。

「——術式結束。」

我用有點滑稽的聲音報告作業結束。

因為疼痛的緣故，我的語氣似乎變得有些上揚。

侵蝕指尖的汙穢跟上次一樣被我集中在指甲前端結晶化了，於是我將它跟針一同收進儲倉裡。

「沒事？」

蜜雅露出擔心的表情窺探我的臉。

我摸摸她的頭回應：「那當然。」

她似乎發現我在強忍。

「謝謝你，佐藤。」

「雖然他暫時會很虛弱，只要喝下營養劑跟睡一覺就能恢復了。」

我這麼說著，將在要塞都市阿卡提雅量產的勇者屋標誌營養劑放在桌子上。

「「「主人，謝謝你，我這麼告知道。」」」

娜娜的姊妹們向我道謝。

對她們來說，約翰史密斯似乎是類似戰友般的存在。

「對了，小光，這個給妳。」

「智慧型手機？」

「這是以前在地下拍賣會買到的東西。如果能解除鎖定，就幫我還給他吧。」

儘管是難得買下來的東西，我無法解除鎖定。

從狀況看來這很有可能是他的持有物，而且從小光和娜娜姊妹們的樣子看來，他並不是一個性格惡劣的少年，所以我才決定還給他。

「如果他是智慧型手機的所有者，就把這個一起交給他吧。」

「嗯，我知道了。」

我將自製的雷石充電器和腰包型的小型「魔法背包」一起遞給她。

魔法背包裡事先放入了公開範圍內關於眾神禁忌的說明書。這麼一來他應該會小心避免做出魯莽的行為。

此外還有一個認真要轉答——

「對了，約翰史密斯的前女友目前在迷宮都市，可以請他恢復精神之後，過去跟對方見個面嗎？」

「嗯，我明白了。」

我這麼說著，將莉莉歐她們居住的宿舍地圖交給小光。

「天色也晚了，我就先回去了。賽拉小姐——」

原本我打算將賽拉送回居所而向她搭話，話說到一半想起她要是不跟小光待在一起就回不去的事，便閉上了嘴。

「我要陪伴患者直到早上。」

我和蜜雅將責任感強烈的賽拉留在房裡離開。

用地圖確認之後，我發現本來應該留在這裡，以班和骸為首的轉生者們都已經不見了。

骸曾經說過要是被眾神們發現在迷宮外面閒晃，「神的使徒」會找上門之類的話，大概是事情辦完就返回迷宮了吧。

「算了，反正還能再見面——」

雖然事件結束後便立刻過來跟他們道謝了，因為還想多聊一會兒，所以有些遺憾。下次有空的話，再去他們隱居的賽利維拉迷宮下層叨擾一下吧。

◆

「「「歡迎回來，庫羅大人！」」」

治療完約翰史密斯的隔天，我以庫羅的模樣造訪了越後屋商會。

我冷靜地對興高采烈跟我打招呼的幹部女孩們作出回應，從掌櫃和祕書蒂法麗莎那裡聽取報告。

「關於前陣子的判亂騷動——」

掌櫃先是針對誤判叛亂規模，沒能及時聯絡我的事情道歉，之後將叛亂主謀們的處置結果告訴我。

雖然針對企圖叛亂的夏洛利克第三王子的處置似乎爭論了很久，最終決定不以毒酒的方式自殺，而是採取公開處刑。其他主謀們也一樣。

從處刑名單中沒有索凱爾這點看來，應該是在叛亂過程中陣亡了。畢竟即使利用地圖搜索，也沒有結果。

「事件的幕後黑手果然是第三王子嗎？」

「是的，主導叛亂的人似乎是夏洛利克殿下沒錯。」

掌櫃一副話中有話的方式說。

「意思是存在誘導他這麼做的人嗎？」

「雖然沒有證據，以幽禁在偏遠修道院的第三王子的策畫來看，叛亂的進展實在過於迅速，還是認為有背後牽線的第三者較為自然吧。」

「是魔王信奉團體或第三王子派系的人嗎？」

畢竟我不認為是魔族策劃的。

「或許也有可能是外國勢力干涉——」

「外國勢力？」

「就是鼬帝國。」

哎呀，出現了意外的名稱呢。

「那麼遙遠的國家企圖在希嘉王國引起叛亂？目的是什麼？」

祕書蒂法麗莎回答我的問題。

「根據越後屋商會戰略部門的分析，目的恐怕是為了在希嘉王國引起混亂，好在進攻東方小國群和東南諸國時能不受妨礙吧。」

——蒂法麗莎？

這裡原來有戰略部門嗎？

我搜尋了一下儲倉的資料，發現很久以前從掌櫃那裡收到的資料中曾經提過。當時明明只有一個不定期出勤的人，現在人數似乎增加了不少。

「叛亂事件發生前，沙北商會的會長霍米姆多利有搭船前往塔爾托米納的紀錄。根據報告，將紅繩魔物放進贈送給多莉絲公主的翡翠鳥籠裡的犯人似乎也來自沙北商會。」

跟翡翠的事情也有關嗎？

也就是說——

「䶍帝國不認為第三王子的叛亂能夠成功嗎？」

「又或者是，無論叛亂成功還是失敗，對他們而言或許都無所謂。」

原來如此，所以戰略部門才會得出剛剛的分析啊？這樣就能夠接受了。

「沙北商會已經人去樓空了嗎？」

「不，似乎還有一名掌櫃和店員留在那裡。」

掌櫃們似乎被當成賣面子給希嘉王國的祭品。

據說沙北商會被強制關閉，商會的建築物和人員將由王國政府進行澈底的調查。

叛亂的事情就此告一段落，接著來到下一份報告。

「庫羅大人，我們收到來自皮朋的報告書。」

「皮朋送來的？」

皮朋跟著在巴里恩神國引起騷動的賢者索利傑羅的弟子賽蕾娜，一同前去追尋派往大陸各地的其他弟子足跡。

我大致看了一下，內容是關於被派到聖留市的弟子帕莎・伊斯克——

「沒有危險的氣息嗎……」

派到聖留市的弟子似乎是個熱中研究的人，報告上還寫著皮朋束手無策地被迫聆聽數個小時專門術語的抱怨。企圖在大陸西方的皮亞羅克王國復活「抗拒之物」，像賢者弟子巴贊那種令人困擾的傢伙似乎並不多見。

「多虧庫羅大人運送許多王都復興必要的資財，移民似乎能比預料中更快開始。」

畢竟越後屋商會的分部儲備了不少建材，這次的調度非常順利。

雖然王都因為第三王子的叛亂和聖骸巨神失控受到了損害，依照受害報告看來，影響似乎比年底的紅繩事件要來得小。

「跟穆諾伯爵的會議呢？」

「那部分也已經搞定了。」

穆諾伯爵和妮娜・羅特爾執政官先一步搭乘小型飛空艇返回伯爵領進行接收準備的最終確認，卡麗娜小姐則代表主家和移民船團同行。雖說是船團，其實也只有兩艘用來移民的大型飛空艇而已。

「途中會經過歐尤果克公爵領嗎？」

「是的，會經過公爵領補給水分。如果要繞過富士山脈，時間無論如何都會拉長，因此水分補給是不可或缺的。」

「由於要讓大量移民乘坐在貨艙，無法提升高度，因此不能跨越富士山脈。」

畢竟人數增加，需要的用水量也會隨之提升嘛。

所以才增加到兩艘大型飛空艇嗎？

「公爵們也會搭乘嗎？」

「是的。畢竟貴賓室空著，而且拒絕他們會優先返回領地，導致移民一事遭到延期。」

異世界無法遠距工作，考慮到公爵領的政務，他們會以此為優先也很正常。

「知道了。還有其他需要確認的事嗎？」

「是的，在這裡——」

我對移民進行最終確認，接著搞定跟越後屋商會一般業務有關的各個事項，最後造訪葵少年和博士們的研究所散心。

「為什麼這裡會有聖骸隨從者的殘骸？」

「跟王立研究所要來的。」

葵少年回答我的問題。

「王立研究所嗎？」

他們給人一種會獨占研究資料的印象耶？

「是的，是以提供庫羅大人允許公開的研究資料當作條件得到的。」

「雖然老夫也跟了過去，小葵的交涉方式很過分喔。感覺甚至要把對方給壓榨——」

「——博士。」

葵少年臉上掛著假笑，拍了拍說漏嘴的博士肩膀。

「哎呀，事情就是這樣。只要把交涉的事情交給葵，一切都能搞定。」

博士敷衍似的這麼說，抬舉著葵少年。

實際上，如果只是提供預計公開的研究資料，對越後屋商會並沒有損失。

「做得好，葵。如果有其他需要的素材——」

在我接著說出「就做好清單拿過來」之前，博士們就像眼前出現魚餌的鯉魚般一窩蜂聚集過來，接二連三地提出想要的素材。

雖然回絕了像蒼貨和萬靈藥之類難以處理的物品，大多素材和機材儲倉裡都有庫存，我之後打算透過葵少年或蒂法麗莎轉交給他們。

沒有立刻交付素材，是因為葵少年在博士們身後用手勢制止了我。

之後才知道，據說如果立刻回應要求，他們會更加變本加厲。

哎呀呀，葵少年還真是可靠呢。

◆

「好久不見了，潔娜小姐。」

時隔七天造訪王都宅邸的潔娜小姐，表情莫名地有些陰沉。

「發生什麼事了嗎？」

「佐藤先生，我——」

微微低著頭的潔娜小姐話說到一半就停了下來。

「——收到返回聖留伯爵領的命令了。」

「真是突然呢。」

在第三王子的叛亂騷動之前，他奉聖留伯爵的命令擔任我的護衛，情況卻在短短七天就突然發生了變化。

「其實因為前陣子的騷動——」

根據潔娜小姐的說法，似乎是她在叛亂騷動時表現過於優秀，導致聖留伯爵說了這種話：「我不能一直放任跟領內最強的奇果利卿相提並論的人才在外遊手好閒。」

據說回到聖留市後，會賜予名譽士爵的地位當作這次表現的獎賞。

「潔娜小姐之前不就是士爵了嗎？」

「不是喔，露露。潔娜娜只是士爵家千金，她本人並沒有爵位。大概是在得知潔娜娜的快速成長之後，聖留伯爵認為把她留在主人身邊進行色誘很浪費，才改變方針決定把她留在領地內吧。」

在後面聆聽的亞里沙和露露說著這樣的話。

雖然覺得亞里沙的猜測意外地一針見血，我也不能隨便同意她的說法，於是便模仿愛情喜劇的遲鈍系主角裝作沒聽見。

「那麼您什麼時候要回去呢？」

「我今天下午就要出發了。」

「還真是匆忙呢。」

「是的，要和伯爵大人一起搭乘小型飛空艇回去……」

潔娜小姐擺出不像升官人士的陰沉表情說。

「我們也要跟移民船團同行，返回穆諾伯爵領了喔。」

「這樣啊。大家要分散各地——」

「所以等移民事業告一段落後，我們會去聖留市玩。」

我打斷準備說出陰鬱發言的潔娜小姐，把該說的話告訴她。

「真的嗎！」

「是的。我本來就預計在迷宮都市的修行結束後，再次造訪聖留市。」

畢竟也想讓波奇和小玉跟門前旅館的小悠妮見個面，莉薩應該也想見見過去的老朋友。

帶著娜娜和她的姊妹一起去「搖籃」的遺跡獻花似乎也不錯。

「我會等著！會一直等你過來！」

潔娜小姐終於露出笑容。

雖然比不上她平時那如同陽光般的笑容，潔娜小姐的笑容果然是最棒的。

我們送潔娜小姐前往機場，用力地揮著手直到看不見她在小型飛空艇的小窗口不停揮手的身影為止。

「佐藤——！」

回到機場後，我們見到正在做旅行準備的琳格蘭蒂小姐。真也跟她在一起。

「琳格蘭蒂大人，您已經要返回沙珈帝國了嗎？」

「不是的。國王陛下終於下達賽利維拉迷宮的使用許可，我打算先去那裡調查。」

「您說使用許可嗎？」

「沒錯。因為這次的勇者人數很多，培育的地點不夠用。」

也是，畢竟勇者多達七人，光靠沙珈帝國國內的迷宮無法負荷也很正常。

——話雖如此，由於賽利維拉的迷宮被用來提升夥伴們的等級，上層和中層深處幾乎被狩獵殆盡，因此無法確定魔物資源是否已經復活。

「我也想跟老朋友見個面，以及尋找是否有能夠用來訓練真的地方。」

「他去迷宮還太早了吧？」

「別擔心，我不會突然帶他前往迷宮。」

雖然現在已經習慣了，在聖留市迷宮初次遭遇魔物時，實在很恐怖。

「已經和賽拉見過面了嗎？」

「嗯，在王城裡稍微見過一會兒。不過，因為想跟賽拉慢慢聊，等賽利維拉的工作結束之後，我會在調查迷宮遺跡時順便去一趟公都。佐藤也過來玩吧。我帶你去參觀公都的名勝古蹟。」

「那還真令人期待呢。假如移民船隊的時程能夠對上，請務必讓我參加。」

面對琳格蘭蒂小姐的場面話，我也用場面話回應。這就是被人邀請去喝酒時說的「如果去得了的話我會去」。

不過，要是琳格蘭蒂小姐真的願意當嚮導，我很樂意跟她一起參觀名勝。

◆

替潔娜小姐和琳格蘭蒂小姐送行的幾天後，終於到了移民船隊的出發的日子。

昨天在王城前的廣場，舉辦了以夏洛利克第三王子為首，叛亂主謀們的公開處刑，但我並未參加那種沒品味的活動。

「子爵大人，您有客人來訪。」

當我和卡麗娜小姐一起前去和移民用大型飛空艇的艦長打招呼時，擔任卡麗娜小姐女僕的新人妹子前來呼喚我。

順著她手指的方向一看，我發現是終於脫離軟禁狀態的特尼奧神殿巫女賽拉。以歐尤果克公爵為首的公都貴族們也跟在後面。

這次娜娜的姊妹們並未同行，她們留在王都幫小光的忙。

「賽拉小姐，今天請多指教。」

「好的。沒想到還能跟佐藤先生一起旅行，我很期待。」

自從在小光的宅邸見面後，我有幾次因為工作前往王城時都順便去了她滯留的迎賓館，所以並沒有許久未見的感覺。

「佐藤閣下，飛空艇停泊在公都時，請務必造訪寒舍。」

「慢著、慢著，我家廚房才更適合佐藤閣下。」

貪吃鬼貴族羅伊德侯爵和何恩伯爵出現在我面前。

「兩位，佐藤先生可不會前往起爭執的人家裡喔。」

「哦哦！那可不妙！」

「嗯嗯嗯，這裡就折衷一下，去公爵城的廚房嗎？」

「只能這樣了。」

我去廚房製作料理似乎已經是確定事項。

不過，畢竟都在王都盛大地受到招待了，我很樂意親手做點料理款待他們。

「咦？多爾瑪大人呢？」

「叔叔說：『我要再好好享受一下久違的王都。』人就跑得不見蹤影了。」

因為沒看到人影於是跟賽拉確認，便得到了這樣的回應。

多爾瑪似乎非常自由奔放。

「巫女賽拉！」

聽見充滿挑釁意味的聲音回頭一看，眼前是坐在輪椅上的巴里恩神殿巫女菈維妮雅。

「午安，菈維妮雅大人。看來您恢復得不錯，真是太好了。」

「因為巴里恩神大人派遣了勇者無名來到臥床不起的我身邊。」

巫女賽拉的視線瞬間看了我一眼。

正如她本人所說，我在深夜悄悄地拜訪了被第三王子當作聖骸巨神拋棄式零件的巫女菈妮維雅，用手上的魔法藥治療了她。

因為她是身邊有許多治療專家的神殿相關人士，原本我不打算理會，但有件事令我有些擔憂，便決定前去治療。

幸好，儘管巫女菈維妮雅非常衰弱，並未遭受我擔心的魔神殘渣或同質汙穢侵蝕，只是我杞人憂天罷了。

「真不愧是勇者大人呢。您今天是來炫耀這件事的嗎？」

賽拉有些壞心眼。

從賽拉不知何時緊緊握住我手臂的情況看來，她或許有點嫉妒也說不定。

「不，我今天是來向自己過去對巫女賽拉作出失禮發言致歉的。」

巫女菈維妮雅在隨從的攙扶下從輪椅上起身，即使差點跌倒依然深深低下頭向賽拉道歉，接著戰戰兢兢地繼續開口詢問：

「賽拉大人，是您平息了巨人的狂亂心靈對吧？」

「那不是我一個人的力量，而是和重要之人一同成就的事。」

賽拉珍愛地扣住握著我的手指。

「……您真的跨越了那個試煉呢。」

巫女菈維妮雅感嘆地低語。

「我完全比不過您。不，或許競爭本身就是個錯誤。」

彷彿開悟的她身上已不見以前那種咄咄逼人的感覺，充滿了符合巫女身分的沉穩感。

「巫女賽拉，您才是真正的聖女。」

聽她這麼說，賽拉先是露出有些困惑的表情，之後——

「不，我還遠遠不夠成熟。我認為聖女是像尤·特尼奧巫女長那樣的人。」

兩位巫女露出沉穩的的表情微笑看著彼此。

這就是所謂的「和睦就是美」吧。

「手刀。」

蜜雅不知何時冒了出來，用手刀將我和賽拉牽著的手分開，自己握住了我的手。

她鼓著臉頰，一副鬧著彆扭的表情說著：「不准花心。」

「佐藤，差不多該上船了。」

卡麗娜小姐這麼對我說，於是我呼喚和王都熟人依依不捨道別的夥伴們，搭上最新型的大型飛空艇。

從一大早就開始的移民登船似乎終於結束了。

「佐藤大人，請您務必要再來王都喔。」

「我跟翡翠也會等您。」

——嗶嗶嚕、嗶嚕、嗶嚕。

希斯蒂娜公主、多莉絲公主，以及神鳥翡翠也來送行。

感覺翡翠有種會飛出籠子來穆諾伯爵領找我玩的感覺，但那樣多莉絲公主會擔心，希望牠別那麼做。

「子爵大人，我也會等您。」

桃色頭髮的盧莫克王國公主梅妮亞握著我的手，用充滿誘惑的語氣依依不捨地道別。

「好了、好了，到此為止。禁止色誘！」

「嗯，禁止。」

亞里沙和蜜雅這對鐵壁組合立刻作出反應，將梅妮亞公主拉離我身邊。

在兩人的催促下，我走上大型飛空艇的舷梯。

在不遠處，波奇和小玉的朋友——以原希嘉八劍葛延先生的女兒雪琳小姐為首的王立學園死黨和小弟們也來替她們送行。

在他們的另一邊，也有許多百忙之中前來送行的王都貴族，以及越後屋商會的妮爾和葵少年等許多熟人的身影。

而那些不認識的人們大概是來看「弒魔王者」的吧。

即使如此，他們依然算是來送行的，因此我在艙門關閉之前，不斷地朝他們揮手。

供獻神像

「我是佐藤。所謂的神事，我只對年初的參拜和七五三有印象，但由於青梅竹馬小光的老家是神社，我知道一整年有著各式各樣的神事。跳神樂舞時的小光就像變了個人似的很威風呢。」

「哎呀，航線跟平時不一樣嗎？」

和夥伴們一起在瞭望臺眺望窗外的賽拉一臉疑惑地說。

「這次由於客房以外的地方也有人搭乘，選擇了繞過富士山脈的路線。」

我將事先聽到的情報說出來。

雖然我們所在的貴賓室和一般客房沒有影響，移民們擠在一起的貨倉要是升高到跨越富士山脈的高度不僅有低氣壓，還會變成冰冷的冰箱，因此這次為了安全選擇了迂迴的路線。

「魔物～？」

「騎士的人飛過來了喲！」

「真不愧是飛龍騎士，轉眼間就打倒魔物了。」

波奇、小玉和卡麗娜小姐朝在窗外進行護衛的飛龍騎士們用力揮手。

至今曾經數次遭遇飛行魔物襲擊，然而一次都沒能靠近移民船隊，被騎士們用華麗的技巧排除了。

「佐藤先生，要去看看移民們的情況嗎？」

「我也想去看看！」

「要去。」

為了牽制賽拉而待在我左右兩側的亞里沙和蜜雅搶在我之前表示同意。

我也覺得差不多該去看看情況了，便四人一起前往貨艙。

貨艙門前守著幾個全副武裝的警衛。

「子爵大人，這裡不是貴人應該涉足的地方，還請您離開。」

「我是來查看移民們情況的，可以讓我進去嗎？畢竟是要移居我等領地的移民，所以有些在意。」

我一邊這麼說，一邊將少許小費交給兩人。

「我明白了，這邊請——」

警衛這麼說著，轉開門上的握把打開氣艙門。

「比想像中還暗呢——蜜雅。」

「嗯，■……■　■■　螢泡。」

蜜雅身邊冒出幾個散發淡淡光芒，類似肥皂泡泡的球體。

「去吧。」
她揮動法杖，光球就逐漸飄向貨艙深處。
光芒照亮了移民們，幾個孩子和眼尖的人們注意到光芒開始環顧四周。
「唔。」
「這不是擠得要命嗎！」
移民們似乎比我們想像中的還要擁擠。
大概是想移民的人比預料中來得多，即使如此未免太擠了。
「這還真難受呢。」
感覺再這樣下去會引發經濟艙症候群，因此我告訴帶頭的青年，請他告訴大家每隔一段時間就要活動身體。
「鬱悶。」
「主人，可以請蜜雅演奏嗎？」
「好像也有人在睡覺，可以演奏溫和一點的曲子嗎？」
「嗯，交給我。」
當蜜雅開始演奏後，原本表情陰沉坐在地上的人們紛紛抬頭，陶醉地聽著蜜雅的曲子。
她似乎同時使用了精靈魔法，使得曲子能傳到寬敞貨艙每個角落的樣子。
「喵？」

「好多人喲。」

小玉和波奇從後方探出頭來。

「他們是移民的人們嗎？」

卡麗娜小姐似乎也在一起。

擔任護衛兼女僕的艾莉娜和新人妹子也跟了過來。

「卡麗娜小姐，我打算發糖給移民們，您要不要也一起來呢？」

「真是個好主意！我當然也要一起發！」

「波奇也會加油喲！」

「小玉也要幫忙～？」

我將裝有糖果的大袋子交給大家，分頭開始發糖。

這麼做或許有些像在騙小孩，但我認為這樣能稍微轉換心情。

「請用，一人一個喔。」

「不好意思，我手上沒有錢……」

「這是穆諾伯爵送給大家的，不需要付錢。」

機會難得，我便將這件事當成穆諾伯爵的慈善事業。

「啊！是弒魔王者！」

小孩子天真地說，附近的親人連忙摀住孩子的嘴，拚命地低頭道歉。

在昏暗環境中沒發現身分的人也認出我的樣子，紛紛向我要求握手和擁抱，或是請我撫摸他們的孩子或嬰兒。老年人和孩子的母親為了「讓孩子們順利成長」，膜拜著我以求討個吉利。

儘管移民們的環境有待商榷，然而沒發生什麼糾紛，眾人在隔天上午成功抵達了公都。

◆

「哇～？」

「好寬敞喲！」

「不可以跑太遠喔。」

或許是一直待在室內的關係，小玉和波奇來到寬敞的機場，興高采烈地東奔西跑。

「滾來滾去。」

「這裡好溫暖。」

海獅孩子們躺在因為日曬變得溫暖的地板上。

「巫女也一起。」

「娜娜也來吧。」

「好的，幼生體。」

「——不行。」

蜜雅制止了受到海獅孩子們邀請，打算一起躺在地上的娜娜。

「主人，我和露露一起去稍微確認一下補給的情況。」

「不好意思，因為我有點在意。」

「沒關係，妳們去吧。」

亞里沙和露露朝著堆積補給物資的地方走去。

這麼說來，明明抵達公都機場已經過了許久，卻遲遲沒有見到移民們下飛機。

當我向妮娜執政官的部下，也就是負責移民營運的公務員詢問這件事後——

「您是指補給時對移民的待遇嗎？」

公務員露出就像聽見意外提問的表情看著我。

「我們打算在抵達穆諾市之前都維持現狀喔？」

儘管公務員這麼斷言，按照越後屋商會製作的移民計畫書，應該註明了要在公都讓移民們休息才對。

雖然我提出這件事——

「由於上下飛空艇需要支出費用，因此省略了。這樣不僅能早半天歸還大型飛空艇，多餘的經費還能回歸領地政府的預算中。」

「我反對。」

由於他說出這種蠢話，我乾脆地否決了變更的計畫。

為了節省少許經費，做出這種降低穆諾伯爵新領民活力的行徑實在太愚蠢了。

「就算您說反對……」

「我以穆諾伯爵領第三席貴族的身分下令，依照當初計畫，讓移民們離開飛空艇，並且設置休息區。」

縱使動用權力不是我的本意，比起放任移民們在惡劣的環境中不管好多了。

「怎麼能這麼霸道。你有什麼權力——」

他沒聽見我說的話嗎？

「這是身為穆諾伯爵直屬臣下，潘德拉剛子爵的權限。」

由於他仍然糾纏不休，我用稍微強硬一點的語氣說。

儘管我也是這個計畫的立案人，可是那是以庫羅身分做的事，因此不會提出來。

「但、但是，我已經告知公都的公務員不必設置休息區……」

「那現在就立刻進行修正——你們幾個前往船艙，告訴移民們可以外出休息。」

我無視拖拖拉拉的公務員，向他的部下們下達命令。

「咦，這是越權行為！」

「——主人，怎麼了嗎？」

或許是從公務員歇斯底里的叫聲察覺到發生了糾紛，亞里沙她們聚集過來。

「佐藤，移民們好像沒有下船，發生什麼問題了嗎？」

因為卡麗娜小姐也來了，我便將公務員找藉口推託的事講了出來。

「這、這種充滿惡意的說法！」

「這個人不明白自己的立場呢。雖然公都似乎都是一些高級貴族的子弟，你知道自己現在只是個普通公務員嗎？」

「你、你說我只是個普通公務員？我可是下任執政官候補！跟暴發戶貴族可不一樣！」

面對亞里沙辛辣的話語，公務員勃然大怒。

「我可沒聽過這種事呢。卡麗娜小姐知道嗎？」

「不，我也不清楚。」

「小女孩怎麼可能知道成年人工作的事！」

唉呀呀，你這可是在辱罵領主一族的千金喔？

不用多說，看來他並不清楚卡麗娜小姐的長相。

「艾莉娜小姐，把羅特爾執政官寄放的信拿出來。」

「對喔！卡麗娜大人，請收下這個！」

在新人妹子的催促下，女僕艾莉娜將信封交給卡麗娜小姐。

「真不愧是妮娜呢。這位先生的次席是？」

「是下官。」

聽卡麗娜小姐這麼問，一位耿直的青年走了出來。

「這是妮娜執政官的命令書，接下來你就是負責人。」

「怎麼可能有這種事！」

公務員從卡麗娜小姐手上搶走命令書，絕望地發出慘叫。

信中寫到如果發生這種情況，就罷免這位公務員，任命次席官員為負責人。真不愧是妮娜小姐。

話說回來，既然知道有可能發生這種事，真希望從一開始就別任命這種人。

這樣想會不會太奢侈了呢？

「我說妳——不對，您原來是穆諾伯爵的千金啊。」

「事到如今就算改變態度也太遲了。」

「新人妹子說得沒錯。」

現在已經是失業先生的公務員依然想辯解，但是被新人妹子和艾莉娜小姐冷淡地趕走。

「我話還沒說完。」

新上任的負責人打算將失業先生帶離現場，他卻不死心地糾纏不休。

「放開我！我才是負責人！既然是千金小姐，就該擺出與千金小姐相符的態度——」

失業先生雖然一直說個不停，這樣對主家的千金實在過於失禮。

「到此為止了！要用**不禁罪**把你抓起來喲——新人妹子。」

「是的，無禮之徒要扔進大牢。」

縱使失業先生仍在抵抗，在和卡麗娜小姐一起在迷宮裡提升等級的艾莉娜和新妹子人面前毫無反抗之力，被人用繩子纏住捆了起來。

「那個笨蛋公務員，會是留給卡麗娜大人的教材嗎？」

亞里沙露出思索的表情說。

「或許是呢。」

又說不定是針對我的教材。

代替失業先生成為負責人的下一任官員順暢地完成工作，為離開船艙的移民們一一準備了能夠過夜的臨時帳棚。

即使時間有限，他依然幫想去公都市場參觀的人規劃了行程表。希望這能提供接下來將去開拓穆諾伯爵領的他們目標和動力。

◆

「主人，請你看那裡，我這麼告知道。」

原本在和海獅孩子們玩鬧的娜娜指著天空說。

「沙珈帝國的中型飛空艇？」

是琳格蘭蒂小姐她們搭乘的飛空艇。

「明明說過要去迷宮都市，是發生什麼事了嗎？」

「大概是已經把事情處理完了吧？」

儘管覺得有點太快了，走下飛空艇的琳格蘭蒂小姐感覺和往常一樣。

「哎呀？佐藤，你是來迎接我的嗎？」

「佐藤先生才沒有那種時間。」

「居然連賽拉都來了，姊姊我好高興。」

和海獅孩子們待在一起的賽拉語氣尖銳地對琳格蘭蒂小姐說。

或許是覺得她這種態度也很可愛，琳格蘭蒂笑容滿面地抱了過去，賽拉則顯得很嫌棄。

「那麼，您來公都有何貴幹？」

從擁抱中逃脫的賽拉詢問。

「是那個啦。」

琳格蘭蒂小姐所指的位置，有某個大型的魔法裝置從沙珈帝國的中型飛空艇被搬了下來。並非穿著白衣，而是白色長袍的技師們開始設置魔法裝置。

「是瘴氣濃度測量裝置嗎？」

當我們聽見聲音回頭一看，帶有燃燒般紅色頭髮的公都近衛騎士伊帕薩．羅伊德卿正站在那裡。

「好久不見了呢，伊帕薩。你是來調查沙珈帝國的飛空艇是來幹嘛的嗎？」

他是我和賽拉相遇時，擔任賽拉護衛的其中一人。

「這是之前勇者大人的隨從薇雅莉大人用來調查魔王出現徵兆時使用的裝置吧？這次的目的也一樣嗎？」

「是的，沒錯。在這裡簡單做過調查後，接著我想去『黃金豬王』復活的迷宮遺跡進行精密調查。」

「調查遺跡需要公爵大人的允許。」

「我知道。」

琳格蘭蒂小姐一邊回答伊帕薩卿的問題，一邊注視著瘴氣濃度測量裝置。

「雖然上次沒有趕上，這次一定……」

我的順風耳技能聽見了琳格蘭蒂小姐小聲的喃喃自語。

我想她大概對於沒能阻止賽拉成為魔王復活祭品的事情感到後悔吧。

「太好了，這裡的調查結果似乎很好。」

位在裝置前的技師雙手比出大大的圓形向琳格蘭蒂小姐報告。

「我去要個允許。待會兒見了，佐藤。」

琳格蘭蒂小姐這麼說著，帶上伊帕薩卿朝公爵城的方向走去。

「佐藤先生之後打算做什麼呢？」

「跟公爵大人打完招呼後，由於晚餐會之前還有時間，我打算去跟公都的熟人碰面。」

假如可以，我也想和歐克的加・赫烏他們碰面。畢竟我也想把躲在王都地下生活的歐克們的近況告訴他們。

除此之外，也想去之前收到「遠話」和「眺望」卷軸的古書店露個面。

「賽拉小姐呢？」

「雖然我也想陪您同行，我必須返回特尼奧神殿，報告在王都收到的神諭以及乘上聖骸巨神的事情才行。」

賽拉有些遺憾地說，因此我跟她約好之後會去一趟特尼奧神殿。

我帶著夥伴們四處拜訪朋友。縱使有些匆忙，仍在西門子爵邸因為多爾瑪的女兒嬰兒瑪尤娜的成長大吃一驚；在卷軸工房向工房長娜塔莉娜收取訂購的卷軸，並將幾種感覺能夠大賣的咒文交給她。

由於娜塔莉娜小姐把新做好的單體攻擊用中級冰魔法「冰柱槍」送給我當作贈品，我打算等有空時再把它登錄到魔法欄上。

我還在守寶妖精尤卡姆先生經營的隱密書店買了好幾本古文書，遺憾的是沒能入手新的卷軸。

當天色開始變暗時，我獨自來到特尼奧神殿。

「這是巫女賽拉的雕像嗎？」

「不是。雖然和賽拉大人很像，這是特尼奧神的雕像。」

我講述在大陸西方的花與戀愛之國，在特尼奧中央神殿所在的奧貝爾共和國見到特尼奧神顯現的事蹟。

「傳聞原來是真的呢！」

「真的有這麼像巫女賽拉嗎？」

「是的。雖然和賽拉大人相比稍微年長，外表非常相似。」

不過，之所以長得像賽拉，是因為接獲卡里恩神和烏里恩神要求雕刻特尼奧神雕像時，我就是用賽拉當作模特兒的緣故。

由於特尼奧神在奧貝爾共和國返回神界時，當作神體的雕像變成了鹽，我打算用新的世界樹製成雕像進行供奉。

我期待著特尼奧神如果願意作為神體顯現，就能跟賽拉直接交談，這麼一來就能解開賽拉以為自己沒資格當巫女的心結。

「當時在場的雕刻家雕塑出的神像就是這個。因為對方希望我務必供獻給有緣的神殿，我便帶過來了。」

「啊啊！願特尼奧神的祝福常伴虔誠的潘德拉剛子爵左右！」

感動至極的神殿長向神獻上祈禱，並替我進行祝福。

「把神像送到聖域！──潘德拉剛子爵也請務必同行。」

在神殿長的要求下，我和他一同前往聖域。
因為賽拉和巫女長也在聖域，我也想去跟她們打聲招呼。

接著在聖域裡——
「哎呀，真棒。這就是特尼奧神的肖像吧。」
從神殿長手上見到神像的巫女長露出少女般的表情。
「快看，賽拉。跟妳好像呢。」
「是的，巫女長大人，真的……」
在陶醉地注視著神像的巫女長身邊，賽拉淚流滿面地看著雕像。
「賽拉，真是太好了呢。」
「是的，巫女長大人——」
此時賽拉注意到我。
——謝謝你，佐藤先生。
她的嘴巴這麼動著，隨後露出宛如雨過天晴般的開朗笑容。
嗯，光是這樣，我雕出這座雕像就值得了。

◆

「哇哈哈哈哈，佐藤閣下的天婦羅！」

「是作夢都會夢到的美味啊！」

貪吃鬼貴族羅伊德侯爵和何恩伯爵臉上掛著能夠感染其他人的燦爛笑容，享用著天婦羅料理。

開心到快要哭出來是無所謂，可以不要用那種就像要把我當成天婦羅吃掉的說法嗎？

「真是的，居然把其他領地的上級貴族當成廚師來使喚……」

這麼開口抱怨的，是在「露露果實」事件中認識的艾姆林子爵。

他似乎搭乘高速飛空艇，從擔任太守的蘇特安德爾市特地趕過來。

「只要各位能夠開心，就沒有比這個更好的報酬了。艾姆林子爵閣下要不要也嘗嘗？」

「請別叫我閣下。初次見面的時候倒還好說，若是被身為恩人，同時又被譽為『弒魔王者』的潘德拉剛子爵稱為閣下，只能用傲慢來形容。」

艾姆林子爵一邊這麼說，一邊享用我推薦的料理。

雖然比不上兩位貪吃鬼貴族，他也是道地的美食家呢。

當我和露露一起端出剛炸好的天婦羅，一群年輕貴族撥開人群走了過來。

「又在這裡像傭人一樣討好奉承，來貶低我們領地了嗎？」

因為聽見不快的聲音回頭一看，我便發現穆諾伯爵的兒子俄里翁少爺正瞪著我看。

之前在多爾瑪的帶領下去夜店續攤時還以為跟他關係變融洽了，不過他今天意外地話中帶刺。

這對貴族來說果然是ＮＧ行為嗎？

「就是說啊。聽說是『弒魔王者』，還以為是個什麼樣的大帥哥，結果居然是這種軟弱的少年。」

「跟俄里翁大人這種純粹的貴人天生就不一樣。」

「雖說是子爵家的一員，讓這種少年擔任太守還是有些不妥吧？」

疑似俄里翁少爺跟班的青年貴族們你一言我一語地說。

俄里翁少爺那些和我有過一面之緣的朋友們正站在他背後，一臉尷尬地跟我點頭致意。

「潘德拉剛卿，你究竟是怎麼看待身為穆諾伯爵領地貴族的立場！」

一名服飾看似昂貴的貴公子站在俄里翁少爺身旁氣勢洶洶地指著我說。

是個不認識的孩子。在公都的茶會上應該也沒見過。

「呃……您是？」

「我是名門波比諾伯爵家的達耶。我總有一天會成為隨侍俄里恩大人左右的執政官，給我記清楚了！」

這個名稱類似綜合超市的貴公子揚起下巴發下豪語。

看來他打算討好俄里恩少爺以求飛黃騰達。以現代日本來說，就像討好大企業創始人社長的獨生子，從而避開面試被錄取為正式員工吧。

「你打算在穆諾伯爵身邊任職嗎？」

「沒錯！你的蠻橫也到此為止了！」

——蠻橫？

我沒這種印象耶？

「當我們一起上任之後，將會協助俄里恩大人，將穆諾伯爵領帶往更好的方向！」

貴公子露出陶醉的表情說個不停。

他沒有注意到嗎？

自己正被周圍的公都貴族們用冷淡表情看著一事——

「演講結束了嗎？」

「你說什麼！你以為我是什麼——」

貴公子反射性地想要吼回去，卻在發現對方是蘇特安德爾市太守艾姆林子爵之後就閉上了嘴。

「原以為只是小孩子的玩笑話所以沒有表態，但我可不能容忍有人說出愚弄我家恩人的話語。」

「不、不是，我沒有愚弄……」

「我可是聽見了蠻橫二字喔？」

「嗯，他的確說了佐藤做事很蠻橫。」

打斷想要找藉口的貴公子的人——

「「居然敢對我們的佐藤閣下口出惡言，真是個難以原諒的蠢貨！」」

羅伊德侯爵和何恩伯爵異口同聲地說。

面對來勢洶洶的公都重臣們，貴公子一步步向後退，躲到俄里翁少爺身後。

「下任領主閣下，你要管好跟班才行。」

「沒錯、沒錯，掌控跟班是主人的義務。」

羅伊德侯爵和何恩伯爵這麼囑咐俄里翁少爺。

「不振作一點，有人說不定會推舉索露娜大人或卡麗娜大人的孩子成為下任伯爵喔？」

不過，拜託你們別嚇唬才剛滿十五歲的少年啦。

「閣下，俄里翁大人繼承伯爵爵位一事穩如泰山，還請您放心。」

「雖然佐藤閣下這麼說，真的是這樣嗎？」

「是、是的，穩如泰山。」

羅伊德侯爵，請不要從旁邊窺探俄里翁少爺的臉對他施壓啦。

留著冷汗的俄里翁少爺看起來很可憐。

「俄里翁，你在這裡啊。把未婚妻繆絲小姐丟著不管，可不是紳士該有的行為喔？」

「啊，姊姊。」

穆諾伯爵的千金卡麗娜小姐帶著繆絲．拉古克男爵千金來到這裡。

跟在俄里翁少爺身邊的千金小姐們見到繆絲小姐出場後，我的順風耳技能聽見她們小聲地說著「禮服窮酸」、「化妝老土」之類的壞話。繆絲小姐給人一種樸素的感覺，老家也稱不上富裕，因此無法準備最新流行的禮服吧。

那些貶低繆絲小姐的千金小姐們大概把將會成為領主的俄里恩夫人寶座當作目標了吧，可是希望她們知道像這樣背地裡說閒話只會降低自己的格調。

「哎呀？發生什麼事了嗎？」

終於發現四周氣氛不對勁的卡麗娜小姐東張西望起來，露出不安的表情向我詢問。

「沒什麼，只是稍微在應付小孩子罷了。」

聽我這麼說，貴公子惡狠狠地瞪了過來。

雖然我只是想隨便把這件事敷衍過去，我的袒護似乎刺激到了青少年的敏感神經。

「那邊的小朋友，好好修行別讓表情顯露在臉上吧。倘若完全不懂表面功夫，可沒辦法勝任執政官喔。」

「你說什麼——」

貴公子反射性地朝聲音的方向瞪了過去，隨即臉色發青地僵住。

肯定是因為他察覺到對方是賽拉的哥哥，同時也是下下任歐尤果克公爵的提斯拉德先生的緣故吧。

「如果不介意，我們去那邊聊聊吧？」

「好、好的，假如您不嫌棄。」

在提斯拉德先生的邀請下，俄里翁少爺前往其中一座陽臺。

以貴公子為首的跟班儘管也想跟過去，卻被提斯拉德先生的親信趕走了。

「沒問題吧？」

卡麗娜小姐一臉擔心地看著在陽臺交談的俄里翁少爺。

「不要緊喔。提斯拉德大人的立場跟他相像，對方應該是以前輩的身分指導各方面的心得吧。」

從順風耳技能斷斷續續捕捉到的對話看來，提斯拉德先生似乎在對俄里翁少爺提出忠告。根據對話內容能夠發現，俄里翁少爺好像對於我比身為主家繼承人的他更受歡迎這件事感到不快。

「主人，我把令人懷念的人帶過來嘍。」

「佐藤大人——不，潘德拉剛子爵大人，好久不見。」

在亞里沙身邊漂亮地行淑女禮儀的，是古魯里安市的太守千金。在古魯里安城寄宿的時候，我曾經跟蜜雅和亞里沙兩人一起教導她有關魔法的知識。

之前她雖然身穿男裝，今天則穿著正式的禮服。

「主人，那邊有個肉做成的柱子喲！」

「削個不停，沙威瑪～？」

波奇和小玉端著烤牛肉堆積如山的盤子跑了過來。為了不弄髒禮服胸口而掛在前面的白色圍裙真可愛。

「妳們兩個，這樣很粗魯喔。」

莉薩雖然這麼說，她手上盤子裝的肉量也和兩人不分上下。她身上不是長裙，而是軍服風格的禮服。

「主人，請來幫我，我這麼告知道。」

娜娜身後跟著一群眼睛感覺會浮現愛心的年輕貴族。儘管蜜雅似乎在拚命阻擋，他們根本無視蜜雅，雙眼牢牢鎖定在娜娜身上。

「你們幾個，雖然很抱歉，但她覺得很為難，可以請你們離開嗎？」

「別妨礙我的戀——不，沒事。在下失禮了！」

青年貴族們本來還想抵抗，在看了我這裡一眼之後，突然臉色發青地轉身離開。

我疑惑地回過頭去，發現身後都是些公爵領的大人物。

原來如此，在上司的上司面前搭訕肯定很尷尬吧。

「大家，妳們的禮服都很漂亮呢，跟我的完全不一樣。」

俄里翁少爺的未婚妻繆絲小姐拿自己的禮服和夥伴們做比較後顯得很失落。

「唉呀，才沒那回事呢。這是一件能彰顯繆絲大人魅力的出色禮服喔。」

「請俄里翁大人幫您製作新禮服不就行了？現在的穆諾伯爵領應該拿得出這點程度的預算吧？」

亞里沙在勉強打圓場的卡麗娜小姐身後這麼提議。

「不、不行啦！尚未入門的我怎麼能做這麼奢侈的事！」

原以為繆絲小姐是為了提出要求才說出比較禮服的發言，她卻認真地拒絕了。

亞里沙和我互看一眼。看來她也跟我有同樣的想法。

「咦？您不是打算跟返鄉的俄里翁一起回穆諾伯爵領，然後直接舉行結婚典禮嗎？」

「是、是的。雖然俄里翁大人這麼說……」

繆絲小姐緩緩地低下頭去。

「像我這種卑微的男爵子弟，要成為伯爵大人嫡長子俄里翁大人的正室，身分實在差太多了。」

在遠處聽著的俄里恩少爺跟班的千金小姐充滿惡意地小聲說：「這不是挺有自知之明的嗎？」「沒錯、沒錯，快點解除婚約吧。」「果然要成為正室，身分至少希望是子爵家以上的對象呢。」被我的順風耳技能給捕捉到。

或許是聽見了她們的話，繆絲小姐低著頭的眼角浮現淚光。

「才沒有那回事！」

卡麗娜小姐語氣強硬地斷言。

「在穆諾伯爵領被藐視為『受詛咒之領』時，主動說要成為俄里翁未婚妻的人只有妳一個。妳知道這對我們一家而言，有多麼值得感謝又令人驕傲嗎！」

「……卡麗娜大人。」

「所以，請把頭抬起來。妳沒有必要低著頭。」

卡麗娜小姐用手指勾著繆絲小姐的下巴，讓她抬起頭來。這個舉動十分帥氣。

「不能只讓卡麗娜大人出風頭，接下來輪到我出場了！」

亞里沙一臉充滿幹勁的表情走到繆絲小姐面前。

「嗯，素材還不壞。暫時借我一間休息用的等待室吧。」

亞里沙帶著露出不解表情的繆絲小姐，前往女僕們準備好的其中一間等待室。

接著大約過了一個小時——

「哎呀，真漂亮呢！」

「非、非常感謝您，卡麗娜大人。」

經亞里沙的手重新上妝、修整眉毛，以及將髮型調整成時尚風格的繆絲小姐，聚集了周圍眾人的目光。亞里沙似乎也對禮服進行了調整，少了俗氣的感覺，變成一件能讓人覺得穩重，同時又與少女般輕快風格並存的絕妙禮服。

「亞里沙，了不起。」

「哼哼，可以多稱讚我一點喔。」

「真不愧是亞里沙，幹得漂亮。」

受到蜜雅稱讚的亞里沙悄悄地看了我一眼，因此我撫摸她的頭稱讚她。

「……妳、妳是繆絲嗎？」

「是的，俄里翁大人。」

俄里翁少爺似乎再次迷上被重新打扮的繆絲小姐。

見到兩人親密的模樣，打算奉承俄里翁少爺的千金小姐們露出彷彿要把手帕扯壞的悔恨表情。

亞里沙看著她們的模樣，擺出奇怪的姿勢奸笑著說：「看吧，活該！」

「啊——有了、有了，佐藤！」

琳格蘭蒂小姐推開人群走了過來。

她並未穿著禮服，而是維持早上見到的打扮。

「咦？賽拉呢？」

「聽說在特尼奧神殿有事要做，所以不會參加。」

主要是因為我供獻的神像。

「那還真是可惜呢。」

「您不換上禮服嗎？」

「是啊。因為我不久前才剛從地下回來，沒有時間換衣服。」

琳格蘭蒂小姐這麼說並朝我招了招手，在我耳邊悄聲說：

「迷宮遺跡的瘴氣濃度比平時還低，沒有魔王出現的徵兆。」

這麼說著的琳格蘭蒂小姐語氣相當放心。

「魔王和勇者會互相吸引，所以我才來調查是否有對應勇者召喚出現魔王復活的徵兆，不過照這個情況看來似乎沒問題。」

「這真是個好消息呢。」

像豬王或狗頭那種大魔王姑且不論，就算是等級很低的普通魔王也會具備麻煩的力量，可以的話還真不想遇到。

「我稍微去填個肚子，之後來陪我喝酒吧。」

琳格蘭蒂小姐這麼說完，不等我回答就離開現場了。

「潘德拉剛子爵，請問可以打擾一下嗎？」

俄里翁少爺態度有些猶豫地向我攀談。

我沒有理由拒絕，便和他一同前往沒有人在的陽臺。

「剛剛真是抱歉。」

俄里翁少爺向我低頭。

「不，我才應該道歉。身為貴族過於輕率了。」

以後招待羅伊德侯爵和何恩伯爵吃飯，還是僅限受邀去他們宅邸的時候吧。

把他們邀來我的住處進行款待或許也不錯。

「雖然是個厚臉皮的要求，可以請你也原諒我那些跟班們的無禮嗎？」

「俄里翁大人不必道歉。我的心胸並沒有狹窄到會對小孩子做的事發脾氣。」

說完之後我才發現自己說出「小孩子」這個ＮＧ詞彙。不過俄里翁少爺沒有反應，讓我鬆了口氣。

「我想忍著羞恥請教閣下，您在穆諾伯爵家追求什麼呢？是想跟卡麗娜姊姊結婚嗎？」

「卡麗娜小姐的確很有魅力，但我並不打算跟她結婚。」

畢竟我已經有波爾艾南之森的高等精靈，心愛的雅潔小姐在了嘛。

我無視求婚已經遭到拒絕的事，在心中如此默念。

「閣下不追求榮華富貴。依照提斯拉德殿下的說法，閣下不僅回絕了國王陛下邀請您成為他直屬親信的邀請，也拒絕成為希嘉八劍的推薦。」

雖說是王室親戚，提斯拉德先生的消息還真靈通。

「畢竟兩者都不是我的願望。」

「閣下也不追求財富。相反地，妮娜說我們領地接受了閣下提供的資金。」

因為就算有那些錢也沒地方用。

由於光是放著就會不斷增加，我現在正苦惱該上哪裡去投資呢。

「像閣下這樣的人，在我等領地究竟在追求什麼呢？」

俄里翁少爺表示自己想像不出來。

「我所追求的是——」

「閣下所追求的是？」

他有些在意地催促我說下去。

「——能讓夥伴們放心生活的地方。」

我主要想確保獸娘們不會遭受歧視的地方。

「安心生活的地方？」

「是的。尤其是波奇和小玉，她們曾在出生的地方遭受迫害。」

儘管也想讓聖留伯爵領的亞人奴隸們也移居到穆諾伯爵領，事情肯定沒那麼容易吧。

雖然資金方面相當充裕，如果想讓約為一成左右的大量人數進行移動，肯定需要身為領主的聖留伯爵允許。

下次去聖留市時，試著和聖留伯爵商量看看吧。

在直接見面前，還是先跟知識淵博的娜迪小姐或潔娜小姐打聽一下比較好吧？

「我明白了。」

俄里翁少爺露出認真的表情注視著我。

「我承諾我成為領主之後，仍會維持獸人們能安心生活的地方。」

「謝謝您，俄里翁大人。只要您能履行這個約定，潘德拉剛家的忠誠就屬於穆諾家。」

雖然我原本只想道個謝就結束話題，由於俄里翁少爺的表情十分認真，我便稍微加了點場面話。

「一起攜手協力，把穆諾伯爵領打造成希嘉王國屈指可數的富饒領地吧。」

「好的，俄里翁大人。」

配合情緒激動的俄里翁少爺，我也用力地握手作出回應。

儘管感覺在陽臺對面觀望情況的亞里沙似乎露出不懷好意的笑容，現在要忍耐。之後再給她一記拳頭當作制裁吧。

晚上餐會由於琳格蘭蒂小姐臨時有事，單獨喝酒的約定告吹，因此我前去和在公都地下生活的歐克加．赫烏以及露．荷烏見面，將利．夫烏為首的王都歐克們的近況告訴他們。

並將他們喜歡的食物，以白蘿蔔為開首的蔬菜類食物，以及在要塞都市阿卡緹雅得到的稀有水果和陶洛斯肉等也一起送給他們。雖然加．赫烏還是一如既往的冷漠，露．荷烏對布萊布洛嘉王國的花茶相當感謝。

作為回禮，我向加．赫烏請教幾種歐克的藥品配方，露．荷烏則將用白色鱷魚皮革製成的錢包和背包送給了我。

「你說想不想跟王祖大和見面？她已經從夢晶靈廟醒來了嗎？」

之前見面的時候，他曾經說過有關王祖大和的回憶，因此我試著確認他的意思。

我還沒把加．赫烏的事情告訴小光。這是因為我認為應該先跟隱居的加．赫烏他們確認過後再說。

「我不打算特地去見她。假如有緣，總有一天會見面吧。」

「我能告訴大和你們還活著嗎？」

「不必了。當時發生的事幾乎沒什麼好回憶，別用過去束縛大和。」

加．赫烏這麼說著的側臉，和小光看見聖骸巨神被運送到王都時哭泣的身影重疊。

「大和可沒那麼軟弱喔？」

我認為小光一定跨得過去，而且她一定很高興能和加．赫烏重逢。

「積極正面的模樣比較適合那傢伙。如果想回顧過去，就等她年紀大一點再說吧。」

加．赫烏的想法看起來很堅定，這裡就尊重他的意見吧。

畢竟歐克很長壽，應該不會比我們還快壽終正寢吧。

接著最後——

「有些事情必須告訴你。」

加．赫烏說出他從地下社會的人那裡打聽到的情報。

「『自由之翼』和鼬聯手了。」

「鼬是指鼬帝國嗎？」

「詳情我並不清楚，但他們似乎和鼬人商人聯手，離開了公爵領。」

「知道他們的下落嗎？」

「他們最後在普塔鎮失去行蹤。恐怕是前往了東方小國群、席路加王國，或是馬齊瓦王國之類的地方吧。」

「前往鼬帝國的可能性呢？」

「雖然有這個可能，從陸路要前往鼬帝國很困難。如果是去那裡，應該會搭船才對。」

根據加．赫烏的說法，東方小國群與鼬帝國之間似乎存在一定會遇難的險地。

◆

「——你說神像？」

隔天早上，因為聽說神殿有人來訪，原以為會是特尼奧神殿的人，出現在我面前的卻是意料之外的人物。

加爾雷恩神殿和赫拉路奧神殿的神殿長各自率領他們的巫女來到這裡。加爾雷恩神殿的巫女是個和賽拉差不多的年輕女性，赫拉路奧神殿則是個年邁的巫女。

「是的，我等神殿降下了神諭。」

——請儘快供獻神像。

「於是我們清晨派人四處奔波，在各個神殿詢問後得知潘德拉剛子爵向特尼奧神殿供獻了神像的事情，因此明知失禮還是像這樣前來叨擾。」

畢竟今天上午就要出發前往穆諾伯爵領，選擇大清早來訪是正確的。

「我們很清楚這是很勉強的要求，因此也想好了相符的代價。」

加爾雷恩神殿長先是看了年輕的巫女一眼，接著繼續說：

「穆諾伯爵領應該沒有能領受神諭的巫女才對。因此加爾雷恩神殿提議，我們將派遣這位巫女蘿莎前往穆諾伯爵領。」

「赫拉路奧神殿能領受神諭的巫女只有我一人，因此無法派遣巫女。取而代之，我們可以派遣即使在神殿中也僅有少數能使用上級神聖魔法的祭司，以及擅長指導的神官前往穆諾伯爵領。」

派遣巫女實在令人高興。

雖然形容方式不太好，神諭巫女也有擔任「神明警報器」的一面。光是領地內有個這樣的人在，安心感就截然不同。

當然，能夠代替優秀醫生的上級神聖魔法使用者，一定也能提供很大的幫助吧。

許了吧。

然而有個問題。

卡里恩神和烏里恩神曾經跟我說過：「不准製作男神們的神像。」

因為理由似乎是「為了炫耀」，那麼只要品質比祂們的神像低上一些，祂們或許就會允許了吧。

「子爵大人，請靠過來——」

年邁的巫女似乎想說什麼，我便照她說的湊了過去。

「我等神明留下了『已徵得雙子女神同意』的留言。」

儘管無法保證這是實話，之前小光說過神不會說謊，此時就相信她吧。如果不知道情況，應該不可能說出「雙子女神的同意」這種話才對。

「我明白了，請各位稍待一會兒。」

我離開座位，用製作特尼奧神的神像時使用的材料製作六分之一尺寸的神像。

由於是製作加爾雷恩和赫拉路奧兩位神明，我不自覺地做成了類似金剛力士像的姿勢。

接著用偽裝技能將完成的迷你神像弄成不像是剛做好的樣子，用高級的布料包住，裝進桐木製的箱子裡交給在會客室等待的神殿相關人士。

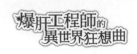

「這個就是神像。」

我在詐術技能的幫助下，解釋說這原本是要供獻給中央神殿的神像。

因為不能把東西交完之後拋下一句：「好了，再見。」轉身離開，所以我造訪了兩座神殿的聖域，見證神像供獻一事。

無論是哪座神殿的聖域，都有種能夠洗滌心靈的感覺。

不過印象有些不同。赫拉路奧神殿給人一種莊嚴、讓人肅然起敬的感覺；加爾雷恩神殿則有種讓人充滿熱情，湧現幹勁的感覺。

不過，姑且不論那些印象——

「供獻結束，神表示很滿意。」

能夠滿意實在太好了。

「我等神明有神諭要給佐藤大人。」

呃，真的假的……拜託別說什麼多餘的話喔。

「請小心沒有月亮的夜晚——我等神明這麼忠告。」

赫拉路奧神的神諭簡直就像在威脅一樣。

該不會金剛力士的姿勢讓祂不太滿意嗎……

另外，加爾雷恩神也留下了要給我的神諭。其內容是「我記住你的行為了」——這種類似抱怨的預言。

嗯，下次製作神像時，還是稍微配合這邊習俗的姿勢來製作吧。

◆

因為在神殿花了比預期更多的時間，差點就被移民船拋下。好在俄里翁少爺下令延遲出航，才讓我搭上船。

於是我連忙和巫女賽拉及琳格蘭蒂小姐道別，在公都貴族們的目送下離開公都。

穆諾伯爵領

「我是佐藤。我曾在戰略遊戲和經營遊戲建造過不少都市，但無論哪種遊戲，確保糧食和資源都很重要。果然食衣住是不可或缺的呢。」

「能看到穆諾市了！」

卡麗娜小姐起勁地指著瞭望臺的另一端。

她那因此用力搖晃的母性象徵險些奪走我的目光，我好不容易用意志力壓制這股煩惱，轉頭看向眼前一覽無遺的風景。

「我還是第一次從上空眺望穆諾市，原來市內有占地這麼寬廣的農地啊？」

如莉薩所說，穆諾市的市城牆外面擁有廣大的農耕地，而且市內的一半面積都是農地。

由於不久前穆諾市外因為數萬隻哥布林和不死生物軍團打成一團的影響，導致周圍土地變得一片荒蕪，但在我以庫羅身分前來打造開拓村時，事先用「農地耕作」魔法將土地整理好了。

市外的農地和森林則用水路和土牆分隔，以防止受到害獸影響。

「那個是果樹園嗎？」

「亞里沙，那是果樹園嗎？看起來只有小小的幼苗而已耶？」

「應該是因為剛種完吧？」

亞里沙和露露提到的，是位於穆諾市內的露露果實果樹園。

過去「露露果實」只是一種會被當成醃漬物或家畜飼料的果實，但在確立調理方式之後，成為一種無論在公都還是王都都炙手可熱的高級果實。

「那就是我們要侍奉的都市嗎……」

「雖然被人用『受詛咒之領』這種誇張的名字稱呼，意外地風和日麗呢。」

預定在此任官的同行年輕人們一邊俯瞰穆諾市，一邊接連開口評論。

移民船隊沿著穆諾市外圍繞了一圈，在用市外預定農耕地建好的臨時機場著陸。

「抵達～？」

「乘上地面了喲！」

「果然站在地面上很不錯呢。」

離開飛空艇的獸娘們踩踏大地，環顧著尚未種植作物的廣大農地。

船艙的門也跟著打開，走下飛空艇的移民們似乎覺得灑落的太陽光很耀眼。

「這就是我們要耕作的田地嗎——真是肥沃的好土壤。」

沿著順風耳技能聽見的聲音方向轉頭一看，一名原本似乎是農民的男性正開心地撫摸農地的土。

「各位請排隊。請依照乘船時拿到的布匹顏色，前往手持同樣顏色旗子的工作人員那裡排隊。」

在公都被任命的新負責人熟練地幫移民們整隊，依序帶領他們前往臨時宿舍。

「迎接的人還沒來嗎？」

「佐里翁大人，好像來了。」

正門方向駛來數輛馬車。

負責護衛的是首席騎士佐圖爾卿和正騎士哈特兩人。跟被魔族執政官欺騙擔任冒牌勇者的時候不同，今天的哈特身上穿著豪華的鎧甲。

「佐里翁大人、卡麗娜大人、潘德拉剛子爵大人，遲來迎接實在非常抱歉。」

佐圖爾卿這麼道歉，我們分別乘上馬車前往穆諾城。

佐里恩少爺的跟班們雖然對簡陋的共乘馬車有所不滿，遭到佐圖爾卿冷淡地說：「有意見就自己走過去。」之後他們只能不甘不願地坐上馬車。矯正他們的責任就交給妮娜・羅特爾執政官吧。

「城堡～」

「卡麗娜的家好大喲！」

「呵呵呵，久久才回家一次，還真是感觸良多呢。」

卡麗娜小姐仰望老家穆諾城這麼說。

即使重新審視一遍，穆諾城仍舊很大。跟王城或公爵城相比也毫不遜色。

馬車穿過三道城牆，進入穆諾伯爵居住的主要區域。

穿過城堡前院，俄里翁少爺的馬車以及我們和卡麗娜小姐一同乘坐的馬車，駛入正門前的圓環。

正門到馬車之間鋪有藍色地毯，文官、武官和女僕們齊聚一堂前來迎接我們。

「父親大人！俄里翁．穆諾回來了！」

「歡迎回來，俄里翁。你長大了呢。」

我們守望俄里翁少爺和卡麗娜小姐兩人和穆諾伯爵的親子會面，隨後身為俄里翁少爺未婚妻的繆絲小姐向穆諾伯爵打招呼。

接著看準他們結束的時機，我們也上前向穆諾伯爵打招呼。

「我回來了喲！」

「窩灰來了～」

「嗯嗯嗯，波奇跟小玉都很有精神，實在太好了。」

波奇和小玉元氣飽滿地向穆諾伯爵打招呼。

由於兩人跟穆諾伯爵很親暱，她們順著感情撲了過去。為了不妨礙俄里翁少爺和穆諾伯爵見面，剛剛她們一直在忍耐吧。

「佐藤，歡迎回來。」

「我回來了。」

穆諾伯爵就像對待自己的孩子般，用溫暖的話語迎接我。

雖然我個人很高興，這樣俄里翁少爺會用嫉妒的眼神看著我，還請您稍微手下留情。

「妳回來啦，亞里沙。在穆諾市的期間，我會要妳好好幫忙喔。」

妮娜小姐這麼對亞里沙說。

「我是無所謂啦，不過文官也增加了不少，還有我能幫的忙嗎？」

「當然有。跟我擁有同等事務處理能力的傢伙，當然得重用了。」

「是是是。我可以期待報酬吧？」

「那當然。無論是新的女僕裝還是執事們的衣服設計，妳想怎麼做都行。」

「哦哦！妮娜小姐，妳很懂嘛！」

就算是為了在穆諾城工作的人們，我要好好抓緊韁繩，避免亞里沙的興趣太失控才行。

「碧娜！好久不見！」

「歡迎回來，卡麗娜大人。」

卡麗娜小姐和侍女碧娜慶祝著重逢。

護衛女僕艾莉娜和新人妹子則在和同事們開心聊天的樣子。

「父親大人，還請適可而止，別在玄關大廳站著說話。」

由於穆諾家長女索露娜小姐這麼勸說，我們決定移動到穆諾城的宴會大廳。

「沒見過的人變多了呢。是新上任的官員嗎？」

「沒錯。他們大多來自公都，剩下的則是在王都邀請過來的人。」

在武官和諜報員之中存在幾名祕銀級的探索者。

「喵～有人在看著～？」

前往宴會大廳的途中，小玉發現有個人躲在角落盯著我們看。

對方是名帶有白色體毛的虎人族小孩，身上穿著文官制服，名字叫做露妮雅。

總覺得很在意而閱讀起ＡＲ顯示的情報，使我回想起有關她的事。

她是在黑街穆拉斯地下拍賣會遭到拍賣的白虎公主。因為和侍奉她的白虎騎士——「冰雪騎士」加爾加歐隆有些緣分，印象中我多管閒事地向在街頭徬徨的他們介紹了穆諾領。

我用地圖搜索一下，發現白虎騎士和他的部下們都在場內的兵營。看來他相信我說的話，前來穆諾市當官了。

「露妮雅小姐，過來這邊，我來向妳介紹大家。」

索露娜小姐呼喚白虎公主。

「她是白虎人露妮雅小姐，擔任見習文官在這裡工作。她也是我重要的朋友，要好好對待她喔。」

索露娜小姐說話的主要對象似乎是俄里翁少爺。

俄里翁少爺嘴上叨唸：「為什麼要跟見習獸人文官當朋友啊？」不過他對獸人好像沒有厭惡感，我稍微鬆了口氣。

「初次見面，我是白虎人露妮雅。因為年紀還小，請各位多多鞭撻指教。」

受到介紹的白虎公主行了個淑女之禮。

總覺得好像新進社員在打招呼。

「波奇是波奇喲！請多指教喲！」

「哈嘍～小玉是小玉～？」

「幼生體，我叫做娜娜，我這麼告知道。」

波奇、小玉和娜娜分別回應白虎公主的招呼，我們也跟著回應。

「佐藤，可以打擾一下嗎？」

哈特從兵營帶來一名高人的白虎人。

「這位似乎認識你和莉薩大人——」

「是的，我們認識。好久不見了，加爾加歐隆卿。」

我輕鬆地打了招呼，白虎騎士卻在我面前就像面對主君般跪了下來。

「潘德拉剛卿，託您的福，露妮雅大人和我等白虎人得到了安居之地。這份恩情，在下就算賭上性命也一定會歸還。」

過去相遇時，他的說話方式明明像個豪放磊落的江湖人士，如今卻像個普通的武者。白虎公主也走到白虎騎士身邊接著說：「我也很感謝你。」

「他非常優秀，目前擔任第三隊的隊長。」

哈特就像在說自己的事情般誇獎白虎騎士。

「劍術和體術也非常厲害，我也請教了不少喔。」

「哈特閣下不僅努力還很有天分，只要再過幾年，就能變得比我更強。」

白虎騎士語氣輕鬆地稱讚哈特。

看來他們關係很不錯。

「到頭來不是又站著聊天了嗎？先去宴會大廳啦。」

妮娜小姐這麼說，催促穆諾伯爵等人前往大廳。

我則向白虎騎士和白虎公主打聽近況，試著詢問是否有遇到困擾的事或是要求，但他們似乎沒什麼不滿，甚至還因為待遇好過頭而感到不知所措。

◆

「——總之，婚禮安排大概是這種感覺。」

大廳裡的話題，主要跟俄里翁少爺和繆絲小姐的結婚典禮有關。

「是在五天後嗎？」

從妮娜小姐那裡得知流程的俄里翁少爺提出疑問。

「不滿意嗎？」

「不是，我一直覺得應該會在今明兩天舉行典禮。」

這或許是這裡的常識，但俄里翁少爺意外地急性子。

「準備已經結束了，隨時都能舉行典禮。然而要是剛結束旅程就立刻結婚，繆絲小姐可是會昏倒喔。」

雖說只有搭乘飛空艇，還是經歷了相當的搖晃、震動和氣壓變化。對不習慣的人似乎會造成很大的負擔。

「結婚典禮的禮服已經在公都準備好了吧？」

「……是的。是件樸素的禮服實在羞愧。」

聽妮娜小姐這麼確認，繆絲小姐緊張地回答。

「我想看一下！」

「嗯，感興趣。」

在亞里沙舉手站起來之後，蜜雅和其他孩子們也紛紛對繆絲小姐投以興致勃勃的目光。

「好的，那麼待會兒給各位看。」

或許是覺得在公都晚餐會上幫忙改造禮服的亞里沙對自己有恩，繆絲小姐立刻就答應了請求。

「索露娜小姐和哈特先生還沒結婚嗎？」

「索露娜姊姊要結婚？」

俄里翁少爺對亞里沙的話起了反應。

「哎呀，我沒跟俄里翁說過嗎？」

「根本沒聽過！那個叫哈特的是哪裡的貴族嗎？」

「還只是名譽士爵喔。剛剛來介紹加爾加歐隆卿的騎士就是哈特。」

「名譽士爵？再怎麼說身分也差太多了吧？」

對於俄里翁少爺的發言，身為男爵千金的繆絲小姐顯得很失落。

應該是因為她在公都的社交界曾經被人說過，身為男爵千金的她不配成為下任伯爵的正室吧。

「啊啊，抱歉！我不是在說繆絲！」

察覺到繆絲小姐神色的俄里翁少爺連忙打起圓場。

「不必擔心，俄里翁。哈特是個配得上索露娜的好青年。」

穆諾伯爵擁護哈特。

「而且下次新年我打算把成為空席的多那諾準男爵的爵位交給哈特。」

我記得那好像是穆諾伯爵原本就擁有的爵位。

「要把歷史悠久的多納諾準男爵家的位置交給一介平民？」

「如果要這麼說，我和佐藤原本也都是平民喔？倘若佐藤和卡麗娜大人要結婚，你也會反對嗎？」

由於妮娜小姐中途說出奇怪的話，我斬釘截鐵地說：「我沒那個打算。」

「潘德拉剛卿不一樣！能憑藉自身才能打造全新子爵家的人相當罕見。」

出乎意料地，俄里翁少爺似乎願意稍微認同我了。

是在公都時向下下任公爵提斯拉德先生那裡打聽到許多事情的緣故嗎？

「是啊，俄里翁，潘德拉剛卿十分厲害。我們穆諾家能夠免於滅亡，甚至升上伯爵有一半左右是他的功勞。」

由於穆諾伯爵非常抬舉我，於是我說：「說一半有點言過其實了。」加以否認。畢竟就算加上我的功勞，我想頂多也只有一兩成而已。

「而且多納諾家雖然歷史悠久，其實是個沒有任何權力，距離沒落僅差一步的弱小準男爵家。在得到陛下和寄養親戚歐尤果克公爵提拔之前，我們都過著和一般庶民沒什麼差別的生活喔。這是俄里翁出生前的事，卡麗娜當時還小，不過索露娜應該還記得吧？」

「是的，父親大人。我還做過在市場殺價，以及自己下廚之類的事。」

「我也隱約記得呢。像是跟索露娜姊姊一起在市場購物，或是做各種家事。」

這些事我還是第一次聽說。

「難不成母親大人會過世也是因為……」

俄里翁少爺用寂寞的語氣說。

「——過世？」

索露娜小姐不解地偏著頭。

「這件事我還是第一次聽說。父親大人，母親大人過世了嗎？」

「不，我沒有收到這種報告……」

卡麗娜小姐和穆諾伯爵也顯得很困惑。

有種牛頭不對馬嘴的感覺。

「母、母親大人依然在世嗎！」

「嗯。雖然最近三年左右都沒有收到信，這是因為她懶得寫信，再過一兩年大概就會收到了吧？」

「母親大人人在哪裡？」

「在南方的古龍大陸。」

「她為什麼要跑到那種跟我們毫無關聯的遠方土地去？」

「有關聯。她出身古龍大陸的卡特希拉汗國喔。」

雖然不知道該如何翻譯，說起汗國，我想應該是個蒙古風格的騎馬民族國家吧。

「母親大人回故鄉了嗎？」

「不，不是。她是去尋找傳說的勇者俄里翁的足跡。」

「可是父親大人，勇者俄里翁・潘德拉剛不是一個被創作出來的勇者嗎？」

俄里翁少爺一臉不解地詢問。

「正是如此，勇者俄里翁是個虛構的勇者。」

穆諾伯爵表示同意。

「既然如此——」

「你的疑問沒錯。勇者俄里翁的功績就算跟王祖大人為首的歷代勇者相比也過於巨大。居然想跟神明結婚，實在難以想像是現實。」

儘管不是神明，如果是以跟活過長久時光的高等精靈結婚為目標的人，這裡就有一個。

「可是她曾經說過，故鄉的傳說有許多和勇者俄里翁的故事相符的小橋段。」

穆諾伯爵說到這裡停頓了一下，環顧周圍眾人的表情。

「只不過那些傳說比沙珈帝國的歷史更為古老。」

「「——父親大人。」」

卡麗娜小姐和索露娜小姐同時開口。

會這樣也很正常。畢竟比沙珈帝國的歷史更古老——換句話說，就是在初代勇者之前，就有與勇者故事相仿的傳說流傳下來。

「妻子她提倡的，就是在初代勇者之前，或許也有勇者存在的異端學說。」

穆諾伯爵對女兒們的話語點了點頭，接著這麼繼續說。

「我明白母親大人的研究了。可是，為什麼不把母親大人還活著的事情告訴我呢？寄信來的時候也什麼都不跟我說！」

面對俄里翁的指責，穆諾伯爵和兩位女兒互看了一眼。

「才沒有這回事呢。」

「是啊，我們曾經把母親大人的近況告訴過你喔。」

「難道說──」

俄里翁少爺似乎也有頭緒了。

「誰聽得懂啊！任誰聽到『母親大人在遙遠的天空彼端思念著俄里翁喔』，或是『要成為一個能讓母親大人驕傲的男孩子喔』之類的話，都會以為是在講已故之人吧！」

「這麼說來，俄里翁殿下沒有看過信是為什麼呢？」

「那是因為──」

「……啊啊，愛夏，我什麼時候才能跟妳見面呢？」

穆諾伯爵注視著南方的天空，眼眶有些溼潤。

「因為父親大人一旦收到信就會變成那樣，才約好看完信之後就要收進金庫裡啊。」

面對我的提問，索露娜小姐作出回答。

「畢竟父親大人要是拋下領地前往古龍大陸就麻煩了。」

原來如此，為了不讓深愛妻子的穆諾伯爵放棄領主的工作，才設下了限制嗎？

「雖然收到信時都會全家一起看，俄里翁小時候經常發燒，所以才沒看過信也說不定。而且長大之後就去公都留學了，也沒有回過老家嘛。」

「父親大人，請把信給我看。另外如果有母親大人的肖像畫，也一起拿給我。」

「當然可以。索露娜、卡麗娜，今天沒關係吧？」

「真沒辦法呢。繆絲大人和潘德拉剛卿要不要也一起來呢？」

姑且不論信件，我的確對肖像畫有興趣，於是便和俄里翁少爺一起去看畫。

那是一幅能讓人清楚了解卡麗娜小姐和索露娜小姐的好身材來自遺傳的美妙肖像畫。

◆

為了讓穆諾家的成員們能夠開心暢快地聊天，我們各自分頭行動。

「亞里沙，妳要來觀看新人文官們工作的情況嗎？」

「好啊，我要去。」

亞里沙接受妮娜小姐的邀請前往辦公室。

「那麼我就去找蓋爾特廚師長吧。」

「既然如此，也幫我把土產的食材交給她。」

我從儲倉裡將嚴選的土產包裹塞進「魔法背包」，透過道具箱拿出來交給露露。

「那麼我去訓練場一趟吧。」

莉薩好像也要去熟悉的地方露個臉。

「小玉要割草～？」

「波奇要去山裡獵肉喲！女僕的人們一定會非常非常高興喲！」

小玉和波奇揹著籃子衝了出去。

「我去觀察幼生體的情況，我這麼告知道。」

「同行。」

既然蜜雅跟了過去，娜娜應該也不會失控吧。

而我則是散步，順便前往放有之前獨占下來的工廠設備的別館。

裡面傳出熱鬧的鎚子敲打聲和工匠們充滿活力的聲音。由於以前只有我一個人在使用，有種來到其他地方的違和感。

「唉呀，貴族大人，您來我們這種骯髒的地方有何貴幹嗎？」

當我接近工房，一名打扮較為正常的領隊工匠前來迎接。

「我可以稍微參觀一下工房嗎？」

「要參觀雖然沒問題……」

「不好意思，我會留意不妨礙大家的工作。」

儘管允許我參觀，好像覺得有點困擾。

不過我能理解他的心情。

「喂！為什麼放他進來啊！」

「沒辦法啊！你看清楚他的服裝，明顯是個上級貴族的少爺喔！要是不好好接待，害伯爵大人的立場變差該怎麼辦啊！」

我的順風耳技能聽見老練工匠抓住領隊工匠肩膀小聲提出的抱怨。

讓現場工作人員左右為難實在於心不忍，還是注意不要待太久吧。

——哦？

我發現給新來工匠用的工具。

不知為何沒有工匠使用，而是被擺放在牆壁邊。

「嗯，畢竟工匠都有自己的工具嘛……」

雖然有點難過，這也沒辦法。

「喂！別碰那些東西！」

剛剛的老練工匠抓住打算伸手拿起工具的我的肩膀。

「等等，你在幹什麼啊！」

「放開我！那傢伙可是要碰那些工具喔！」

領隊工匠勒住老練工匠的脖子。

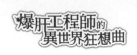

「這些工具怎麼了嗎？」

原本只是很常見的市售工具，但上面為了方便使用做了許多加工。

「貴族大人，雖然很抱歉，可以請您把工具放回去嗎？」

「嗯，這倒是無所謂──」

見他誠懇地這麼說，我便將工具放回去。

「很抱歉我們這裡的笨蛋做出了失禮的舉動。你也給我低頭道歉！」

「因為啊！他可是想隨便拿起那些工具耶！」

「住口，你這個大笨蛋！要是做出那種事，就算因為無禮被處斬也怨不得人喔！」

不不不，希嘉王國的人命可沒有那麼不值錢──才對吧？

「請把頭抬起來，也不需要謝罪。」

「實在很抱歉。那些工具是我們當成目標的人使用的道具。」

「目標？」

「是的。貴族大人知道佐圖爾大人和哈特大人帶在身上的劍嗎？」

「嗯，當然知道。」

雖然不是魔劍，那也是我在穆諾城時打造的劍嘛。

「那些工具是打造出那些出色長劍的『士爵大人』使用的東西。」

「而你居然想隨便觸碰那位『少爺』的工具。」

插嘴的老練工匠被領隊工匠說著：「給我用敬語！」罵了一頓。

姑且不論這個——

「那種拙劣的劍居然被稱讚到這種地步，讓人有點難為情呢。」

「你說什麼！居然敢汙辱少爺的劍！」

「不，因為現在我能打造出更像樣的劍。」

我這麼說著，透過道具箱從儲倉拿出練習時鍛造的普通長劍。

因為是用來當作贈品鍛造的劍，就算不是魔劍，外表也非常好看。

「這、這個是！」

「毫無疑問！這就是少爺的劍！」

「那麼，你就是——」

「——潘德拉剛卿！」

一名文官打扮的女性在走廊上呼喚我。

從袖子很長的文官服看來，應該是尤尤莉娜文官吧。

「不好意思，因為有人在找我，就先失陪了。那把劍無論是要裝飾還是使用，都隨各位處置吧。」

畢竟同樣的東西有好幾十把嘛。

「潘德拉剛？是、是弒魔王者潘德拉剛？」

「騙人的吧？那不是穆諾伯爵領的大人物嘛！」

「糟糕，我從明天起就要失業了嗎……」

「喂，比起這個，快看這把劍！好厲害啊！難怪會說佐圖爾大人他們的劍很拙劣！」

「可惡，既然如此我不管了。在被開除之前，我要好好把這把名劍烙印在腦海裡！」

工匠們騷動起來。

不過，能喜歡那把劍實在太好了。

等工作告一段落之後，再拿酒跟小菜去探望他們吧。從剛剛的情況看來，拿祕銀之類的素材過去或許比較好。

我一邊想著這種事，一邊朝尤尤莉娜文官的方向走去。

「尤尤莉娜小姐，發生什麼事了嗎？」

「因為收到給子爵大人的匯票和禮物，所以我幫您送過來了。」

匯票是類似支票的東西，而禮物似乎只是將較為昂貴的品項另外保管。

「原本想直接送到您房間，由於有許多昂貴的禮品，因此猶豫是否該放進空房間裡。」

我向尤尤莉娜文官道謝，透過道具箱將現場拿到的禮物全部收進儲倉裡。禮物主要是一些公都貴族送來的東西。波爾艾哈特的矮人們也送來信件和小裝飾品等東西，當作過去送他們名酒的回禮。

「是少爺！」

「歡迎回來，子爵大人！」

在穆諾城散步時，女僕們和負責打雜的孩子一臉開心地來向我打招呼。

其中不乏直接抱上來，令人困擾的女僕，不過她們大多都會被同事們斥責並強行拉開。根據她們的說法，似乎是「只是想稍微表達歡迎之意」。

接著我前往廚房向和露露一同料理的蓋爾特廚師長打招呼，被負責試吃、欲求不滿的女僕們要求食物，士兵們以及負責打雜的男僕們則露出憧憬的眼神看著我。大概是因為「弒魔王者」的傳聞傳開了吧。

由於路上見到的糧食倉庫大多都還空著，我便將在碧領量產的多餘糧食塞了進去。因為沒人看守，只要把寫著「勇者的隨從庫羅參上」的紙貼上去就行了吧。

「千手防陣喔！」

離開糧食倉庫後，卡麗娜小姐充滿精神的聲音從訓練場的方向傳來。

看來是親子交談結束，她跑去活動身體了。

「真不愧是卡麗娜大人！新人妹子，我們一起上！」

「好的，艾莉娜小姐！」

護衛女僕艾莉娜小姐和新人妹子在訓練場和卡麗娜小姐進行模擬戰鬥。

「休想得逞！——櫻花百烈閃！」

卡麗娜小姐施展出連續踢擊的必殺技襲向兩人。

這本來是一招長槍術。由於是第一次見到她使用，應該是最近才學會的吧。

「哇啊——攻擊系的必殺技不行啦！」

艾莉娜拋下短槍，翻滾似的往後一跳。

「弱點在軸心腳！掃腿！」

繞到背後的新人妹子對卡麗娜小姐的腳下發動攻擊，卻被她硬是跳起閃過了。

「旋風散華！」

卡麗娜小姐在空中停下連續踢擊，使出迴旋踢系的必殺技。

這本來也是長槍術的招式。是在迷宮都市向指導護衛女僕艾莉娜小姐她們長槍術的師父那裡學來的嗎？

「呀！」

新人妹子連忙用短槍擋住，卻連同防禦一起被打飛在地上翻滾。

「好厲害。」

「身為護衛對象的大小姐比我們還強耶。」

「不覺得就連女僕們都比我們厲害嗎？」

士兵們看著三人的模擬戰鬥流下冷汗。

「卡麗娜大人，您的實力在迷宮都市提升了呢。」

「呵呵呵，居然能受到佐圖爾卿稱讚，在迷宮努力有回報了。」

得到身為軍隊最高負責人的佐圖爾卿稱讚，卡麗娜小姐自豪地挺起胸膛。

年輕士兵們的視線會被那對胸部吸引過去也是很自然的結果吧。

「好了，你們幾個！接下來輪到我們向卡麗娜大人展示訓練成果了！別讓我丟臉嘍！」

「「「是！」」」

在佐圖爾卿的命令下，士兵們展開激烈的訓練。

因為不好意思妨礙他們，我默默地離開了現場。

「距離晚餐還有一點時間——」

雖然大致繞了一圈，由於花的時間比想像中來得少，我決定前往市內逛逛。

離開城堡後，眼前是座附有噴水池的廣場，沿著外圍並排地豎立著幾座類似大型市政廳、公民館之類的建築物，以及七座神殿。

商會之類的地方好像沿著廣場前的主要幹道開設。

「那邊的貴族少爺！如果是虔誠的你，一定願意向札伊克恩神明大人的神殿捐獻！我可是如此相信喔！」

雖然語氣很傲慢，我還是敗給了神官那拚命求助的眼神。

「沒問題。雖然金額不大——」

我這麼說著，將裝有二十枚金幣左右的小袋子遞給他。

「給、給這麼多沒關係嗎？」

「當然，雖然肯定不足以用來修繕神殿，請拿去補充營運費用吧。」

「貴族大人，可以請教您尊姓大名嗎？作為捐獻的回禮，我會在早晚祈禱時向札伊克恩神傳誦您的姓名。」

「不，這就不必了。」

總覺得比起好運，麻煩事會先找上門。

「神殿長大人！」

一名給人清寒印象，看似女神官的女性跑了過來。

從聖印的形狀看來，她好像也是札伊克恩神殿的神官。

「您又在強迫打扮華麗的人捐獻了吧！請別再做這種事了！您在市場等地方的評價已經非常糟糕了！」

「不、不是的，瑪姆神官！這位大人很乾脆地捐獻了。」

「真的嗎？就算捐獻給札伊克恩神殿，我們既不會回復魔法也無法解除詛咒，就連聖水也只是進行祈禱的普通井水而已喔？」

「瑪姆神官！聖水的事可是我等神殿的機密事項啊！」

「您在說什麼啊！這件事市場上所有人都知道喔！」

明明外表看起來溫順，女神官好像是個一板一眼的人。

「瑪姆神官，非常感謝妳操心。不過，我不是為了世俗利益才捐獻，這點請您放心。」

「看吧，瑪姆神官！這位大人可是個虔誠的札伊克恩神信徒啊！」

聽我這麼說，神殿長向女神官露出得意洋洋的笑容。

「不，我並不是札伊克恩神的信徒。」

「——咦？」

神殿長以奇怪的表情僵住了。

「既然如此，您為什麼要捐獻呢？」

「因為久違地回到穆諾市，我打算去各個神殿捐獻。」

我把事實告訴女神官。

「佐藤大人！」

「果然是佐藤大人啊！」

當我們在札伊克恩神殿前閒聊時，其他神殿的神殿長紛紛聚集過來。

他們都是曾被魔族執政官監禁在穆諾城地下監獄的人們，每個人我都認識。

「現在應該稱呼你潘德拉剛子爵大人比較好吧？」

「想怎麼稱呼都沒關係喔。」

認識他們的時候我還不是貴族，所以叫我佐藤的人很多。

「託佐藤大人的福，我等神殿成功招募到巫女。如果遇到問題，無論是深夜還是凌晨，我都會去向您報告！」

「我等神殿也被派遣了能夠使用上級魔法的祭司，這也是多虧了子爵大人。這麼一來就能拯救許多人了。」

加爾雷恩神殿和赫拉路奧神殿的神殿長向我道謝。

札伊克恩神殿的神殿長因為搞不清楚狀況而顯得驚慌失措。

我對準備接收巫女和祭司的神殿稍微多捐了點錢，其他則一視同仁。

由於廣場角落設有載客馬車，我便搭乘繞行了穆諾市一圈。

儘管跟王都和公都相比稍嫌遜色，市場攤販仍擺出數量與以前相差甚遠的各式商品。

「越來越有活力了呢。」

「您說得沒錯。自從執政官換人之後，不僅治安變好了，商人也回來了，讓這裡變得熱鬧許多。」

車夫對我的自言自語起了反應，將穆諾市的各方面近況告訴我。

穆諾市的人口在短時間內增加了，離開穆諾領的人們應該也會漸漸回流吧。

不僅區域整理的長屋很熱鬧，市內的田地收成似乎也不錯。

我向在孤兒院裡和孩子們遊玩的娜娜，以及用魯特琴演奏曲子的蜜雅揮揮手，前往新建築林立的區域。

「繼續往前沒關係嗎？那裡只有移民們的帳篷而已……」

「是的，我有事要去那裡。」

多虧載客馬車，我很有效率地逛完了穆諾市，因此最後我打算去觀察移民們的情況。

「潘、潘德拉剛子爵大人？我立刻去找管理官！」

在入口守門的士兵似乎認得我的長相，立刻就跑去通知負責人。

「子爵大人，請問有什麼問題嗎？」

我向氣喘吁吁跑過來的管理官道歉，詢問了移民們的情況。

「您說情況嗎？感覺上期待和不安各占一半吧。」

要在新的土地上生活，會感到不安也很能理解。

我拒絕了管理官的邀請，在稍微有段距離的地方觀察移民們的情況。

「是要在都市外的農地工作嗎？」

「那邊是本地居民們的農地吧？」

「不，土地那麼肥沃，會不會是領主大人的莊園呢？」

我的順風耳技能捕捉到移民們的聲音。

「要是能在那個莊園工作，就算當農奴也無所謂。」

「說得沒錯。與其在開拓村讓孩子們餓死，不如當農奴還比較好。」

「可是，如果去了開拓村，開墾的土地不就能當作自己的田嗎？」

「對年輕人來說這麼做或許也不錯，但咱們只要得到每天能吃飽的糧食就足夠了。」

雖然是聽到對話才想到的——

「還沒把之後的待遇告訴他們嗎？」

「是的。由於明天會由領主大人發表，在那之前我不會多嘴。」

順帶一提，我們預定要把有一技之長的人分派到穆諾市，並且將有農村經驗或自願人士送往開拓村。

因為穆諾市郊外的田地算是附帶的，我本來打算當成出租農地開放給兼職農戶，不過依照他們的說法，這裡似乎也很吸引人。

「開拓村比預料中的不受歡迎呢。」

「這或許是沒辦法的事。畢竟一般開拓村都要賭上性命。」

管理官露出複雜的表情回答。

「在分派人員之前，帶著自願者前往開拓村看一遍或許比較好呢。」

「不，沒有那個必要。能力和要求在招募時就已經問過了，只要以此為基準強制進行分配就好。」

唉呀，管理官明明看起來很老實，卻開始動用權力了呢。

「這樣他們不會反抗嗎？」

「沒問題。無論有多麼不滿，見到那個開拓村就會改變心意。」

管理官自信滿滿地說。

「你見過了嗎？」

「是的。那裡是個甚至讓我想在退休之後移居的美妙場所。」

沒想到即使是應該領高薪的官員都說出這種話。

「而且開拓村前三年不用繳稅，再加上得到充足收穫之前，領主大人還會發配糧食。如果這樣還抱怨，可是會遭天譴喔。」

縱使覺得神明大人們沒那麼閒，我明白他的意思。

我決定相信他的話，什麼都不做直接返回城裡。

另外，據說要等到俄里翁少爺的結婚典禮結束，才會陸續派人前往開拓村。

◆

『主人，來幫忙！』

聽見亞里沙的遠話後，我立刻趕了過去，結果發現繆絲小姐正在結婚禮服前哭泣。

「亞里沙，發生什麼事了嗎？」

「就是這個啦，這個。看來遭到公都的千金小姐們惡作劇了。」

亞里沙這麼說著，手指向桌上壞掉的首飾。

寶石不僅被從臺座上拆了下來，仔細一看還會發現上面有許多傷痕。

「只要修好這個就行了嗎？」

「——修得好嗎？」

哭腫眼睛的繆絲小姐抬起頭說。

「沒問題，請交給我吧。」

「拜託您了！這是我奶奶的遺物！」

居然對這麼重要的東西惡作劇，真是過分。

「寶石的顏色也很奇怪呢。看來被淋了什麼藥物。」

「不是的，那是因為我小時候不小心……」

唉呀，原來不是同一個時期幹的啊？

「裝飾品只有這個而已嗎？」

「是的，因為我們拉古克家並不富裕……」

「抱歉，我沒有那個意思。」

我只是在意是否還有其他裝飾品被惡作劇才問的，卻刺激到了繆絲小姐的自卑感。

「總而言之，這顆寶石請交給我吧。我一定會趕在結婚典禮前修好。」

我這麼說著，和亞里沙一同離開房間。

「主人，趕得上嗎？」

「嗯，立刻就能搞定喔。」

儘管不如傳說中的寶石魔法使裘葉爾，修補寶石或加工裝飾品是我的拿手絕活。

「——妳看？」

「什麼妳看……你還是老樣子，很作弊呢。」

見到被完美恢復原狀的首飾，亞里沙嘆了口氣。

「哎呀？寶石的暗沉消失了耶？」

「我順便也把繆絲小姐小時候的失誤修好了。」

儘管是在修復過程中不經意修好的，應該沒關係吧。

「可是，要是這麼快搞定，總覺得就沒有值得感激的感覺了呢。」

姑且不論感激與否，要是速度太快，感覺會被懷疑是怎麼辦到的。

跟亞里沙討論的結果——

我決定將東西交給值得信賴的修補工匠，然後要求對方在結婚典禮當天將首飾還給繆絲小姐。

◆

「——您說布萊頓市的太守嗎？」

晚餐後穆諾伯爵說有事要談，把我叫去他的辦公室。在那裡妮娜小姐正式提出希望我成為布萊頓市太守的提議。

這麼說來，雖然在越後屋商會的掌櫃那裡非正式地聽過這件事，這還是第一次從妮娜小姐和穆諾伯爵這裡聽到這個話題。

「這不是很厲害嗎，主人！」

「真不愧是主人！」

同行的亞里沙和莉薩先我一步作出反應。

儘管對開心的兩人很抱歉，我不打算接受太守這種重責大任。

「非常抱歉，我還不打算在某處落地生根——」

「慢著，你先等一下。」

妮娜小姐制止想要回絕的我。

「目前穆諾伯爵統治領內所有都市和城鎮。」

並開始在白板上畫起概略圖。

這塊白板是我在亞里沙的提議下自己做出來的東西。當時為了尋找油性筆的替代品，真的很累人。

「那不是理所當然的嗎？」

畢竟他是領主嘛。

「並不是指形式上，而是直接支配複數都市核很累人。」

「是這樣嗎？」

「你知道都市核吧？領主一旦與都市核相連，就會隨時收到來自都市核的情報。如果只有一個，習慣就好了；如果數量太多將會累積疲勞，使精神失去穩定。」

「原來是這樣嗎？」

我在大沙漠和碧領已經支配了十個以上的都市核，但沒有發生任何問題。

或許是因為來自都市核的情報都被傳到了主選單的紀錄上，使我不怎麼在意的緣故吧。

「所以需要太守介入其中將雜亂的情報作取捨，減輕領主的負擔。」

「即使佐藤不在，也有太守代理候補和守備隊的隊長在，實際作業交給他們就行了。」

「不能直接任命那幾位為太守嗎？」

「要就任太守或是地方官，必須要有希嘉王國的爵位。地方官要準男爵以上，太守則是子爵以上的爵位。雖然也能任命不符爵位的人，那麼做將會無法完美使用都市的機能。」

「原來如此——」

在答應之前，我發現了一件事。

「既然如此，由妮娜小姐來擔任太守不就行了嗎？」

「我畢竟是執政官，為了在穆諾伯爵發生事情時擔任代理，必須隨時確保自己是空閒之身才行。」

把太守職位推給她的計畫馬上就失敗了。

「我不會實際處理業務喔？」

「無所謂。只要每年去照顧一下都市核就行了。」

如果只是這樣倒無所謂。

「我明白了。雖然資歷尚淺，請容我接下這份重責大任。」

聽到我這麼說，穆諾伯爵和妮娜小姐露出鬆了口氣的表情。

「這下第二都市的太守就決定了。接著只要決定三座城鎮的地方官，也能在其他領地面前保住顏面了。」

妮娜小姐這麼說完，穆諾伯爵看向莉薩。

「等哈特繼承多納諾準男爵的爵位之後，我預計將他任命為第一個地方官，但即使如此還有兩個空位，如果是身為女準男爵的莉薩閣下——」

「非常抱歉，我是個沒文化的粗俗人，不適合擔任掌管領民性命的地位。」

莉薩不等穆諾伯爵說完就拒絕了他的提議。

「這樣啊……因為剩下兩座城鎮的其中一個有許多獸人，很難找到適任者呢。」

妮娜小姐作出試探，儘管如此莉薩依舊閉著嘴巴。

「不能勉強不願意的人呢。」

與面對我時不同，穆諾伯爵很快就讓步了。

「跟接下來將接受移民的布萊頓市不同，那些規模較小的城鎮我會想辦法。要是名譽準男爵能夠勝任，再等幾年就能交給佐圖爾或其他人了。」

畢竟被分類為上級爵位的子爵級爵位沒那麼簡單就能拿到吧。

◆

隔天一大早，我們跟穆諾伯爵一起和聚集在穆諾城陽臺的移民們見面。

「歡迎來到穆諾伯爵領，我們非常歡迎各位。」

穆諾伯爵照著演講稿向移民們喊話。

由於他平時的個性會被移民們小看，妮娜小姐事先準備了演講稿。

穆諾伯爵依照講稿說出歡迎和激勵的話語，並且告知他們接下來的待遇。

「各位在移動到布萊頓市之後會被送往開拓村。以村落為單位移民的人，我們將會分配到相同的村子，還請放心。」

聽見這段話，移民們做出各式各樣的反應。

大多數人都因為不用跟熟人分開而鬆了口氣，其中也有些人露出失望的神情。

「不過，工匠和想當兵的人將會直接留在穆諾市。」

部分移民人士開始騷動起來。

「只要當兵就能留在穆諾市嗎？」

「當農奴也行，我想在那塊肥沃的土地上耕作。」

順風耳技能聽見了這樣的話。

這麼說來去移民們的宿舍觀察情況時，好像也聽到了類似的對話。

當伯爵說完話後，有幾位老移民走上前來。

「伯爵大人，請讓我當伯爵大人的農奴吧。」

老移民的代表這麼說完，隨即跪倒在地。

「農奴？」

穆諾伯爵聽見他們的話顯得很困惑。

「這是怎麼回事？」

「大概是看見穆諾市四周的農地之後入迷了吧。」

妮娜小姐回答穆諾伯爵的疑問。

「去了移民地點之後，如果還有人想留在這裡當農奴，我們會接受。」

接著她直接走到陽臺邊緣對移民們說：

「不過，我認為不會有人想這麼做。」

正如妮娜小姐說的一樣，開拓村的農地也跟穆諾市周邊一樣，是我用魔法翻修過的，條件完全一樣。所以應該沒有人會在同樣的條件下選擇當農奴吧。

◆

「啊──！是貴族大人！」

「爺爺！少爺來了！」

孩子們從瞭望臺上看見我們之後，對著堡壘內部大喊。

跟移民們見過面後，因為還有不少時間，我來到原本叫做怨靈堡壘，現在成為我別墅的山上堡壘。

這裡居住著原本的少年少女盜賊團，以及被遺棄的老人。

在妮娜小姐的幫助下，他們被登記為正式居民，並且以我家臣的身分從穆諾領得到了一定額度的生活費。

妮娜小姐表示：「空的堡壘一旦被盜賊或魔物當作根據地就麻煩了。比起定期支付驅逐費用，不如派人管理比較划算。」因為做好了從我俸祿中扣除的手續，今後應該不會對領地政府造成負擔才對。

「佐藤大人，歡迎您的來訪。」

「哥哥！快看、快看！田地大豐收喔！」

「也看我的衣服！是新的喔！是城裡的人送我的！」

和代表的老人打完招呼，孩子們拉著我的手，帶領我去觀看田地和衣服。

這裡最近好像開始有旅行商人出沒。

「幼生體，我的雙手都空著，我這麼告知道。」

娜娜有些寂寞地張開雙手，識時務的孩子們隨即握住她的手露出微笑。

田地整理得很整齊，原本空蕩蕩的堡壘內部也成了充滿生活感的溫暖空間。

「雖然咱們離開的村子曾經派人來問要不要一起生活……」

「哼，姑且不論咱們為了減少消耗主動離開這點，誰要回去那種連農奴的孩子都會被拋棄的村子啊。」

領內原本存在的各個村子已經得到和開拓村相同的糧食支援，我也用庫羅的身分前去協助開拓農地，因此每個村子能夠養活的人口都增加不少。

「沒錯、沒錯。老夫已經跟兒子說好，只要偶爾來露個臉就行了。」

「畢竟咱們是少爺的家臣啊。」

老人們將近況告訴我。

他們似乎願意為了孩子們留在這裡。

「少爺！請看！梅酒做好了！」

「也有用柿子做成的水果酒喔！雖然因為被孩子們吃掉，只做好一瓶！」

老人們拿出在瓶子裡的梅酒和水果酒。

他們遞出酒杯讓我品嘗，於是我稍微喝了一點。

甜味有點淡，味道跟我知道的梅酒有些不同。

「沒有用砂糖嗎？」

「畢竟這裡沒有那種高級品啊。」

我喝光梅酒，嚼起裝在杯子裡的大顆梅子果實。

我從以前就很喜歡吃梅酒裡的梅子果實。

「這裡的梅子品質不錯呢。」

因為機會難得，我將放在儲倉裡的蒸餾酒、魔導王國拉拉其埃生產的冰砂糖，以及能夠製作梅酒的材料當作禮物送給他們。

如果只有這些，能夠預見冰砂糖被孩子們吃個精光的未來，因此我也將裝有普通砂糖的瓶子和大量糖果送了出去。

◆

接著，到了結婚典禮當天早上——

「讓您久等了。」

我把修好的首飾還給繆絲小姐。

「這個！跟我以前看到時一模一樣！非常感謝您，子爵大人！」

「您能滿意實在太好了。」

繆絲小姐開心地露出燦爛的笑容。

她不斷向我低頭道謝，不過由於準備時間快要不夠了，穆諾城的侍女們連忙將她帶往準備室。

明明俄里翁少爺才剛睡醒而已，女性在各方面都很辛苦呢。

因為我們也要參加結婚典禮，便回房間做起準備。我用快速更衣技能迅速換上禮服，畢竟機會難得，也配合禮服整理一下頭髮吧。

「鏘鏘～？」

「鏘鏘鏘喲！」

「妳們兩人都很可愛喔。感覺就像新娘一樣。」

「嘿嘿嘿～」

「被這樣誇獎，讓人很害羞喲！」

「喂，好不容易才整理好，不能那樣轉圈啦！」

盛裝打扮的小玉和波奇來到我面前，因此我大力稱讚她們，結果她們轉圈跳起舞來導致髮型亂掉，被亞里沙罵了一頓。

「稱讚我。」

「主人，希望你誇我可愛又漂亮，我這麼告知道。」

「主人，適合我嗎？」

「妳們三個都既可愛又美麗喔。」

之後再拍張紀念照吧。

「喂！不要忘了稱讚小亞里沙啦！」

「嗯，很可愛、很可愛。」

「稱讚方式好隨便！」

「抱歉、抱歉。很適合妳喔。」

亞里沙用拳頭輕輕敲打我，於是我好好誇獎了她一番。

大家應該是顧慮到今天的主角繆絲小姐，身上的寶石裝飾品比以往少得多。

「咦？莉薩呢？」

「——咦？」

亞里沙將身穿禮服的莉薩從角落拖了出來。

「真是的！別害羞啦！」

「可是亞里沙，我果然不適合這種華麗的打扮吧……」

「就說沒那回事了！對吧，主人？」

用朱絹製成的現代風格緊身禮服，襯托出莉薩凜然的美貌。

禮服的單側腰際和胸前立體縫製了用緞帶編成的大型花朵裝飾，為樸素的禮服增添了華麗感。

「嗯，非常好看。能夠完美地凸顯出莉薩的魅力。」

聽我這麼稱讚，莉薩紅著臉低下頭去。

這種純真的反應也很可愛，很不錯呢。

「子爵大人，差不多該進場了。小玉小姐和波奇小姐請跟我來。」

「系系系～」

「好喲，波奇是拿婚紗的專家喲！」

看來小玉和波奇似乎負責走在新娘後面捧著婚紗，也就是擔任花童。

我們被帶到會場最前面。

索露娜小姐和卡麗娜小姐，以及哈特和妮娜執政官分成左右兩邊站在會場前面，穆諾伯爵則還沒進場。卡麗娜小姐和索露娜小姐都化好妝，看起來比平時更漂亮。哈特也有一副不像貧窮村落出生的貴公子氣息。

向他們打完招呼之後，我們坐到位置上。

新娘方沒有成員出席。我後來才知道，由於往來領地伴隨著危險，新娘方會在自家領地舉行只有自家親屬的婚禮，沒人出席很正常。

提斯拉德先生在公都舉行婚禮時，新娘的親屬有從艾爾艾特侯爵領前往參加，但我想那是因為雙方都是大貴族才會出席吧。

「穆諾伯爵大人即將進場，請來賓起身歡迎。」

擔任司儀的人用風魔法將聲音傳遍會場每個角落。

「現在開始，將進行俄里翁．穆諾與繆絲．拉古克的結婚典禮。」

穆諾伯爵看似有些緊張地走上講臺，宣布結婚典禮開始。

看來希嘉王國由領主負責牧師的職務，只能說不愧是貴族的結婚典禮呢。

安排在會場深處的樂隊開始演奏亞里沙監修的結婚進行曲。

「新郎俄里翁．穆諾大人請進場。」

俄里翁少爺穿著白色的禮服進場，走到講臺前對穆諾伯爵深深鞠躬，接著轉身向典禮會場的人們敬禮。或許是很緊張，俄里翁少爺的臉色一片蒼白。

「新娘繆絲．拉古克大人請進場。」

——哦哦！

或許是看慣她沒化妝的樸素面容，化好妝的繆絲小姐看起來非常漂亮。畢竟她本來就長得很標緻，要是在公都時也像這樣化妝，那些嘴上不饒人的貴族千金們也就沒辦法多說什麼了吧。

「繆絲？」

俄里翁少爺大吃一驚當場僵住。

他目不轉睛地凝視著走在紅毯上的繆絲小姐。你那樣盯著人家看，繆絲小姐會很不好意思吧？

「波奇、小玉，注意腳下，不可以踩到婚紗。小玉，做得好，就這樣直直地走過去。」

莉薩拚命地守望著擔任花童的小玉和波奇。

每當緊張的兩人快要犯錯時，莉薩都一副要衝過去的樣子。

典禮莊嚴地進行，來到新郎和新娘交換誓言的環節。

「新郎俄里翁．穆諾，你願意發誓自己無論健康還是生病，開心還是悲傷，富貴還是貧賤，都會永遠與新娘繆絲在一起愛護她、保護她，對她盡心盡力嗎？」

「我願意。」

原以為跟教會式的結婚典禮一樣，但感覺有些不同。

繆絲小姐的誓詞從「永遠在一起愛護和保護」變成了「愛護、生兒育女、一同生活」。

因為這個世界有許多生命危險，生兒育女才十分重要吧。

繆絲小姐抬頭看著俄里翁少爺，並且回答：「我願意。」

「那麼，請交換誓約之吻。」

俄里翁少爺掀起繆絲小姐的婚紗，兩人四目相交。

一旁傳來有人吞口水的聲音。原以為是亞里沙，結果是露露。位在遠方的卡麗娜小姐也傳來同樣的聲音，應該是因為會場很安靜，再加上順風耳技能的緣故吧。

當俄里翁少爺和繆絲小姐生硬地接吻後，一旁的亞里沙小小地發出歡呼：「呀——」結果轉頭一看，我發現不光是亞里沙和露露，連娜娜和莉薩的臉頰都變得通紅。

能夠理解。見到朋友的接吻場景，會讓人覺得很難為情嘛。

卡麗娜小姐用小指抵著自己的嘴唇。當我被那莫名嬌豔的模樣吸引時，卡麗娜小姐突然轉過頭來跟我對上眼。

接著她瞬間滿臉通紅地低下頭去。

這副模樣可愛到如果沒有雅潔小姐這個心上人，我會忍不住跟她求婚。

「佐藤。」

蜜雅拉住我的耳朵，使我的視線回到前方。

「我以穆諾伯爵領領主雷奧·穆諾之名宣布俄里翁·穆諾與繆絲·拉古克締結婚姻——■■　婚姻。」

穆諾伯爵如此宣言後，發動了都市核的儀式魔法，只見繆絲小姐的家名變成穆諾。

「願新婚夫婦得到眾神與王祖大人的祝福！」

參加典禮的人們向新郎和新娘獻上如雷貫耳的掌聲。

「新郎新娘退場。」

在掌聲和音樂的送行下，俄里翁少爺和繆絲小姐感情融洽地離開會場。

當繆絲小姐轉身時，儘管小玉和波奇的額頭相撞在一起差點跌倒，仍舊設法撐住並完成任務。雖然很可愛，還是讓人捏了把冷汗。

繼新郎新娘之後，穆諾伯爵也離開會場，接著依序由上座的人開始退場。

「主人，接吻是什麼感覺呢，我這麼提問道。」

「等妳長大就知道了。」

娜娜提出難以回答的問題，我便敷衍過去。

「我想嘗試接吻，我這麼要求道。」

「不行。」

「沒錯，不可以。」

蜜雅和露露制止注視著我嘴唇的娜娜。

「就是說啊！那可是小亞里沙要先的！」

由於亞里沙說著：「嗯嗯～」嘟著嘴唇湊過來，我便往她腦袋揮下一記手刀。之後蜜雅應該會幫我罵她吧。

「主人……」

露露以戀愛少女一般的表情注視著我。

嗯，請妳別露出那種性感的表情，會讓人忍不住想求婚。

「各位，接下來還有拋捧花的環節，請來這邊集合。」

「那可不好！走吧，露露！」

「慢著，亞里沙！」

亞里沙邀請露露衝了出去。

「嗯？」

「據說只要接到新娘拋出的捧花就能成為下一位新娘，就類似討個好彩頭吧？總之就是這種感覺，在未婚女性之間很受歡迎喔。」

「完全理解了，我這麼告知道。」

「要去。」

娜娜和蜜雅也追上亞里沙。

「莉薩也過去吧。」

「我……」

我推了猶豫的莉薩一把，把她送到拋捧花的區域。

「那麼要拋嘍。」

繆絲小姐往後拋出捧花。

原本以為沒什麼力氣的繆絲小姐拋出的捧花，會落在興奮不已等在最前排的亞里沙她們和女僕們觸手可及的地方，花束卻被風給捲起，輕飄飄地掉在站在最後面的莉薩手中。

「——咦？」

接到花束的莉薩顯得很不知所措。

「莉薩小姐，恭喜妳！」

亞里沙懊悔了一會兒之後，搶在所有人之前向莉薩獻上祝福。

「恭喜。」

「接得好，我這麼祝福道。」

「恭喜妳，莉薩小姐。」

蜜雅、娜娜和露露接在亞里沙之後，女僕們和參加者們紛紛送上掌聲和祝福的話語。

「恭喜妳，莉薩。」

「謝謝您，主人。」

莉薩這麼說著，將臉頰湊近捧花露出了夢幻般的微笑。

嗯，雖然平時威風凜凜的莉薩很不錯，這種少女般的模樣也很棒呢。

廢坑都市

「我是佐藤。遊戲或故事中經常有強大的魔物或不幸被『封印』，隨著劇情發展逐漸解除的橋段。看到這種情況的朋友說出『雖然當時只能進行封印，還是希望他們別把問題留給後代子孫耶』之類的話，使我不禁表示贊同。」

「看到了～？」

我們搭乘小型飛空艇離開穆諾市，大約兩小時之後抵達了布萊頓市。

穆諾伯爵、卡麗娜小姐以及兩名女僕與我們一起同行。嫡長子俄里翁少爺雖然也想跟來，卻被妮娜小姐義正嚴辭地駁回。他也有許多不得不做的事。

「那裡就是布萊頓市嗎？比想像中更像一座正規都市呢。」

卡麗娜小姐走到上層甲板環顧布萊頓市。

「有好多小小的人在工作喲！」

「很勤勞～？」

小玉和波奇也來到卡麗娜小姐身邊，從扶手處探出身體俯瞰城鎮的模樣。

「超過一半都是田，我這麼告知道。」

「嗯，綠色。」

「那是加波瓜田喔。」

穆諾伯爵將事實告訴娜娜和蜜雅。

都市內的田地似乎種植著救荒作物加波瓜。

「呃，是那種超難吃的果實啊～印象中就連露露跟主人都沒辦法把那個做得好吃吧？」

「對不起，亞里沙，是我實力不夠……」

「我不是這個意思啦。只是覺得不必刻意去種那種難吃的東西也沒關係而已。」

見到露露失落的模樣，亞里沙連忙打起圓場。

「那可是一種很優秀的作物喔。」

加波瓜是達米哥布林愛吃的食物，所以只能在有圍牆的地方種植，但它不僅每畝地收穫的量很大，一年能收獲好幾次，甚至還能讓土壤變肥沃，效果應有盡有。

據說超難吃的加波瓜目前會被當作糧食來分配，等儲備達到一定量之後，會改種植一般作物。

就在我們談論這些事的期間，小型飛空艇在鄰近領主宅邸的機場著陸了。

「穆諾伯爵大人、潘德拉剛子爵大人、卡麗娜大人，歡迎來到布萊頓市。」

應該在穆諾城擔任侍女學習禮儀的莉娜·艾姆林子爵千金這麼說著，前來迎接我們。

「莉娜小姐怎麼會在這裡？」

「……我也不知道。」

面對我的問題，莉娜小姐露出苦笑。

據說妮娜小姐前來視察的時候作為索露娜小姐的隨侍一同跟了過來，在協助諸多事務的時候能力得到認同，便一下子被任命為代理太守了。

妮娜小姐姑且對她做過一對一速成教育的樣子。

「妮娜說過莉娜非常優秀喔。」

「才沒那回事。像我這種人還差得遠呢。」

受到穆諾伯爵稱讚的莉娜小姐顯得很惶恐。

「是因為輔佐官跟文官很優秀。」

「「「才沒那回事呢！」」」

當莉娜小姐稱讚部下時，在她身後的輔佐官和文官們異口同聲地否認，並且紛紛講述起她的功績。看來莉娜小姐深受下屬們信賴的樣子。

「真、真是的，別再說了啦。」

由於莉娜小姐滿臉通紅，一副快要受不了的模樣，我開口打斷部下們的讚美。

看來她在身為下屬們優秀領導的同時，也被視為應該寵愛的吉祥物。

「比、比起這個，各位長途旅行都很累了吧？我事先做好了款待的準備，請跟我來。」

莉娜小姐這麼說著，催促著我們。

「不，在那之前先把佐藤任命為太守的事處理完吧。」

「咦？已經要去了嗎？」

「嗯，因為妮娜一直不停地嘮叨要我別給佐藤機會，儘快讓他上任啊。」

見莉娜小姐偏著頭不解的模樣，穆諾伯爵說出內情。

唉，雖然不是很有興致，即使我就任太守，實務還是預計全權交給官僚們和代理太守——也就是莉娜小姐處理，所以我沒有打算找到機會就溜之大吉。

我們在莉娜小姐的帶路下前往剛完工的領主館儀式廳。

儘管格局抄襲了穆諾侯爵領時代的設計，不過建築物本身是我以庫羅身分開拓布萊頓市和周邊村落時順便用「製作住宅」魔法打造的。即使是跟城堡相若的巨大房屋，似乎也能當作住宅。

「■■　太守任命。」

▼獲得稱號「太守：布萊頓市」。

我在儀式大廳被穆諾伯爵任命為布萊頓市的太守。

在角色狀態階級欄的所屬清單上，多出了「希嘉王國穆諾伯爵領布萊頓市」這一項。

「恭喜你，佐藤。」

「非常感謝您，穆諾伯爵。」

我和穆諾伯爵握手。

也從夥伴們、卡麗娜小姐，以及莉娜小姐那裡得到祝福。

「太守代理！──不，伯爵大人！不好了！」

一名匆忙衝進房間的文官這麼大喊，打亂原本平穩的氣氛。

「托海爾文官，發生什麼事了嗎？」

莉娜小姐對露出緊張表情的文官提問。

「是狗頭人！狗頭人的軍隊出現了！」

當文官彷彿從喉嚨裡擠出聲音這麼說的同時，我透過地圖搜索掌握了周圍的狀況。

雖然說是軍隊，狗頭人的數量大約在兩百左右，已經接近到只差一座山的地方。這麼晚才發現的原因，似乎是他們避開城鎮翻山越嶺的緣故。

儘管布萊頓市所屬的衛兵大約在一百五十人左右，大多為了將移民們送往開拓村而離開都市，目前市內只剩下三十人左右。

「該、該怎麼辦才好呢，伯爵大人？」

「該怎麼辦呢……」

聽莉娜小姐這麼問，穆諾伯爵的臉色變得蒼白。

「沒問題！區區兩百個狗頭人，就由我們來擊退吧！」

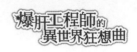

「Oh, yes～」

「沒錯喲！波奇我們也在一起喲！」

卡麗娜小姐露出認真的表情宣告，小玉和波奇在她的左右兩側擺出敬禮姿勢。

「還未必會演變成戰鬥喔。」

「沒錯、沒錯。說不定只是來拜訪鄰居。」

我和亞里沙對充滿幹勁的卡麗娜小姐等人這麼勸道。

「但是主人，說起狗頭人，不就是違法占據廢坑都市，企圖奪走賽達姆市銀山的一群傢伙嗎？」

莉薩表情嚴肅地說。

或許是因為自己也是戰爭的受害者，她似乎非常討厭進行侵略戰爭的人。

「不，莉薩。最初接觸應該選擇協商，資料庫是這麼說的。」

「嗯，溝通很重要。」

娜娜和蜜雅主張和平進行接觸。

我也贊成這麼做。

「總之先見個面吧。」

我對穆諾伯爵這麼提議，決定在狗頭人們來訪的門前等待他們到來。

◆

「迎接辛苦了！」

一名走在團體前方，有著年輕武士氛圍的年輕狗頭人擺出傲慢的態度對我們說。

狗頭人是個皮膚略顯蒼白且呈現淡藍色的種族。他們上半身披著毛絨絨的毛皮，頭上戴著類似狗頭的逼真頭套。從腰部長出類似狗尾巴的部位似乎是真的。

「因為無論等多久都不見你們來打招呼，身為首席戰士的本大爺便親自上門了！」

青年狗頭人連同劍鞘取下背上的大劍，用力插在地面。

「初次見面，狗頭人閣下。我是佐藤．潘德拉剛子爵，是受到穆諾伯爵任命為此地太守的人。」

要是對這種目中無人的傢伙使用敬語，會讓他們以為自己「占上風」而得意忘形，因此我試著用不符合自己性格的傲慢語氣說話。

「潘德拉——」

「斬斷果實閣下！」

從後方衝出來的狗頭人少女打斷青年狗頭人說的話。

我不記得自己當過水果殺手耶——我想起來了，她是我和卡麗娜小姐一起在森林巨人鄉遇見的少女。

「——斬斷果實？」

「您忘記了嗎？這位大人就是告訴我們藍晶所在地的劍士大人啊！」

少女這麼說完，狗頭人之間起了一陣騷動。

那個時候我應該只是將「能和尋找祕銀礦脈的礦師見面的地方告訴她」而已，在她心中似乎變成「告訴她藍晶所在地」的樣子。

「公主大人！這是真的嗎！」

「嗯，雖然沒想到劍士大人居然是穆諾的家臣。」

看來我認識的少女似乎是狗頭人們的公主殿下。

「這位大人就是給予我等未來的劍士大人嗎！」

這麼說來，她好像曾經說過藍晶是狗頭人生育時的必需品呢。

「藍晶劍士大人！」

「斬斷果實大人！」

開心是無所謂，但希望別用那種類似水果殺手的稱號叫我。

狗頭人公主對其他狗頭人說了句：「肅靜！」之後便走到我面前。

「劍士大人，不，潘德拉剛卿。咱從未忘記閣下的恩情。」

當狗頭人公主在我面前單膝下跪後，以青年狗頭人為首的兩百名狗頭人也效仿公主的動作跪在地上。

「既然閣下侍奉穆諾伯爵，那我等也歸順吧。」

歸順——也就是狗頭人打算加入穆諾伯爵麾下嗎？

儘管是非常重要的決定，或許狗頭人公主的決定就是一切，沒有任何人表現出反對態度。就連那位原本高高在上的狗頭人青年也一樣。

「穆諾伯爵，他們是這麼表示的，不知您意下如何？」

「就接受吧。」

聽我這麼問，和娜娜她們一起在後面觀望的穆諾伯爵立刻開口。

原以為會跟身為執政官的妮娜小姐商量過後再作決定，但他絲毫沒有猶豫。

「之後我再告訴妮娜，首先來詳細聊聊吧。」

在穆諾伯爵的提議下，狗頭人公主和青年狗頭人被邀請進領主館，其他狗頭人則在城牆內的廣場休息。

後來，穆諾伯爵因為讓全副武裝的狗頭人進入城內的事而被妮娜小姐訓了一頓，但目前並沒有人點出這件事。

◆

透過和狗頭人公主——夏露莎兒公主的會談，在穆諾伯爵赴約前，首先得由我代表前往廢坑都市，從身為狗頭人公主兄長的氏族長那裡正式接受歸順。

以狗頭人的角度來說，若是沒有應該歸順的領主親屬在場會很麻煩，因此卡麗娜小姐作為穆諾伯爵家代表與我同行。當然，夥伴們和卡麗娜小姐的兩位女僕也在一起。

穆諾伯爵則先返回穆諾市，和妮娜小姐分享情報。

「好久沒有這麼悠閒地旅遊了～」

「耶耶～」

「獵物很多，好開心喲！」

因為有兩百名武裝狗頭人同行，遇到危險他們會優先進行排除。不過每到用餐時間小玉和波奇就會離開隊伍，前去狩獵豬或是山鳥之類的獵物回來。

由於偶爾甚至會帶回大型魔物，在旅行過了幾天之後，狗頭人都對她們兩個刮目相看。

這點對贏得廚師寶座的露露也一樣——

「露露大人！白薯皮削好了！」

「露露大人，已經照您的命令事前處理好肉了！」

「露露大人！接下來我該做什麼呢？」

強壯的狗頭人——外表看起來上半身全裸的少年們正對著露露搖尾巴。露露製作的美味食物似乎對他們造成了相當大的衝擊。

享受幾天這種類似愉快露營的旅程後，我們抵達廢坑都市。

「就像被山包圍一樣呢。」

「都市後面的山都是礦山。」

狗頭人公主回答亞里沙的疑問。

根據地圖情報，鄰近都市的山礦脈已經枯竭，目前正朝著地下深處挖掘坑道的樣子。

「集合。」

「主人，狗頭人正在都市外門聚集，我這麼報告道。」

坐在娜娜肩膀上的蜜雅用望遠鏡進行確認，娜娜翻譯她的話語告知情況。

大概是從狗頭人公主派出的斥候得知情況後，才出來迎接我們的吧。

——原本這麼想，實際好像有些凝重。

「險惡～？」

「感覺氣氛有些Violin（小提琴）喲！」

波奇應該是想說Violence（暴力）吧。

娜娜放下背上的大盾，走到能保護後衛陣容的位置。

護衛女僕艾莉娜和新人妹子則躲到卡麗娜小姐身後避難。縱使以護衛而言這種行為很不應該，考慮到卡麗娜小姐的「拉卡的守護」的強度，這麼做可以說是最適合的行動。

「妹妹啊！將迫害我等、流放到深山的邪惡穆諾人士帶回來，究竟是什麼意思！」

看似狗頭人公主兄長的狗頭人，正握著出鞘的大劍指著我們。

森林巨人那時也一樣，前穆諾侯爵一族似乎引起許多人的怨恨。

「兄長！這位大人並非邪惡的穆諾！而是為我等帶來藍晶，斬斷果實的劍士大人！」

「哼！是指一刀切開堅殼果實的謊話嗎！」

雖然切開了許多堅殼果實，被當成謊話了嗎……我想現在大概連波奇也能輕鬆切開吧。

「那才不是謊話！而且兄長應該也看到了藍晶礦脈才對！」

照這個情況看來，決定歸順似乎是狗頭人公主的獨斷。原以為她被全權委任，看來似乎並非如此。

「那麼就來決鬥吧！讓本大爺見識他的武藝！」

狗頭人兄長推開狗頭人公主，用藍鋼大劍指著我。

「主人，請由我來——」

儘管莉薩這麼要求，由於被懷疑的是我能否切開果實，應該由我出手才對。

「不，這裡就由我來擔任對手吧。」

卡麗娜小姐衝到往前一步的我身旁，站在狗頭人兄長面前。

「區區女人想做什麼！給我退下！」

「我不退讓。穆諾伯爵家次女，卡麗娜·穆諾接受這場決鬥！」

「妳就是邪惡的穆諾嗎！」

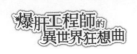

「我跟之前的穆諾侯爵沒有血緣或其他任何關係！」

面對狗頭人兄長氣勢洶洶的叫喊，卡麗娜小姐露出堅定的表情否認。

在巨人鄉被用同樣方式這麼說時，她只能感到悲傷，然而如今她已經堅強到能夠正面加以否定了。

「那又怎麼樣！女人別給我上戰場！弱小的女人就該乖乖躲在強悍男人的後面！」

「什麼！要我燒掉你的胯下嗎，這個男尊女卑的混蛋！」

狗頭人兄長蔑視女性的發言讓亞里沙發火。

「可以用族長閣下來稱呼您吧？身為女人又如何？卡麗娜大人已經是個獨當一面的戰士，可以請您別用這種理由瞧不起她嗎？」

「你說這個女人是戰士？」

「至少實力應該在您之上。如果害怕輸給她，就請您這麼繼續爭論下去吧？」

「真敢說啊，小子！等我教訓完這個女人之後，就把你大卸八塊！」

狗頭人兄長答應跟卡麗娜小姐交手了。

「主人，讓卡麗娜大人出手真的好嗎？」

「別擔心，交給她吧。」

我對一臉擔心低聲詢問的亞里沙這麼說。

斬斷果實一事，只要我之後再演示將堅殼果實切開就行了吧。

當我思考這些事的時候，狗頭人已經用人牆在門前設置了臨時競技場。

「卡麗娜，加油～」

「Fight喲！」

小玉和波奇站在最前面聲援卡麗娜小姐。當然，我們幾個也一樣。

「赤手空拳？還真是被小看了呢。」

「才不是赤手空拳！我有拉卡先生在！」

卡麗娜小姐這麼說完，將「拉卡的守護」集中在手背上創造出積層障壁的拳套。真是靈巧的招式。

「魔法道具嗎——好吧，作為對手雖然稍嫌不足，在對付吹牛劍士之前，就讓我來屠殺穆諾吧。」

隨著狗頭人兄長大喊一聲：「要上了！」突擊發起，決鬥就此開始。

面對對方宛如示現流上段劈的斬擊，卡麗娜小姐動作嫻熟地將其架開。

「真行啊，小丫頭！」

「這種程度，根本比不上波奇的斬擊速度！」

「不過，這招妳接得下來嗎！」

狗頭人兄長使出往上揮砍的招式，開始用連續攻擊攻向卡麗娜小姐。

「跟小玉的雙劍相比，根本是小菜一碟！」

然而，卡麗娜小姐在千鈞一髮之際閃過所有斬擊，連續使出刺拳般的打擊對狗頭人兄長不斷造成傷害。

「煩死了！沒有效啦！」

感到焦慮的狗頭人兄長橫掃一劍逼退卡麗娜小姐，氣喘吁吁地瞪著她。

「你已經開始喘氣嘍。我推薦你去跑『早晨**馬拉松**』。」

卡麗娜小姐儘管沒有喘氣，額頭上還是浮現出汗水。

「吵死了！本大爺承認妳是個強者，也向汙辱妳是女性的事情道歉！不過，勝利的將是本大爺！」

狗頭人兄長將藍鋼大劍高高舉起。

「讓妳見識一下，我等氏族的奧義——」

魔力奔流從狗頭人兄長的身體流進大劍形成魔刃。

「——靈峰青鋼斬！」

狗頭人兄長化作拖曳著紅色軌跡的殘影，逼近卡麗娜小姐試圖將她一刀兩斷。

「拉卡先生——」

在卡麗娜小姐開口呼喚的同時，她手背上的拳套擴大，變成小型盾牌和狗頭人兄長的必殺技激烈衝突。

紅色魔刃的碎片和障壁的白色碎片四散，卡麗娜小姐腳下的地面如同格鬥漫畫一般凹陷下去。

「——唔！」

雙方的抗衡只有一瞬間，卡麗娜小姐扭轉身體閃過狗頭人兄長的斬擊。

接著趁勢旋轉身體，用迴旋踢對狗頭人兄長的側頭部展開奇襲。

「嗚喔！」

狗頭人兄長勉強反應過來閃過這一擊。

然而到此為止了。卡麗娜小姐將踢空的腿當作鐘擺的支點，維持浮空的狀態朝著失去平衡的狗頭人兄長腦袋踢出一腳。

「兄長——！」

澈底被打個措手不及的狗頭人兄長旋轉身體飛了出去，連正在觀戰的狗頭人們也受到了牽連。

根據ＡＲ顯示，狗頭人兄長澈底昏倒了。

「我贏……了嗎？」

「Yes～？」

「是卡麗娜的大勝利喲！」

波奇和小玉衝到愣愣地調整呼吸的卡麗娜小姐左右，慶祝她取得勝利。

「喂喂喂，咱們的族長大人居然輸給區區女人嗎？」

粗魯地用沙啞嗓音插嘴的，是一群高大壯碩的狗頭人男性。

「戰士札多薩特！不允許你愚弄咱的兄長！」

「夏露莎兒公主，妳還在模仿戰士嗎？女人快去嫁人生小孩吧。」

高大的狗頭人俯瞰著從腰間拔出劍的狗頭人公主，說出要是在現代日本一定會出事的蔑視女性發言。

一旁的亞里沙露出傻眼的表情說：「不會吧……」

「女人，我們來當妳的對手，讓妳知道女人比不上戰士這點。」

高大的狗頭人們拔劍走近卡麗娜小姐，充滿了壓迫感。

「主人。」

露露很擔心地開口。

「別擔心。妳看吧，露露。」

莉薩的視線前方，波奇和小玉露出幹勁十足的表情走了出去。

「卡麗娜很累了，所以由波奇來當你們的對手喲！」

「小玉也要幫忙～？」

「這些小鬼是怎麼回事？少礙事。」

小玉動作流暢地抓住高大狗頭人想踢飛波奇她們的腳，將他摔了出去。

「來吧，堂堂正正一決勝負喲！」

波奇拔刀衝向高大的狗頭人們。

「這些囂張的小鬼！」

「波奇不是小鬼！是少女喲！」

波奇就像在表示絕不原諒對方似的，將高大的狗頭人們打得落花流水。用的是澈底摧毀對方自尊的壓倒性打法。

「……好、好強。」

「本大爺的對手是穆諾的丫頭真是太好了……」

狗頭人公主和狗頭人兄長抱在一起，看著大顯身手的波奇和小玉發抖。畢竟這副光景在各方面都很有衝擊性嘛。

「穆諾的丫頭啊，我等狗頭人氏族會服從強者。」

狗頭人兄長這麼說著，擺出順從的姿勢答應歸順穆諾伯爵領。

另外，由於順從姿勢類似狗一般仰躺在地上露出腹部，要忍住不笑出來實在非常辛苦。

◆

「這就是氏族的現狀。」

在狗頭人兄長和狗頭人公主的帶路下，我們來到廢坑都市勘查。

農地貧脊，礦山能夠開採到的只有些許的銀和鐵。氏族的老年人似乎也提出應該捨棄廢坑都市，移居到能夠開採到藍晶的山脈打造新村落的意見。

「如果能找到有希望的礦脈……」

受到狗頭人兄長這麼說的影響，我試著用地圖搜索了一下。

——這不是有嗎？

在目前礦脈的另一端，厚重岩層的對面存在一座很有希望的金礦脈，此外還有其他鐵、錫、銅和鋅等礦脈。在三座山的對面，還存在以剛玉為首的寶石礦脈。

「這麼說來，公主說過的藍晶是用來做什麼的呢？」

大致參觀過後，亞里沙看著正在玩耍的狗頭人小孩們這麼小聲說。

「喔，那是那些孩子們的——」

聽見這句話，狗頭人公主看向披著狗面具的孩子們。

——察覺危機。

頭上有一道小小的影子。正當這麼想，那影子就瞬間變大，巨大的飛龍悄無聲息地從孩子們上方衝了下來。

「危險！」

卡麗娜小姐衝出去抱著孩子們避開危險，娜娜不知何時衝進了孩子們和飛龍之間，用大盾施展盾擊砸向飛龍趕走牠。

飛龍發出慘叫打算起飛，翅膀根部卻被狙擊手露露的狙擊射穿，在地上不斷掙扎。

接著獸娘們快速趕到現場，迅速對飛龍施展致命一擊。

「好、好厲害。空中的惡魔這麼簡單就被……」

狗頭人兄長讚嘆著夥伴們的身手。

「亞里沙。」

蜜雅的視線前方是被卡麗娜小姐抱在懷裡，狗面具脫落的孩子們。

「幹嘛——啊，難不成那就是藍晶？」

孩子們露出來的額頭上，一片被削下的藍色寶石——藍晶的碎片正在閃耀光芒。

「是的。藍晶能將孩子們無法控制的多餘魔力，以安全的形式發散出去。」

它似乎還具備了保護年幼的孩子們不受礦毒和瘴氣等物質傷害的能力。

「感謝你們從空中的惡魔手下拯救孩子們。」

狗頭人兄長向我們道謝。

「守護都市的結界沒有啟動嗎？」

「牠們會從結界外部一口氣衝下來，所以沒有效果。」

「而且都市的力量全部都分配在開採礦山上了。」

聽我這麼問，狗頭人公主和狗頭人兄長這麼回答。

「雖然進攻了牠們的巢穴好幾次，位置在陡峭的懸崖上實在難以攻破。」

「既然如此——」

亞里沙她們朝我看了過來。

「都了解到這個地步了，實在沒辦法裝作沒看見呢。」

我這麼說著環顧夥伴們。

「交給我吧～？」

「波奇是對付魔物的專家喲！」

「幼生體的安全由我來保護，我這麼告知道。」

根據地圖情報，飛龍大約有二十隻，很快就能狩獵完畢吧。

◆

「穆諾的丫頭啊，正是此處。」

狗頭人兄長指向過半沿著礦山建立的古城說。

為了廢坑都市孩子們的安全，我們原本應該去狩獵飛龍，我、亞里沙和卡麗娜小姐卻留在廢坑都市裡。

「真長的階梯呢。」

「這附近的建築風格不太一樣呢。」

我們沿著據說現在沒在使用，古城深處的階梯往下走。

階梯上半部是希嘉王國的建築風格，下半部卻變成歐克帝國時代的建築樣式。

「可以看到嘍，那就是『試煉之門』。」

階梯下方有一間看似謁見大廳，天花板非常高的房間。其深處有一扇占據整面牆壁的巨大門扉。

「在四百年前被邪惡的穆諾趕出都市之前，我等氏族具有每當強者來訪，就讓對方觸碰這扇門的習俗。」

狗頭人兄長闡述有關門的事。

「碰了會發生什麼事嗎？」

「據說門會打開，被賦予討伐封印在門內『災厄』的使命。」

狗頭人兄長回答卡麗娜小姐的問題。

『族長閣下，既然傳聞提到「會被賦予使命」，是代表沒有人挑戰過門內深處的「災厄」嗎？』

卡麗娜小姐的胸口閃動著藍光，「具有智慧的魔法道具」拉卡詢問狗頭人兄長。

「嗯，儘管很遺憾，包含本大爺在內，不存在任何觸碰這扇『試煉之門』，能將其打開的人。」

狗頭人兄長這麼說著，抬頭仰望刻在門上的浮雕。

上面描繪著赤手空拳和醜陋怪物交戰的歐克。

「妳試試看吧，強悍的穆諾丫頭啊。」

「我、我知道了。」

在狗頭人兄長的建議下，卡麗娜小姐露出緊張的表情靠近大門。

「卡麗娜大人，Fight——！」

「加油，卡麗娜大人！」

護衛女僕艾莉娜和新人妹子聲援卡麗娜小姐。

會說出Fight這個英文，大概是從波奇和小玉那裡聽見之後記住的吧。

「我、我要上了！」

在大家的聲援下，卡麗娜小姐下定決心碰觸門。

大家都充滿期待地凝視大門。

「……什麼都沒發生呢。」

看來這次似乎也沒發生任何事。

「上吧，主人。」

亞里沙動作裝模作樣地催促我。

「現在就是你發揮作弊能力的——」

我擺出要用拳頭敲打說蠢話的亞里沙腦袋的姿勢，將手伸向大門。

「什麼都沒發生呢。」

雖然有些期待，正如卡麗娜小姐說的一樣，「試煉之門」沒有任何變化。

——不，不對。

門微微地動了一下。

「卡麗娜大人，請稍微助我一臂之力。」

我這麼說著，將手伸向門的下端，和卡麗娜小姐合力一口氣把門抬起來。

「怎麼可能！至今明明沒有人能動得了！」

因為是我一個人加上六十人份「理力之手」才能勉強抬起的超驚人重量，想光靠觸碰大門的人數移動門恐怕有些困難。想這麼做的話，必須有身穿聖骸動甲冑或是動甲冑的老練士兵才行。

這說不定是「封印：物理」。

「主人，門已經用棍子撐住，可以了。」

亞里沙和狗頭人兄妹合力把門固定住。

門的對面是一片漆黑的空間。

「……的確是某種東西存在的氛圍呢。」

亞里沙用火魔法創造出類似鬼火的光球照耀。

眼前是不斷延伸，和門前相同的空間。

不過，由於裡面不僅昏暗還沒人打掃，有種陰鬱的氣氛。
「裡面似乎有什麼東西。」
光球在照到位於深處的物體之前就消失了。
這種情況與其說是魔法被解除消失，更像是闖進了由暗魔法或影魔法創造出的絕對黑暗空間。
狗頭人兄長自信滿滿地踏出步伐。
「上吧！這應該就是所謂的『試煉』！」
「我明白了！」
卡麗娜小姐也走了出去。因為不能放著不管，我們也跟了上去。
『卡麗娜大人，別放鬆對周圍的警戒。』
「我知道，拉卡先生。」
四面八方響起匡噹匡噹的聲響，彷彿要蓋過她的說話聲似的襲向我們。是鎖鏈。
我抱著亞里沙和狗頭人公主閃過鎖鏈的襲擊。雖然有些擔心發出尖叫到處逃竄的護衛女僕艾莉娜和新人妹子，她們也是在迷宮鍛鍊到高等級的前衛，應該沒問題。
「呀啊啊啊！」
順著慘叫聲轉頭一看，便發現應該輕鬆閃開的卡麗娜小姐用奇怪的姿勢被鎖鍊纏住吊在空中。或許是身材姣好的緣故，看起來相當色情。

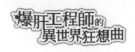

『卡麗娜大人……您為何要主動被纏住啊……』

透過拉卡傻眼的語氣我明白了。

卡麗娜小姐好像在閃避鎖鏈的時候，主動衝進其他鎖鏈，導致自己被纏住了。

「青鋼的大劍斷了？」

狗頭人兄長打算斬斷鎖鏈的劍乾脆地折斷了。

「危險！兄長！」

「唔啊啊啊啊！」

接著被鎖鏈突襲打飛了出去。

「兄長！」

狗頭人公主衝向自己的哥哥。

「艾莉娜！過來這裡！」

由於鎖鏈似乎無法延伸到這裡，我將艾莉娜她們叫了回來，用護衛的名義讓亞里沙避難，而我則代替她們衝去拯救卡麗娜小姐。

「——好厲害！」

「子爵大人的身體能力真是驚人……居然能一派輕鬆地在飛舞的鎖鏈中穿梭。」

身後傳來艾莉娜傻眼的聲音和新人妹子錯愕的聲音。

其實沒那麼輕鬆，所以請別那麼誇獎我。

「卡麗娜大人，我馬上來幫忙。」

「——佐藤！」

我原本想拿出妖精劍，卻在途中改變心意。

畢竟連相當堅固的藍鋼大劍都會折斷，用妖精劍的話劍刃可能會受損。

我藉由儲倉從衣服的陰影處拿出鍍上龍牙的龍爪短劍，將鎖鏈切斷。

我接住卡麗娜小姐，留意著不要被覆蓋臉頰的柔軟觸感奪走意識，然後將剩下纏在她身上的鎖鏈扯開。

『能夠輕易地切斷封印縛鎖嗎……』

彷彿能將人拖進地底的恐怖聲音，從卡麗娜身後的黑暗中傳了出來。

我懷裡的卡麗娜小姐全身僵硬，AR顯示她陷入了恐慌狀態。恐怕是剛剛的聲音具有「恐懼」的追加效果吧。

『佐藤大人，是敵人。而且實力非常強勁。』

拉卡這麼警告。這是因為他具有「識破惡意」和「識破強者」之類的技能。

我抱著卡麗娜小姐向後一跳和黑暗拉開距離，順便將用來搭配在黃金鎧，針對精神攻擊的魔法迴路製成的紅色圍巾套在卡麗娜小姐的脖子上。不知為何很像戰隊英雄會戴的東西。

既然會操控恐懼，對方很有可能是畫在門上的不死生物。既然如此——

——全力釋放精靈光。

在我使用精靈光祛除瘴氣的同時，亞里沙放出光球的照明範圍也跟著擴大。

那片黑暗似乎是非常濃厚的瘴氣堆積。雖然我感覺不出來，如果蜜雅在場一定能瞬間發現吧。

「……木乃伊？」

在瘴氣消散的黑暗中，能看見一個類似被釘在牆上的不死生物。

牠的手腳跟身上纏著數條鎖鏈，手腳上插著深紅色的木樁。

「不對！那個是『不死魔導王』！」

亞里沙糾正艾莉娜的自言自語。從鼻子的形狀和稍微尖銳的耳朵看來，牠在成為不死生物之前的種族似乎是歐克。

是因為種族相同嗎？總覺得外型跟「黃金豬王」很相似。

『咯咯咯，是久違的活祭品啊！』

不死魔導王用歐克語這麼說。

『歐克為什麼會被封印在這種地方？』

『看到吾的模樣就知道了吧！吾對禁忌的領域出手，才被黃金陛下封印在此地！』

對於我的疑問，不死魔導王變得激動，忿忿不平地看著將自己的手腳釘在牆壁上的深紅色木樁。

——不對，那些看起來像木樁的東西似乎是護手和護腿。

『雖然長年的封印使吾能操控部分的封印縛鎖，至今卻未能逃離這個獸王葬具。』

獸王葬具應該是指深紅色的護手和護腿吧。

『唔嗯！』

隨著不死魔導王扭動身體，鎖鏈便發出匡噹的聲音，有幾條鎖鍊從黑暗中襲擊過來。

「拉卡先生！」

『——嗯。』

藉由圍巾脫離恐懼狀態的卡麗娜小姐使用「拉卡的守護」擋下所有鎖鍊。

『跟動甲冑相同的球狀障壁！你們是可恨的孚魯帝國爪牙嗎！』

這個不死魔導王似乎跟孚魯帝國有過節。

聖骸巨神也是，滅亡前的孚魯帝國似乎到處得罪人呢。

『只要能向孚魯帝國報一箭之仇，就讓吾盡情發揮累積至今的力量吧！』

不死魔導王斬斷自己被固定的四肢，牙齒喀吱作響地跳了過來。

「呀啊啊啊啊————！」

儘管卡麗娜小姐發出慘叫，仍然反射性地對不死魔導王的側臉來一記迴旋踢。

同時用拉卡的守護擋下飛過來的鎖鍊。

『唔哈哈哈哈！居然會用跟黃金陛下類似的招式！小丫頭！萬一妳擊敗吾，可以拿走用來封印吾的獸王葬具！向吾展示陛下放棄的活人拳吧！』

我本來打算不顧氣氛用妖精劍將不死魔導王一刀兩斷，由於卡麗娜小姐幹勁十足地說著「我就用這雙拳頭讓你安息吧！」之類的話，於是我決定一邊保護亞里沙她們，一邊守望卡麗娜小姐的戰鬥。

『用球狀障壁防禦鎖鍊嗎——不過，吾已經掌握其缺點了！』

不死魔導王伴隨著強者般的臺詞放出鎖鍊，打碎保護卡麗娜小姐的球狀障壁一角。

「透過鎖鏈集中連續攻擊來擊碎障壁嗎……」

「卡麗娜大人！有東西混在黑暗中過來了！」

卡麗娜小姐對艾莉娜的呼喚有了反應，用拳套狀的障壁打碎穿過球狀障壁洞穴的暗魔法子彈。

『來這招嗎！不光是**摔交**，連**拳機**的技巧都會用嗎！』

不死魔導王動著牠那只有骨骼的下顎大喊。

「牠該不會是想說摔角跟拳擊吧？」

「或許吧。」

黃金豬王應該也是轉生者，原本有可能是個格鬥家——不，應該沒那回事。跟我戰鬥時，牠使用的類似格鬥技的招式只有像是鯖折的擁抱攻擊。

『哼嗯！』

卡麗娜小姐擋開不死魔導王用暗魔法配合鎖鏈的招式，而不死魔導王也用鎖鏈架開卡麗娜小姐的踢擊和拳頭。

一進一退的驚險攻防不斷上演。

為了打破拉卡的守護，不死魔導王使出類似解棋局般的連續攻擊，使得卡麗娜小姐陷入困境，甚至出現了讓人提心吊膽的光景。不過在拉卡的幫助下，她仍舊設法跟對方打得不相上下。

「太好了！露出破綻了！就是現在，卡麗娜大人！」

手上捏著汗的亞里沙聲援卡麗娜小姐。

「——櫻花百烈閃！」

卡麗娜小姐對不死魔導王放出連續踢擊的必殺技。

「很好！接下來只要踢擊的速度超過音速就完成了！」

亞里沙說出不切實際的話。

這麼說來，印象中名作漫畫或格鬥遊戲中好像有這種招式。不過前者不是踢擊而是拳頭就是了。

『啊噗噗噗——區區這種程度的招式！』

因為臉被卡麗娜小姐的連續踢擊命中導致話說不清楚的不死魔導王將身體從實體變成幽靈，穿過卡麗娜小姐的踢擊。

「——旋風散華！」

卡麗娜小姐並未執著使用連續踢擊，而是接著使用迴旋踢系的必殺技把封印鎖捲入，將不死魔導王摔到地面上。

「明明是幽體卻無法穿過地面耶？」

「這裡是封印的房間，所以用的是幽體無法穿過的構造吧？」

在我和亞里沙聊天的期間，卡麗娜小姐也不停使用踩踏攻擊，使得不死魔導王發出痛苦的慘叫。

『卡麗娜大人，給牠致命一擊。』

「我知道了，拉卡先生！」

卡麗娜小姐衝上附近的柱子，往天花板蹬一腳且趁勢落下。

「卡麗娜飛踢——————！」

帶著宛如流星般的氣勢，卡麗娜小姐拖曳著紅光踢向不死魔導王。

或許是威力太強，正下方的地板應聲碎裂，周圍的地板受到衝擊產生扭曲。

卡麗娜小姐得意洋洋地回過頭來。

「真不愧是卡麗娜大人！」

「卡麗娜大人太棒了！」

艾莉娜和新人妹子發出歡呼聲。

——察覺危機。

「卡麗娜大人！還沒結束！」

「——咦？」

在瞪大眼睛的卡麗娜小姐後方，出現四肢完好的不死魔導王身影。

『卡麗娜大人，在後面！』

不死魔導王伸出只有骨頭的手指，抓住回望的卡麗娜小姐的脖子。

『居然破壞封印房間釋放吾，何等愚蠢又可愛的丫頭啊。作為回禮，也讓妳從不自由的生命中解放吧。』

「那種事請恕我拒絕——」

我藉由縮地繞到不死魔導王背後，用魔刃裝劍保護的妖精劍刺穿不死魔導王的核心。

『——什麼？』

「將軍。」

我從化為黑灰四散的不死魔導王亡骸中救出卡麗娜小姐抱在腋下，脫離到安全區域。

『咯哈哈哈哈，吾居然沒發現黑髮勇者，這是何等失策。小丫頭啊，真是一場……很棒的死鬥……』

在牠說完的同時，直到最後都飄浮在空中的骷髏粉碎四散。

◆

「由我收下真的好嗎？」

卡麗娜小姐將深紅色的護手和護腿抱在胸前，喃喃自語地說。

「這應該由穆諾的丫頭——不，是身為偉大戰士的卡麗娜大人收下才對。」

「嗯，咱也同意兄長的說法。獸王葬具只有大戰士卡麗娜大人才配得上。」

或許是和不死魔導王的激戰令他們刮目相看了吧，狗頭人兄長和狗頭人公主對卡麗娜小姐的敬稱都變成了「大人」。

「——佐藤。」

「我也跟兩位有同感。畢竟那似乎是格鬥裝備，我認為應該很適合卡麗娜大人。」

見卡麗娜小姐轉過頭來，我這麼回答。

「那麼，就讓我拿來用吧。」

「請等一下。」

我制止立刻就想把護手戴起來的卡麗娜小姐。

「為什麼呢？」

「從表面上看，那個獸王葬具似乎受到了詛咒。」

數百年的期間不斷接受不死魔導王的怨恨，詛咒已經進展到相當不妙的程度。

「主人也拿它沒辦法嗎？」

「儘管解開了一定程度，詛咒就像汙垢一樣頑固地附著在上面。」

我對悄聲提問的亞里沙這麼回答。

那就像沾在舊毛衣上的小毛球一樣難以清除。

「在裝備之前，先回穆諾市請人淨化吧。」

卡麗娜小姐雖然想立刻裝備，由於拉卡也開口制止，只能心不甘情不願地放棄。

回到地上後，夥伴們已經狩獵完飛龍歸來，四周擠滿了由狗頭人構成的人牆。

「歡回～」

「有很多獵物喲！」

「主人，因為出現了落單的許德拉，所以我們一起解決掉了。」

獸娘們向我報告戰果。

「主人，已經確保幼生體的安全，我這麼告知道。」

「嗯，完美。」

看來在狩獵飛龍時，她們也順便將周圍的威脅一併解決了。

部分獵物已經交給露露和狗頭人廚師們進行調理，因此我們並沒有立刻動身離開，而是在當天晚上用許德拉肉烹調的狗頭人民族料理舉行宴會。

宴會上有許多燒烤類的料理，狗頭人傳統那濃郁又香甜的醬汁非常美味，意外地餘韻十足，令人難以自拔。因為這個緣故，夥伴們和狗頭人們都吃了很多肉，一個接一個抱著肚子倒了下去。

嗯，做任何事都應該適可而止呢。

緊急通知

「我是佐藤。我曾經遇過早上還在隨口聊天的朋友，下午因為事故離世的情況。世事難預料——雖然不到這種程度，為了遇到什麼事都不後悔，我想珍惜著每一天活下去。」

「賽拉，進行儀式。」

「是，巫女長大人。」

結果穆諾市的神殿無法淨化獸王葬具，因此我們前往公都的特尼奧神殿請人協助淨化。回到穆諾市的時候，我打算去一趟矮人自治領的波爾艾哈特市，久違地送酒和下酒菜當作土產給杜哈爾老先生他們。

即使在我想著這些事的時候，淨化儀式也在不斷進行，獸王葬具上長年積累的汙穢逐漸散去。

「在特尼奧大人慈悲光芒的照耀下，汙染這些武具的汙穢已經祛除了。」

巫女長小姐這麼說，對卡麗娜小姐露出夢幻般的笑容。

在清澈的空氣和光芒中，獸王葬具彷彿被重新打磨似的散發深紅色的光輝。

至今那種黯淡的感覺似乎不是長年累積的髒汙，而是詛咒積累導致。
「話說回來，沒想到傳說的獸王葬具真的存在。」
移動到其他房間後，巫女長大人告訴我們獸王葬具的由來。
那原本是「黃金豬王」魔王化之前愛用的武具，同時也是神代祕寶的樣子。
據說上面帶有數道封印，隨著使用者得到獸王葬具認可之後，封印才會逐漸解開，發揮它隱藏的真正力量。
歐克們的古文書中似乎寫著「豬王將三道封印全部解開了」。
「唔哇，居然加上帥氣的機關！讓人熱血沸騰呢！」
喜歡這種風格的亞里沙興奮不已地大聲說。
「卡麗娜大人！請務必將獸王葬具運用自如，解開封印吧！」
「嗯，那是當然！我絕對會澈底掌握獸王葬具！」
卡麗娜小姐興奮地握緊拳頭，從沙發上站起身。
波奇和小玉也在她的左右兩側做出相同姿勢。
「喵？」
小玉的耳朵跳了一下。
我的順風耳技能聽見室外有騷動聲。
想了解情況的夥伴們朝我看來。

此時大門「砰！」的一聲打開。

「有了！佐藤，跟我來一趟！」

衝進房裡這麼說著的，是前任勇者隼人的隨從琳格蘭蒂小姐。

「姊姊，這種目中無人的態度——」

「——抱歉，賽拉，之後再聽妳說教。」

琳格蘭蒂小姐絲毫不理會皺眉的賽拉，抓住我的手使我從沙發上起身，感覺相當強硬。

「發生什麼事了嗎？」

「魔王出現在優沃克王國的王都。」

琳格蘭蒂小姐小聲地對我說。

「沙珈帝國傳來緊急通知，優沃克王國的王都似乎已經呈現毀滅狀態。雖然他們好像立刻派出能動身的兩位勇者和從者——」

從琳格蘭蒂小姐欲言又止的模樣，我看出她想表達的事情。

魔王是很棘手的對手。就算有兩個人，剛召喚沒多久的新勇者要挑戰魔王也非常困難。

「妳說魔王！請別把佐藤先生牽扯進那種事情裡！」

賽拉責備琳格蘭蒂小姐並提出抗議。

「抱歉，賽拉。我知道很危險，但是有經驗又願意幫忙的人，只剩下佐藤了。」

「如果勇者隼人大人還在還好說，這樣實在太危險了。」

「賽拉大人，到此為止吧——」

我打斷賽拉刻薄的話語。

畢竟我不希望自己加深這對姊妹的隔閡。

「雖然很抱歉，恕我不能同行。」

作為代替，我會用勇者無名的身分迅速前去解決，所以原諒我吧。

「為什麼！」

「宰相大人命令過，要我別參與討伐魔王之類的危險事。」

雖然對於就像在說「被背叛了」的琳格蘭蒂小姐很抱歉，我不能以佐藤身分前往。畢竟勇者隼人不在的狀況下，面對魔王我未必能夠手下留情。

「對不起。」

琳格蘭蒂小姐說出道歉的話語。

接著她伸手打開後面的窗戶。

「唔哇！」

「唔，風。」

強風從窗戶吹了進來。

窗外能看見類似飛空艇的設施。

「對不起。」

琳格蘭蒂小姐緊緊抱著我，嘴上不斷說著道歉的話語。

「雖然抱歉，還是要請你跟我一起來！」

她就這麼抱著我，跳上身後的飛空艇。

「「「主人！」」」

「主人！」

夥伴們接二連三跳上飛空艇。

「我也要去！」

「不行啦！」

「說得沒錯！」

艾莉娜和新人妹子抱住打算跳出去的卡麗娜小姐制止她。

「姊姊！我也要去！」

「不行。妳的等級不夠，我不能帶妳參加魔王戰。」

琳格蘭蒂小姐拒絕賽拉的要求。

「沒有那種事——」

在賽拉繼續說下去之前，飛空艇提升高度。

「卡麗娜大人！等、等一——」

「騙人！太亂來了！」

艾莉娜和新人妹子的慘叫聲從下方傳來。

根據地圖情報，卡麗娜小姐似乎跳上飛空艇的下部設施，偷渡上了船。

因為這樣下去很危險，我施展「理力之手」守護卡麗娜小姐爬上船。

「真亂來呢。」

「我絕對不會礙手礙腳。」

雖然琳格蘭蒂小姐感到傻眼，由於沒時間回頭，便默認她同行。

◆

「抱歉，做法這麼強硬。」

換個地方之後，琳格蘭蒂小姐再次道歉，並且向我們說明詳細情況。

由於優沃克王國在前任國王突然死亡後陷入嚴重的內亂狀態，很晚才發現魔王。

「意思是還沒有決定下任國王嗎？」

「好像是呢。根據密探的說法，想擁立年幼王子的公主派貴族們，和擔任前任國王專屬占卜師——名叫繆黛的女人推舉的王弟似乎正在爭奪王位。」

「王弟？優沃克王有弟弟嗎？」

出身自優沃克王國鄰國庫沃克王國的亞里沙不解地偏頭。

「應該有吧?總之,因為魔王出現在處於戰爭狀態的雙方正中央,使得他們陷入了瘋狂狀態。」

瘋狂狀態——是指恐慌嗎?

「魔王?魔王是什麼東西?」

隔壁的房門打開,真走了進來。

「妳沒有把非戰鬥人員留下來嗎?」

「抱歉,我忘了。」

看來她原本好像打算把真留在公都。

「騙人的吧?陸學長和海學長明明都不在,只有我們就要前往魔王所在的國家嗎!」

「冷靜點,真。」

「怎麼可能冷靜得下來啊!」

真陷入了恐慌。

「露露姊姊。」

亞里沙用手勢拜託露露去應付真。

「冷靜下來。」

「咦?慢著,做、做什麼?」

露露假裝溫柔地抱住真——接著勒住頸動脈讓他昏了過去。

我接過昏過去的真，讓他躺在其中一張沙發上。

「謝謝妳，幫大忙了。」

琳格蘭蒂小姐向露露道謝。

「不過，搭這艘飛空艇來得及嗎？」

雖然這好像是沙珈帝國的高速飛空艇，可是優沃克王國十分遙遠。

「用正常方式過去一定來不及吧。」

琳格蘭蒂小姐打開傳聲管，簡短地說了句：「艦長，我要稍微勉強一下喔。」

接著她解開胸前的鈕釦，從雙峰之間拿出一個護符。

「難不成那是神授護符？」

「是的，沒錯。」

琳格蘭蒂暫時閉上眼睛，接著露出堅定的表情朝著前進方向舉起護符。

「偉大的巴里恩神啊！以我的願望和壽命為食糧，將我送往挑戰魔王的新勇者身邊吧！我乃隨從！勇者隼人的隨從琳格蘭蒂！」

伴隨著類似宣示的祈禱，飛空艇猛然加速。

「主人，窗戶！窗戶外面！」

窗外的光景變成了勇者座艦朱爾凡爾納進行次元潛航時那樣的昏暗空間。

看來她打算透過護符借用巴里恩神的力量，一口氣跳躍航行到優沃克王國。

「好厲害！這就是勇者隨從的力量吧！」

卡麗娜小姐露出感動不已的表情對琳格蘭蒂小姐說。

「是錯覺嗎，感覺連小琳琳都很訝異耶？」

「是的，畢竟不確定是否能夠成功。」

看來勇者隼人回去之後，她似乎也不確定護符是否還能使用。

「卡麗娜大人，趁現在先把這個還給您。」

「這個是——『封魔之鈴』！」

「是的，它一定能夠從魔王手上保護卡麗娜大人。」

我將前往西方諸國旅行時借來的鈴鐺還給卡麗娜小姐。

「——喵。」

「速度下降了，我這麼告知道。」

小玉和娜娜發出警告。

與此同時，飛空艇離開昏暗的空間回到一般空間。

◆

「報告，本艦已經抵達優沃克王國上空了。」

艦長的聲音從傳聲管傳了出來。

回到一般空間的飛空艇穿過優沃克王國王城上方，畫著巨大的圓圈盤旋在王都上空。

「……好慘。」

「**緊急情況**喲！」

窗外能看見冒出黑色火焰的王都。

城堡近乎全毀，王都的街道也毀了大半，到處都燃燒著黑色的火焰。

「爆炸～？」

「有人在戰鬥喲！」

「好像到處都有人在交戰。」

如同獸娘們說的一樣，在漆黑火焰的縫隙間，王都各處都能看見普通的紅色火焰和爆炸。根據地圖情報，那似乎是優沃克王國人們之間的爭鬥。

「難不成魔王出現了，他們還在繼續內戰嗎？」

「這是導致國家滅亡的行為，我這麼批評道。」

娜娜面無表情地同意傻眼的亞里沙略帶怒氣的發言。從語氣判斷，娜娜似乎也很生氣。

「比起這個，魔王呢？」

「王城。」

面對琳格蘭蒂小姐環顧四周後提出的問題，蜜雅簡短地回答。

「根據是？」

「瘴氣。」

「王城的瘴氣似乎最濃。」

我幫蜜雅補充說明。

「艦長！把飛空艇開到王城！——趁現在穿好裝備！」

琳格蘭蒂小姐對傳聲管大喊，後半句則是對我們說的。

接著她直接走到冷風吹拂的陽臺上。

「大家，換上白銀鎧吧。」

「哼哼，我早就料到會這樣了！」

亞里沙露出得意洋洋的表情。她將手伸進裙子裡，將原本用來穿上鎧甲的內襯下擺捲起，然後拉下她原本提到肩膀的袖子。

看來沒有隨時備戰的人只有我和卡麗娜小姐。

卡麗娜小姐的白銀鎧沒有自動換裝裝置，所以我請她走到屏風後面換裝。我用快速換裝技能在能避開夥伴們耳目的時候換上白銀鎧和盾手環，帶著自動穿上白銀鎧的夥伴們追上琳格蘭蒂小姐。

「琳格蘭蒂大人！」

「速度真快呢。幫忙找一下魔王在王城的哪個地方吧。」

由於整座城充滿瘴氣，無法用瘴氣視來分辨。

不過地圖能看見王城中央附近有個光點。

「在那裡！王城倒塌的牆壁對面，可以看見藍色的光芒！」

露露指著王城說。

「到那裡去！就是王城的上方，牆壁崩塌很嚴重的地方！」

在琳格蘭蒂小姐的指示下飛空艇高速接近王城，用粗魯的方式停靠在牆壁崩塌的地方。

我們跟著琳格蘭蒂小姐跳到城上。

當騎士們打算跟上來的時候，後方傳來爆炸聲，飛空艇離開了城堡。

「好像是來自下方的攻擊，我這麼報告道。」

可以看見王城的庭院和陰影處有士兵正在交戰。

大概是他們之中的某人攻擊了飛空艇吧。

「就我們幾個去！你們幾個去確保飛空艇的安全！」

琳格蘭蒂小姐對飛空艇大喊。

亞里沙用火魔法製作光源，照亮昏暗的大廳。

「魔王在哪裡？沒看到耶？」

雜亂的大廳只有漆黑的火焰在燃燒，沒有任何活人。

城堡搖晃，大概是魔王在哪裡大鬧吧。

我將地圖切換成3D顯示。

「聲音從下面來～？」

小玉把耳朵貼在地上，回答環顧四周的琳格蘭蒂小姐。

遠方地板上有個散發光芒的大洞，漆黑的火焰從裡面噴出，感覺根本無法進入。

「走廊不行呢。」

琳格蘭蒂小姐往走廊看了一眼便搖搖頭。

「那麼，只能從那個洞進去了呢。」

莉薩窺探洞穴下方說：

「正在燃燒的只有下一層，以及看似魔王藏身的最下層而已。」

她就像徵求指示地看著我。

從地圖情報看來，前衛陣容應該只要用二段跳系的技能減速就能進行軟著陸，後衛陣容只要我抱著就行了吧。

「走吧。」

見我擺出「GO」的手勢，獸娘們毫不猶豫地跳進洞裡，娜娜抱著蜜雅跟在後面，我也抱著露露和亞里沙跟上。

穿過燃燒著漆黑火焰的下一樓層後，視野豁然開朗。

遠觀技能將位於最底層的魔王擴大顯示出來，魔王就在洞的正下方。好巧不好，牠正毫無防備地背對著我們。

「——莉薩。」

我指著魔王的背後。

「了解。」

莉薩朝下方扔出魔槍多瑪。

魔槍就像紅色光束一樣劃出赤紅色的軌跡，筆直地朝魔王的背後飛去。紅黑色的閃光和火花四濺，魔槍貫穿魔王的障壁直接刺中背後，使得牠原本已經減少一半左右的體力計量表進一步減少。

——QWZGGGYN！

能聽見魔王發出慘叫。

「減速。」

波奇和小玉用空步慢慢減速，娜娜則用二段跳的訣竅降低落下速度。由於蜜雅的體重導致速度還是很快，我便使用「理力之手」協助娜娜減速。

「莉薩～？」

見莉薩沒有減速，小玉不解地偏著頭。

「就是現在！」

莉薩使用了空步技能。

但是沒有減速，而是進一步加速。

難不成——

正如我的預感，莉薩單腳降落在魔槍的槍柄尖端。

莉薩經過充分加速之後的墜落能量，使得魔槍深深刺進魔王的背。

她似乎看準了刺在魔王背上的魔槍朝向正上方的時機。

「居合拔刀！魔刃突——」

墜落中的波奇露出一副想到什麼的表情，試圖使用突進系的必殺技追擊，可是由於魔王因為疼痛移動了位置，招式最後未能發射。

——QWZEEGGGGGN！

身上冒著紫光的魔王發出咆哮，胡亂地朝莉薩揮舞手臂。

莉薩放棄取回刺得太深的魔槍，踢向魔王的背進行閃避。

「那就是魔王？比沙塵土瘦耶。外型感覺有點像是貴婦人。」

如同亞里沙說的一樣，魔王是個給人身穿黑色禮服的貴婦人印象，身高超過三公尺半的異形。

根據地圖情報，牠是個具有「背德妃柯賽雅」這個固有名稱的魔王，獨特技能只有「暗焰擁抱」一種，也沒發現轉生者持有的「自我確認」和「技能隱蔽」等先天性技能。

只有類似「社交」、「舞蹈」、「陰謀」，以及「威迫」之類的一般技能。或許是剛成

為魔王，牠的等級只有七十五，也幾乎沒有戰鬥用的技能，感覺只要注意獨特技能就不會陷入苦戰。

——LYURYU。

白色幼龍溜溜從波奇胸口的「龍眠搖籃」冒了出來。

「是溜溜喲！今天要跟魔王的人交手，要小心喲！」

——LYURYU。

溜溜發出清脆的叫聲，停在波奇肩膀上。

雖然覺得作為戰鬥生物的龍應該沒問題，還是留意以防牠不小心受重傷。

「佐藤，閃開！」

琳格蘭蒂小姐的聲音從坑洞上方傳來，我們往後跳拉開距離。

「破裂！」

下個瞬間，爆裂魔法在我們原本的位置炸裂，琳格蘭蒂小姐透過風壓減速輕快地著地。

「呀啊啊啊啊！」

跟在後方的卡麗娜小姐被風壓吹倒，發出慘叫跌倒在地。

當然，因為有「拉卡的守護」這銅牆鐵壁的防禦，她只是有點頭昏，身上毫髮無傷。

「琳格蘭蒂教官？」

「呃，是鬼教官！」

魔王對面傳來年輕的聲音。

雖然被漆黑火焰妨礙以至於看不太清楚，他們恐怕是先來到現場的兩位新勇者吧。

根據地圖情報，新勇者的隨從超過一半都已經負傷無法戰鬥，只剩下能夠使用回復和支援的成員，幾乎沒有前衛殘存，情況相當危急。

「琳格蘭蒂閣下！可別趁我們解決魔王分身的時候橫刀奪愛喔！」

為數不多的前衛之一，在巴里恩神國與勇者隼人一起參與討伐魔王的黑騎士這麼大喊。

「大叔！現在是說這種話的時候嗎！」

「沒錯，琉肯先生，首先要先解決這傢伙吧？」

兩位新勇者責備黑騎士。

雖然說話很刻薄，他們似乎是很正經的勇者。

——QWZEEGGGGGN。

冒著紫光的魔王發出咆哮，創造出三道巨大的漆黑火焰。

那應該是魔王透過獨特技能「暗焰擁抱」製造的吧。

「是魔王的分身！小心點！」

「分身由我來對付！勇者大人們請去對付魔王本體！」

「交給你了！別死喔！」

一名聲音像成熟大哥般低沉的勇者立刻接受了我的提議。

琳格蘭蒂小姐也打算對付一個分身，不過我拜託她去支援新勇者。

「漆黑火焰會被黑漆漆的槌球吃掉，我這麼告知道。」

娜娜發出帶有挑釁技能的吶喊，吸引分身們的注意。

分身的等級和魔王本體一樣，因此就算是娜娜，同時對付好幾個依舊很吃力。

「妳們幾個看這裡！」

「卡麗娜小姐，用鈴鐺！」

我也使用挑釁技能，將兩個分身引過來。

「我知道了！」

卡麗娜小姐搖動「封魔之鈴」發出清脆的聲響，魔王和分身頓時無法動彈。

「漂亮，卡麗娜大人！」

「感謝支援，我這麼告知道。」

我一邊守望開始和分身交戰的夥伴們，一邊從萬納背包裡拿出預備的魔劍，用二刀流應付分身的攻擊。雖然分身會像射擊遊戲一樣撒出漆黑火焰的子彈相當麻煩，牠在攻擊時會停下動作，因此並不難閃避。反倒是地板被打碎或是碎裂的天花板掉落還比較麻煩。

「飛行道具對我沒用，我這麼告知道！」

娜娜用斬斷魔法的訣竅迎擊和夥伴們交戰的分身所射出的漆黑火焰子彈。

夥伴們和卡麗娜小姐合力削弱娜娜面對的分身。由於沒能回收魔槍多瑪，莉薩似乎正使

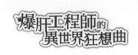

用備用的魔槍陶洛斯戰鬥。

「主人，傷害效率很差。」

使用「能力鑑定」確認分身體力的亞里沙這麼說。

——ＬＹＵＲＹＵ。

溜溜放出「龍之氣息」。

雖然規模和成年龍相比顯得微不足道，還是對魔王的分身造成了巨大的傷害。

「哦！能夠造成傷害了！真不愧是具備魔族特攻的龍呢！」

從溜溜的角色狀態來看，牠應該沒有那種特殊能力，不過就結果而言，總覺得真的有那種效果。

——ＱＷＺＥＥＧＧＧＧＧＮ。

帶著紫色光芒的魔王發出咆哮，創造出漆黑火焰鞭子開始揮舞。

在新勇者隨從施展的「魔燈」照耀下，終於能看清楚勇者方的情況。

「可惡！那個鞭子太麻煩了。」

第一位新勇者陸用拳頭招架鞭子不停抱怨。

他那染成紅色的飛機頭給人一種昭和時期的感覺，不過在他穿越的日本，那個髮型說不定是很正常的時尚風格，還是別多嘴吧。

他身上穿著跟勇者隼人類似的聖鎧，但手上沒有拿著像是聖劍的東西，而是徒手空拳。

儘管可能會弄亂飛機頭，我覺得他應該戴頭盔。

「要拘束牠的身體應該做得到，但那條鞭子會擅自行動，所以很困難啊。」

另一位新勇者一邊閃避鞭子，一邊回答飛機頭勇者。

他是個染著金髮，有著瞇瞇眼這項特徵，身材纖細高挑的少年，使用短劍尺寸的聖劍當作武器。手上則沒有盾牌，穿著跟飛機頭勇者相同的鎧甲。

雖然頭上姑且戴著頭盔，但沒有好好戴著，而是掛在後腦勺上，感覺就像一些不守規則的機車騎士配戴的半罩式安全帽一樣。頭盔和安全帽都是保護頭部的重要工具，必須好好戴著才行。

「少說廢話，集中精神！」

琳格蘭蒂小姐斥責兩位新勇者。

「雖然妳這麼說，不過這傢伙太硬了。我的短聖劍沒有效果，陸又被鞭子妨礙所以沒辦法靠近。」

瞇瞇眼勇者對現狀發起牢騷。

飛機頭勇者則因為勉強進行突擊，遭到漆黑火焰的鞭子打中而受到沉重的傷害。

要是隨從中身為前任勇者隼人隨從的女神官蘿蕾雅沒有事先將魔法詠唱完畢，他的傷勢將會來不及回復，情況就不妙了。

「海！是男人就別抱怨了！」

「咦～這種話在性別平等的時代有點老套耶。」

飛機頭勇者無視瞇瞇眼勇者的反駁，勇敢地挑戰魔王。

看樣子是因為拳頭和短聖劍射程太短，導致狀況不利。兩位新勇者一邊閃避魔王的攻擊一邊觀察情況，琳格蘭蒂小姐則不斷使用「破裂」牽制魔王。

「勇者大人，獨特技能已經失效了！對手是魔王，保留實力可是大忌喔！」

「是沒有機會使用那招啦。大叔，你也來幫忙！」

「真沒辦法呢。」

聽見飛機頭勇者的請求，黑騎士裝模作樣地從道具箱拿出某樣東西。

「好好嘗嘗沙珈帝國的最新兵器吧！」

明明是名騎士，黑騎士卻不是使用劍術或盾術，而是透過魔導兵器吸引魔王的注意。

小口徑的火焰彈不斷從類似集束煙火的物品中射出。雖然碰到魔王的身體之前就被抵消了，魔王或許不習慣戰鬥，牠雙手擋著臉用誇張的方式採取迴避動作。

比起爆裂魔法那種在爆發前沒什麼徵兆的招式，這種誇張的攻擊似乎比較有效。

「哇哈哈哈，沙珈帝國制式劍術——薔薇刺環！」

黑騎士的必殺技綁住了魔王。

見到魔王停下動作，琳格蘭蒂小姐開始需要長時間詠唱的上級攻擊魔法。

「堅韌不拔。」

飛機頭勇者擺出讓人聯想到啦啦隊的低腰姿勢使用獨特技能。

「武鬥遊戲。」

接著從雙拳交叉的姿勢換成類似空手道的架式使出第二項獨特技能。

不知道是錯覺還是魔王漆黑火焰的緣故，總覺得飛機頭勇者身上散發的聖光變濃了。

「嘖……兩個就是極限了嗎……」

飛機頭勇者額頭冒著冷汗，全身纏繞著藍色光芒握緊拳頭。

儘管現在才發現，他的護手似乎是名叫「聖拳」的神聖武器，感覺跟卡麗娜小姐相當合得來。

「夠了、夠了。畢竟我還只能用一個呢——『瞬足天步』。」

瞇瞇眼勇者全身包覆著藍光，並逐漸往雙腳匯聚過去。

「勇者大人！還沒好嗎！」

黑騎士的「薔薇刺環」似乎被打碎了。

「琉肯大叔好像撐不住了。陸，還好嗎？」

「嗯，差不多習慣了。」

瞇瞇眼勇者身影消失，飛機頭勇者發出吶喊開始衝鋒。

「唔喔喔喔喔喔喔喔喔喔喔！」

漆黑火焰在黑騎士的附近爆炸，將他炸飛出去。

雖然不至於喪命，漆黑火焰似乎有麻痺的追加效果，他在牆邊不斷抽搐。

——QWZEGGGGN。

魔王創造出新的漆黑火焰鞭，朝著拖曳藍光突擊的飛機頭勇者揮去。

牠瞄準飛機頭勇者的背部。

「休想得逞！」

瞇瞇眼勇者用宛如瞬間移動的速度衝進兩者之間，用短聖劍架開漆黑火焰鞭。

「謝啦，海。」

「嘿嘿，我的職責就是守住陸的背後嘛。」

——QWZEGGGGN。

魔王不快地發出咆哮，用另一隻手試圖將衝進懷裡的飛機頭勇者掃開。

——別想得逞喔？

我一邊攻擊分身，一邊用腳踢飛瓦礫砸向魔王的頭。

——QWZEGGGGN。

魔王即使被我的攻擊打得上半身開始搖晃，依然揮出手臂。幸好，成功迴避了飛機頭勇者腦袋被打飛的悲劇。

縱使紅色頭髮被打亂，飛機頭勇者仍舊在魔王懷裡盡情地揮著拳頭。

「歐拉歐拉歐拉歐拉啊啊啊啊！」

他就像某部漫畫出現的場景般，如同機關槍似的對魔王連續出拳。

雖然他沒有發動必殺技的樣子，魔王的體力卻不斷被削減。

——ＱＷＺＥＥＧＧＧＧＮ。

魔王即使發出慘叫，雙手依然抱向飛機頭勇者。

「休想得逞！」

與拿著短聖劍的手相反，瞇瞇眼勇者用另一隻手從「無限收納庫」裡拿出一束類似鋼琴線的東西。

「——神絲自在！」

包覆在瞇瞇眼勇者身上的藍光包住絲線。

「去吧！」

帶著藍光的絲線用宛如生物般的動作將魔王的雙手和附近柱子纏繞在一起。

雖然柱子承受不住魔王的臂力即將斷裂，只要能暫時拘束魔王就夠了吧。

「■■■■……」

更何況，琳格蘭蒂小姐的詠唱快要結束了。

「主人，搞定一個分身了，再來一個。」

「我知道了，這邊交給妳們。」

由於此時夥伴們剛好打倒分身，我便將自己應付的兩個分身其中之一交給她們，迅速收拾另一個，朝魔王本體衝了過去。

或許是以為我打算搶走功勞，新勇者們惡狠狠地瞪著我，不過我不打算那麼做，請你們放心。

我閃避魔王的漆黑火焰鞭和子彈，跳到牠的背上。

「詠唱結束了！快讓開！」

雖然千鈞一髮，勉強趕上了。

我從魔王的背上拔出莉薩的魔槍多瑪離開現場。

「連鎖爆裂！」

因為新勇者們的連續攻擊失去障壁的魔王，被琳格蘭蒂小姐放出的上級魔法直接擊中了身體。

驚人的連續爆炸聲讓人耳朵有點痛。

我用盾手環的障蔽擋下飛來的瓦礫和石塊，摀著鼻子和眼睛穿過煙塵回到夥伴們身邊。

「鬼教官還是一樣誇張耶～」

「就是說啊。」

兩位新勇者說出鬆懈的發言。

『勇者大人！敵人還活著！』

卡麗娜小姐胸前的拉卡大喊。

幾乎在同一時間，渾身是傷的魔王從煙塵中冒了出來。

大概是沒料到這種情況，新勇者的反應不夠快。

卡麗娜小姐全力衝過正在交戰的分身旁邊，朝著位於面前的魔王——

「卡麗娜飛踢———！」

卡麗娜小姐的攻擊雖然被魔王閃過，卻替新勇者們爭取到了應付奇襲的時間。

「歐拉歐拉歐拉歐拉啊啊啊啊！」

「這樣就——結束了！」

飛機頭勇者和瞇瞇眼勇者用聖拳和短聖劍不斷對魔王進行攻擊。

——QWZEEGGGGN。

魔王發出慘叫，全身冒出黑色的霧氣逐漸化為乾枯的木乃伊。

「這次似乎打敗牠了呢。」

「是啊。等級升了一級，經驗值也增加了。」

新勇者確認自己的角色能力鬆了口氣。

「我對想回去的那些小鬼做了差勁的事呢。」

飛機頭勇者小聲地說。

所謂的那些小鬼是指真和他的同學吧。

「哼哼，只要有我黑騎士大爺在，魔王根本不算什麼！」
從麻痺狀態恢復的黑騎士得意洋洋地炫耀。
兩位新勇者儘管對黑騎士的態度感到傻眼，似乎還是同意他有所貢獻。
「你們幾個，還有餘力的人趕快就位，接下來輪到我們隨從了。」
在琳格蘭蒂小姐的指示下，勇者的隨從們拿著護符圍在魔王的屍骸旁。這大概是為了處理「神的碎片」所做的準備吧。
「主人，辛苦了。」
亞里沙來到我身邊。
「看來妳們也解決了另一個魔王分身呢。」
「分身在魔王被打倒的瞬間就消失了。」
亞里沙聳了聳肩。
「莉薩，這個給妳。」
「主人，不好意思麻煩您了。」
我將從魔王背上回收的魔槍多瑪還給莉薩。
「莉薩小姐，我認為這種時候說『謝謝』，主人會比較高興喔。」
「是這樣嗎？」
見我點了點頭，莉薩猶豫了一會兒之後說：「謝謝你，主人。」一臉害羞地低下頭。她這種態度相當難得，表現符合年紀的莉薩也很可愛呢。

「——真奇怪。」

此時順風耳技能聽見琳格蘭蒂小姐的喃喃自語。

「跟沙塵王那時不同，沒有出現紫色光芒呢。」

我也很在意「神的碎片」沒有出現，因此試著詢問琳格蘭蒂小姐。

「是啊，討伐魔王之後一定會出現……」

魔王的屍骸在討伐後逐漸縮小，現在尺寸已經跟人族女性差不多，長相也從原本無機質的異形模樣變回似乎是魔王化之前的樣子。

「——咦？」

紀錄的討伐情報變成了「魔王（偽王）：背德妃柯賽雅」。

由於屍骸的情報上寫著「柯賽雅的屍骸」，稱號情報消失了所以無法確定，然而戰鬥前見到時應該沒有加上（偽王），只單獨寫著「魔王」的稱號才對。

「怎麼了，佐藤？」

「不，只是印象中沙塵王那時沒有留下屍骸，所以覺得不可思議罷了。」

「這麼說來的確是呢……蘿蕾雅，妳知道原因嗎？」

遭到琳格蘭蒂小姐提問的同伴搖搖頭。

由於用柯賽雅這個名字和魔王的稱號進行地圖搜索也沒有任何結果，即使再次確認分身的討伐紀錄，上面也變成了「偽王的分身」，因此不像是在遭到討伐前和本尊交換了身分。

「主人。」

由於亞里沙她們前來確認，我悄悄地將偽王稱號的事情告訴亞里沙。

當我們共享情報時，原本在休息的兩位新勇者走了過來。

「你們在幹嘛～？」

「在偷偷摸摸說什麼呢？」

琳格蘭蒂小姐向兩人說明狀況。

「——妳說那不是魔王？」

聽完說明之後，飛機頭勇者豎起眉頭。

「慢著，陸。這是事實，咱們的稱號沒有改變。」

瞇瞇眼勇者制止打算跟琳格蘭蒂小姐抱怨的飛機頭勇者。

「你是指如果打倒魔王，就能成為『真正的勇者』嗎？」

雖然飛機頭勇者仍舊一副無法相信的樣子，因為稱號以及討伐魔王之後巴里恩神仍然沒有發出回歸邀請一事，他不甘願地接受了尚未討伐魔王的事實。

◆

「勇者大人，您終於將窮凶惡極的魔王討伐了呢！」

伴隨帶有奉承感的黏稠嗓音，出現一支由穿著暴露、濃妝豔抹的巨乳美女帶頭的團隊。

在濃妝女的背後，有個全身充滿肌肉，感覺很符合世紀末場景的壯漢瞪大眼睛看著我們。他們背後還有個被一群體格不一的士兵保護，畏畏縮縮地緊抱著女僕，彷彿不該出現在這裡的少年。

「站在那裡別動，你們幾個是什麼人？」

琳格蘭蒂小姐單手拿著出鞘的魔劍，就像要保護新勇者們一般擋在前面。

「我是優沃克王國正統繼承人艾希雷沙基斯王弟殿下的監護人，深受先王信賴的占卜師，名叫繆黛。」

——我想起來了。

在跟先王烏沙路沙基斯十七世見面時，我曾經見過她。

魔女繆黛好像是屬於「幻桃園」這個組織的精神魔法使。雖然同樣是魔女，她和緹雅小姐以及「幻想之森」的老魔女有很大的區別。

「跪下！就算是庶子，你們可是在下任國王面前啊！」

外表詭異的壯漢露出牙齒威嚇。

這個壯漢似乎服用了魔人藥，所以變成了「魔身附加」的狀態。後面的士兵們也一樣。

雖然靠紋身遮住了臉和手臂，部分身體由於經常服用魔人藥，已經產生了變質。

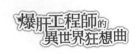

壯漢和士兵們至今好像都過著不太像樣的人生，角色狀態上刻下不少沉重的罪行。

「住手，基基拉。對方可是勇者大人和隨從們喔。」

根據AR顯示，這個名叫基基拉的壯漢是繆黛的弟弟，也是艾希雷沙基斯王弟的**父親**。

順帶一提，由於王弟的母親是繆黛，因此他和先王沒有任何關聯。

——不，比起這個。

繆黛和基基拉**都有獨特技能**。

而且兩個都同樣是名叫「臨機應變」的獨特技能。

沒有見到轉生者應該持有的「自我確認」和「技能隱蔽」等先天性技能，**跟剛剛的偽王一模一樣**。

「這就是魔王的屍骸嗎？」

繆黛無視擋在前面的琳格蘭蒂小姐，朝偽王的屍骸走了過去。

接著繆黛跟基基拉打了個信號，讓基基拉將趴在地上的屍骸踢飛翻了過來，讓她能看清屍骸的長相。

「唉呀！真是可怕！」

繆黛裝模作樣地擺出吃驚的表情。

「這個長相毫無疑問是柯賽雅王妃！居然不惜魔王化也要讓自己的孩子登上王位！」

「真是令人驚訝！沒想到王妃居然是魔王，嚇了我一跳！」

像是在煽動沒什麼反應的勇者一行人似的，基基拉假裝吃了一驚。

「這是何等邪惡的行為啊！諸位不這麼認為嗎？」

繆黛用發出紫色光芒的雙眼看向勇者一行人。

突然出現的不適感讓我覺得有些異常，於是我確認了一下紀錄，上面出現了成功抵抗「魅惑」的內容。

「嗯，真邪惡。」

「畢竟是魔王啊。」

新勇者的隨從們都被魅惑了。

我擔心卡麗娜小姐而回頭看去，由於她身上戴著我在廢坑都市地下送她的抵禦精神攻擊用圍巾，因此平安無事的樣了。

「吶，我說妳，我能把剛剛那個當作宣戰嗎？」

「想用美色勾引人就要更直接一點。」

琳格蘭蒂小姐和黑騎士並肩威嚇繆黛他們。

看來琳格蘭蒂小姐和黑騎士並沒有遭到魅惑。雖然新勇者一副搞不清楚狀況的模樣，從AR顯示的狀態看來，他們並沒有受到魅惑影響。

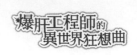

「……我沒有這個意思。」

繆黛先是對沒有被魅惑的琳格蘭蒂小姐她們和兩位新勇者不滿地看了一眼，接著露出一副過意不去的表情繼續說：

「我的魔眼總是會對周遭造成影響，但我無法自行加以控制。因為效果很弱，如果是勇者的隨從大人，應該立刻就會解除了吧。」

繆黛假裝無法控制自己魅惑的被動技能，找了個明顯的藉口。

她將琳格蘭蒂小姐接下來的追究巧妙地敷衍過去，沒有讓人抓到話柄。

在和繆黛互瞪的琳格蘭蒂小姐身後，神官蘿蕾雅用神聖魔法解除了魅惑。

「這樣就沒問題了喲～追加效果會讓他們暫時～不會再被魅惑～這樣就安全了～」

蘿蕾雅維持著溫和的表情牽制繆黛。

解開魅惑的新人隨從們露出一副「中招了」的表情。

「真是的，明明有神授的護符，別隨便中招啦。」

琳格蘭蒂小姐這麼抱怨，讓新人隨從們退後。

「主人，你注意到了嗎？那個叫繆黛的女人和她身後壯漢的技能。」

我向從後方悄悄地對我說道的亞里沙點點頭，小聲地和她分享有關繆黛他們獨特技能的事情。

「欸，可以問一下嗎？」

亞里沙走到繆黛面前。

「這個小鬼是怎麼回事？」

「妳為什麼會有獨特技能呢？」

亞里沙無視壯碩的基基拉，直接向繆黛詢問。

「這句話是什麼意思？」

繆黛假裝聽不懂。

「雖然妳好像配戴好幾件妨礙認知的魔法道具，妳不知道妨礙認知對勇者大人的鑑定沒有效果嗎？」

亞里沙朝兩位新勇者瞥了一眼之後說。

「……我出生的時候就有了。」

「妳說謊，之前見面的時候明明沒有。」

「妳在說什麼……」

亞里沙這麼說著，將假髮下面的紫髮展示出來。

「好久不見了，幻桃園的魔女繆黛。」

「讓人忌諱髮色的小孩子……這樣啊，原來妳還活著。亡國的魔女——亞里沙公主。」

繆黛用厭惡的表情看著亞里沙。

「然後呢？為什麼突然有了獨特技能？」

「啊？獨特技能不能後天追加，沙珈帝國的神官大人可是這麼說的喔。」

在後面和琳格蘭蒂小姐一同觀望事情發展的飛機頭勇者這麼幫腔。

「之前我一直藏起來了。」

「妳在說謊。休想瞞過我和勇者大人們的鑑定技能。」

繆黛打算敷衍過去，但亞里沙仍不停逼問。

「呵呵呵，世界很大，存在著冠有神之名的祕寶喔。」

難不成她是指盜神裝具和魔神契約嗎？

「還在說謊嗎？如果妳真的有那種東西，為什麼至今都沒裝備在身上？」

「因為我歸還給原本的主人了。」

「妳是跟誰借的？」

「呵呵呵。」

即使遭到亞里沙追問，繆黛依然沒有回答關於特殊道具和持有者的名字，只是笑著蒙混過去。

「算了，也罷。」

或許是覺得再問下去也得不到答案，亞里沙聳肩改變話題。

「那麼——那邊的他也有獨特技能是怎麼回事？」

亞里沙看著壯漢基基拉說。

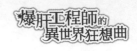

「基基拉是我弟弟。他跟我一樣，從小就有獨特技能了。」

繆黛乾脆地說。

「哦～那麼他和柯賽雅王妃也是姊弟嘍？」

「啊？誰跟那種老太婆是姊弟——」

「——基基拉！」

繆黛制止了基基拉的失言。

不對，失言的人是繆黛吧。這句話就等同於她承認柯賽雅王妃的獨特技能和自己姊弟二人的獨特技能有關。

「感覺暫時留下來比較好呢。」

琳格蘭蒂小姐嘆了口氣這麼說。

「勇者大人很忙吧？既然已經打敗魔王，不必勉強自己留下來也行。貴國應該也會舉辦討伐魔王的典禮吧？」

繆黛面帶笑容地催促他們離開這個國家。

「喵？」

小玉朝繆黛他們進入的通道看去。

順風耳技能聽見爭論的吵鬧聲。在短暫的戰鬥聲響過後，一名少女和少年率領一群騎士走了進來。

是個年約高中左右的少女和看似小學生的稚嫩少年。他們看見偽王的屍骸後喊著：「母親大人！」跑了過去。根據AR顯示，這對少年少女是優沃克王國的凱菈莎烏妮公主和海爾索克斯王子。和繆黛帶來的小孩不同，他們確實是先王烏沙路沙基斯十七世的孩子。

「殺了母親大人的人是妳吧！魔女繆黛！」

公主逼問繆黛。

「唉呀唉呀，妳承認了呢。承認那具屍骸就是柯賽雅王妃對吧？」

「妳說屍骸？我不允許妳這樣稱呼母親大人的遺體！」

公主中了繆黛的計。

「各位，都聽見了吧？公主承認了！那個用漆黑火焰燒燬王都的魔王，真實身分就是柯賽雅王妃！」

「妳、妳說什麼……」

「各位勇者大人就是證人，他們願意作證討伐的魔王就是那具屍骸。」

繆黛討好地看著勇者們。

飛機頭勇者不悅地別開視線。瞇瞇眼勇者則笑瞇瞇的，事不關己地觀望事態發展。

「怎麼可能……」

「母親大人是魔王？」

就結果而言，由於兩位新勇者沒有否認繆黛的發言，導致公主和王子的聲音因為動搖而顫抖。

「換句話說～你們兩位就是魔王的孩子對吧？」

繆黛用黏膩的聲音逼迫公主他們。

「無禮！不惜玩弄這種陰謀也想奪取王位嗎！將這個人以不敬罪斬首！」

在公主的命令之下，騎士們進入備戰狀態，基基拉等人也作出反應拔出武器，狀態一觸即發。

「——破裂。」

雙方的中央發生爆炸，爆風使得他們強制拉開距離。

「以我沙珈帝國代表勇者的首席隨從琳格蘭蒂‧歐尤果克名義宣告，在接下來的一個月內，禁止此地的紛爭行為。」

琳格蘭蒂小姐用凜然的聲音如此宣言。

「這、這種事情……」

「妳有什麼權限——」

「倘若在禁止期間做出紛爭行為，我們會一視同仁地將雙方殲滅。假如想親身體驗毀滅魔王的勇者之力，就儘管試試看。」

繆黛和公主雖然都很不滿，在琳格蘭蒂小姐隨後的威脅下收起矛頭。

「真是鬧劇。」

「說得沒錯～我也不喜歡被當作政治籌碼。」

兩位新勇者打算離開現場。

「慢著！」

「魔王解決掉了，已經沒我們的事了吧？」

即使遭到琳格蘭蒂小姐制止，飛機頭勇者依然沒有停下腳步，打算離開現場。

蜜雅擋在他們的面前。

「幹嘛？」

「妳想做什麼，這位小姐？」

面對露出困惑表情的新勇者們，蜜雅小聲地說：

「滅火。」

◆

「[redacted] 雨。」

蜜雅在漆黑火焰猛烈燃燒的王都發動精靈魔法。

在討伐魔王之後，我們和勇者一行人一起在優沃克王國的王都幫忙滅火。

「無法用水澆熄，我這麼告知道。」

「唔。」

我也試著配合蜜雅使用了「召喚雨」和「召喚濃霧」，不過漆黑火焰的勢力沒有衰減的趨勢。

「水居然澆不熄，真是噁心的火呢。」

清醒之後的真也和兩位新勇者一同行動。

雖然他並非特別有用，在魔王大鬧過的地方獨自一人很危險，因此琳格蘭蒂小姐允許真和他們同行。

「水不行的話，就用冰吧。那麼，拜託啦。」

「……■　■■■　冰雪暴風。」

瞇瞇眼勇者要求擔任自己隨從的冰魔法使消除漆黑火焰，結果跟我和蜜雅一樣。

「不能用火焰覆蓋過去嗎？」

亞里沙嘗試用火魔法蓋過漆黑火焰，但只是讓火災變得更加嚴重。

「唔。」

「抱歉、抱歉。」

蜜雅和露露慌慌張張地澆熄亞里沙延燒出去的火焰。

「畢竟能用滅火彈消除的也只有亞里沙的火焰而已。」

露露露出困擾的表情說。

「哦哦！大姊，妳真是個美女耶！如果願意，要不要跟我交往？」

「咦？那個？」

瞇瞇眼勇者受到露露的超絕美貌誘惑而朝她逼近。

飛機頭勇者也在遠處瞪大眼睛注視著露露。

「勇者大人，雖然很抱歉，她不擅長應付男性，請你別太靠近她。」

「你是誰啊？這孩子的男朋友嗎？」

當我委婉地替露露說話後，瞇瞇眼勇者對我追問。

他的臉上雖然掛著微笑，瞇著的眼神卻很銳利。

「她是——」

「實在很抱歉，主人和姊姊約好要結婚了，他們是兩情相悅的未婚夫妻。」

亞里沙打斷了我打算說是家人的話，用大小姐般的語氣擊退瞇瞇眼勇者。

「未婚夫妻？這孩子還只是個高中生吧？」

「在希嘉王國已經算是成年了，因此沒什麼好稀奇的喲。」

亞里沙發出大小姐的笑聲。

「啊～這麼說來，這裡是異世界呢。」

「喂，海，別跟小孩子玩啦。」

飛機頭勇者責備瞇瞇眼勇者。

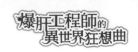

「有什麼好辦法嗎？」

「就算你這麼說，像這種用水、冰還是暴風都無法消除的漆黑火焰我也沒轍啊。」

「那果然不是自然的火焰嗎……」

飛機頭勇者的喃喃自語讓我有了靈感，因此我來到有點距離的地方，試著對漆黑火焰使用「魔法破壞」。

「——哦！消失了。」

效果範圍內的漆黑火焰乾脆地消失了。

然後我稍微等了一會兒，確認漆黑火焰沒有重新出現的跡象後，回到眾人身邊對琳格蘭蒂小姐提出使用「魔法破壞」的建議。

「是呢，就試試看吧——」

琳格蘭蒂小姐不抱希望地做了嘗試，接著成功消除了半徑三公尺左右的火焰。

跟我那時不同，漆黑火焰的火勢先是衰減，過了一會兒之後才消失。

「成功了！佐藤，大功一件呢！」

琳格蘭蒂小姐激動地緊抱著我。

儘管是難得的親密接觸，由於她穿著鎧甲，我並不覺得開心。

其他隨從魔法使雖然也會用術理魔法，似乎沒辦法消除像琳格蘭蒂小姐那麼大的範圍。

「我、我也來——」

露露也用術理魔法加入。

由於露露只會在料理的時候使用術理魔法，所以不太擅長運用。不過她擁有高等級帶來的大量魔力，足以成為戰力。

「主人，既然術理魔法『魔法破壞』能夠消除漆黑火焰，那麼斬斷魔法或許也能消除，我這麼提議道。」

畢竟要消除的漆黑火焰範圍還很廣，我允許沒事可做的娜娜進行嘗試。

「成功。」

蜜雅用力地拍著手。

騎士和勇者們也試著模仿，卻未能成功。

不過，藉此得知了聖劍和聖拳發出的聖光能夠減弱漆黑火焰的火勢。雖然不像「魔法破壞」範圍那麼大，他們只要努力似乎也能滅火。

視線範圍內的漆黑火焰都熄滅後，我們和勇者一行人分頭展開滅火行動。

我們以露露和娜娜為主力，我和獸娘們則負責支援。等距離夠遠之後，我也配合露露的施法時機用「魔法破壞」來滅火吧。

「我能不能也用魔法做到類似娜娜斬斷魔法的事啊？」

「感興趣。」

沒事可做的亞里沙和蜜雅講出有趣的事。

「複雜的術式大概很難，我想用架構單純的攻擊魔法應該可以。」

畢竟只是強硬地用力量進行破壞，因此無法達到術理魔法那種泛用性。

因為感覺很有趣，我向兩人提議嘗試看看，並持續進行滅火行動。

「喵！求救的聲音～」

「不好了！得快點去救人！」

「是喲！波奇是救命的專家喲！」

卡麗娜小姐和波奇她們一起去拯救來不及逃離崩塌建築物的人們。

我也一邊進行滅火，一邊用「理力之手」支援她們。

「其他地方還有很多災民嗎？」

「到剛剛為止應該沒那麼多才對……」

聽亞里沙這麼問，我再次進行地圖搜索，在好幾個地方發現了被火焰包圍的災民，數量比救援活動開始時更多了。

透過觀察地圖，我發現他們似乎是被在這種狀況下依然持續戰鬥的公主派和繆黛派給趕跑，逃到了被漆黑火焰包圍的地方導致陷入絕境。

「戰爭真～是討厭呢。」

「說得沒錯。」

我對亞里沙的發言深有同感。

琳格蘭蒂小姐的警告大概沒有傳達給基層人員吧。

「大家！分頭去進行救援吧！」

我們互相鼓勵，分散進行滅火。雖然想跟往常一樣用「戰術輪話」共享情報，因為連續使用魔法破壞的緣故，魔法很快就被解除了。

我和露露搭檔使用廣範圍的魔法破壞到處滅火，能夠斬斷魔法的成員負責消除我們遺漏的漆黑火焰。蜜雅用小希爾芙們強行排除在這種情況下還在爭鬥的蠢貨，其他成員則以救人為優先。

「主人，看那個。」

在進行滅火的過程中，莉薩發現一群正在破壞房屋的團體。

從傳來的聲音判斷，似乎是公主麾下的士兵們正在破壞房屋阻止火勢蔓延。真是粗暴的滅火方式呢。

「啊啊啊，我家被……」

「咱們家要沒了啊……」

原本住在那些房子裡的人看著自己的家園被破壞，感到非常傷心難過。

「——主人。」

「是呢，要比他們更快把火滅掉才行。」

我將救援行動交給夥伴們，跟露露兩人一起大範圍地進行滅火。

或許是努力有了回報，我們在太陽下山前成功將漆黑火焰撲滅，滅火行動進行到了還有幾個地方剩下普通火災的程度。

「聽見幼生體求救的聲音，我這麼告知道。」

在附近滅火的娜娜突然這麼說，接著衝了出去。

我用順風耳技能和地圖進行確認，發現有個孩子被留在燃燒的房子裡。大概是搞錯逃跑方向，導致無處可逃了吧。

我們也追著娜娜趕往現場。

「孩子！我的孩子他——！」

一名看似小孩母親的人在熊熊燃燒的屋子前大喊。

這裡的火是普通的火焰。大概是在爭鬥的時候用了火杖之類的東西吧。

「交給我吧。」

「不可以，勇者大人！」

飛機頭勇者先一步趕到了那裡。

他不顧隨從們的阻攔，潑溼身體衝進火災現場。

「我也要去！」

「等一下～」

「不可以喲！」

小玉和波奇緊緊拉住受到影響也打算衝進去的卡麗娜小姐。

「呀啊啊啊啊！」

「幼生體！」

娜娜在聽見稚嫩的尖叫聲後也衝進屋子裡，因此我囑咐蜜雅呼喚雨之後也追了上去。

「——危險！」

剛進入屋內，燒燬的天花板就掉了下來。

我一邊將天花板掃開，一邊追著娜娜他們。雖然差點被火焰阻擋，我將魔力鎧包覆在身上衝了進去。

「已經沒事了，我會帶你出去。」

「是的，勇者。我一定會保護幼生體的安全，我這麼約定道。」

飛機頭勇者和娜娜似乎找到孩子們了。

「可是要怎麼出去？姑且不論我們，這些小鬼不可能衝出火海。」

飛機頭勇者擦拭著滿是煤灰的臉上流出的汗水說。

「主人，請下達指示。」

由於娜娜將一切託付給我，我從地圖狀況將最好的做法說了出來。

「娜娜，對那裡的牆壁用盾擊。」

「是的，主人。將執行命令，我這麼告知道。」

娜娜藉由從妖精背包拿出的大盾擊碎正在燃燒的牆壁。

「嘖，對面也是火海啊。」

「不要緊。」

我相信夥伴們。

「就是這裡！上吧，莉薩小姐！」

「了解。」

在順風耳技能聽見亞里沙她們聲音的同時，火海對面的牆壁破裂，蜜雅用水魔法減弱了隔壁房間的火勢。

「好了，快趁現在！」

我催促著飛機頭勇者和娜娜，撤離到安全區域。

孩子們儘管精疲力盡，都平安無事。他們的母親跑了過來，一邊緊抱著因為安心而哭出來的孩子們，一邊不斷地向我們道謝。

「勇者大人，請用這個擦臉吧。」

我把跟遞給娜娜一樣的溼毛巾遞給大顯身手的飛機頭勇者。

「哦，謝啦～」

飛機頭勇者豪爽地擦著臉。

「剛剛受你幫助了。我還沒報上名字吧？我叫做陸，雖然不符合我的性格，現在正在當勇者。」

「不，我認為您的行動非常有勇者風範。」

雖說有勇者的身體能力，這不是能輕易做到的事。

「這樣啊？那麼你叫做什麼名字？」

「失禮了。我是擔任希嘉王國觀光大臣的佐藤・潘德拉剛子爵。」

「觀光大臣？是偶像之類的人會做的那個嗎？」

飛機頭勇者露出意外的表情。

「陸，不對、不對，那是觀光大使啦。」

在這麼吐槽的同時，瞇瞇眼勇者出現。真和其他隨從也跟他在一起。

「而且潘德拉剛這個名字我也有印象。」

瞇瞇眼勇者微微張開眼睛，眼中浮現危險的光芒。

「是不列顛英雄王父親的家名。佐藤兄，你是希嘉王國的勇者嗎？」

「潘德拉剛這個家名是寄宿的穆諾伯爵家給我的名稱。原本是出現在繪本上的勇者大人家名，看來在勇者大人的國家是很有名的家名呢。」

他說的話比預料中還要敏銳，因此我只將關於家名的事實說出來，藉此蒙混過去。

「繪本？」

「是的。假如有興趣，要送抄本給您嗎？即使在希嘉王國，穆諾伯爵也是有名的勇者研究家，我想他一定有收藏那本書。」

卡麗娜小姐露出想加入話題的表情點著頭。

因為感覺她會不小心說出多餘的話，還是別把話題交給她吧。

「畢竟教官說過，那裡以前也會召喚勇者嘛。」

「是啊。那麼，你的祖先也當過勇者嗎？」

「雖然不知道是不是當過勇者，我的**祖先**是日本人，聽說名字也是代代相傳的。不過，由於沙珈帝國的勇者目錄上並沒有佐藤這個名字，因此或許還有疑慮……」

跟接受說法的飛機頭勇者不同，瞇瞇眼勇者仍在懷疑，我將之前對勇者隼人說過的虛構故事告訴他。

在詐術技能和解釋技能的幫助下，瞇瞇眼勇者最後似乎也接受了。

「陸學長，你飛機頭的前端燒焦了！」

「什麼————！鏡子，哪裡有鏡子！」

聽見真這麼說，飛機頭勇者慌張起來。

「仔細一看，到處都燒傷了嘛。來個人幫忙用治癒魔法吧。」

「交給我。」

詠唱結束的蜜雅治療了飛機頭勇者的燒傷。

「哦，幫大忙了。」

「嗯。」

被他道謝的蜜雅點頭回應。

「那邊的大姊也全身都髒兮兮的，鎧甲底下沒有燒傷嗎？」

「是的，勇者。白銀鎧的耐火功能保護了我，我這麼告知道。」

「哦～性能比勇者的鎧甲還要好嘛——呃，英文，妳剛剛說了英文吧？」

「是的，勇者。我表示肯定，我這麼告知道。」

「居然這麼乾脆。」

瞇瞇眼勇者眼神疑惑地看著我，而不是娜娜。

「前一位主人是轉生者，我這麼告知道。」

「這麼說來鬼教官好像說過，也有這種事會發生呢。」

娜娜直爽地說，瞇瞇眼勇者老實地接受了。

「不過，跟那邊的大姊不同，你連鎧甲都沒弄髒呢。」

因為我用魔力鎧進行防禦。

當然，我不可能把這種事說出來就是了。

「該說真不愧是『不見傷』的潘德拉剛呢。」

琳格蘭蒂小姐插嘴這麼說。

「這不是『不見傷』的問題吧？衝進燃燒的房子裡身上卻連灰塵都沒有，這已經違反物理法則了吧？」

「那一定是用了防護魔法吧？姑且不論魔王留下來的漆黑火焰，有很多種能夠阻擋普通火焰的魔法喔。所以才叫你別偷懶，乖乖聽課了吧？」

「唔哇，根本自找麻煩。」

新勇者們似乎不擅長應付琳格蘭蒂小姐，不愧是被稱為鬼教官的人。

「主人，周圍的火都已經撲滅了。經蜜雅的精靈確認，好像沒有其他著火的地方了。」

莉薩前來報告。

就算用地圖搜索，也沒發現被壓在瓦礫下的倖存者，既然如此救援活動就此結束應該也沒問題才對。

我們和琳格蘭蒂小姐他們一起朝停在都市郊外的飛空艇走去。

「停在王城後面的空地不就行了嗎？」

「飛空艇很貴重，不能停在那種地方。」

畢竟優沃克王國沒有半艘飛空艇，中央小國群擁有飛空艇的國家應該也只有一個。

「——琳。」

當我們穿過破裂的王都大門時，一名身高矮小的女性拉住琳格蘭蒂小姐。

她是前任勇者的隨從斥候賽娜。

「賽娜，妳發現什麼了嗎？」

「我能說的大概就是王妃變成魔王這件事很可疑吧？她變成魔王前似乎都很正常喔。」

「魔族的痕跡呢？」

「完全沒有。雖然有魔王信奉者在就是了——」

他們似乎非常魯莽地跑到化為魔王的王妃身邊，被漆黑火焰燃燒之後殉教了。

「果然不能就這麼回去呢。」

琳格蘭蒂用充滿歉意的表情看著我。

「佐藤，雖然很抱歉，還是請你再陪我一下吧。」

「真沒辦法呢。」

畢竟就算現在先回去，感覺也得再用勇者無名的身分返回這裡。

「關於住處，公主他們說可以出借公主宮的一間宿舍喔？」

「是呢……」

聽見斥候賽娜小姐的情報，琳格蘭蒂小姐露出思索的表情。

「畢竟我們和蘿蕾雅她們搭乘的飛空艇都十分重視速度，舒適性很差——不，果然還是算了吧。」

「嗯，我也覺得別那麼做比較好。因為對方打定主意要拿妳當擋箭牌嘛。」

「船上準備了很多露營用的帳篷，就在飛空艇周圍搭建駐紮地吧。正好飛空艇的上層甲板很高，不需要製作瞭望臺，這樣正好。」

琳格蘭蒂小姐這麼作出結論，轉頭看著我們。

「你們也沒意見吧？」

「嗯，我們會陪您。」

面對琳格蘭蒂小姐的請求，我用有些做作的紳士禮儀回應。

「那傢伙是教官的情人嗎？」

「咦？勇者海不知道嗎？」

斥候賽娜露出壞心眼的表情詢問瞇瞇眼勇者。

「是指那傢伙是觀光大臣的事嗎？」

「不～是啦，佐藤是和隼人一起打敗魔王的『弒魔王者』喔。」

「——弒魔王者？」

瞇瞇眼勇者睜大眼睛注視著我。

我認為這不是那麼值得驚訝的事就是了。

「這個柔弱的男人真的是嗎？」

「嗯！」

「是那個據說面對能將身穿鋼鐵鎧甲的騎士輕鬆切成兩半的怪物魔王，沒帶盾牌就進行超近距離戰鬥的人？」

「對啊！要是佐藤不在，連隼人都會有危險呢！」

我對於把那件事當作自己事蹟般炫耀的賽娜說：「就算沒有我在，隼人大人一定也沒問題。」打起圓場。實際上，我認為勇者隼人能夠靠氣勢設法搞定才對。

「真是人不可貌相呢～」

「喂、喂，弒魔王者。」

在一臉佩服地看著我的瞇瞇眼勇者身後，飛機頭勇者彷彿下定某種決心似的走了過來。

「跟我切磋一下吧。」

飛機頭勇者雙拳互相碰撞地說。

我沒有提供這種服務呢。

「主人，這裡就交給我吧。」

就在我感到困擾時，莉薩走了出來。

「交給妳了。別讓他受傷喔。」

「等一下，我不跟女人打。我的拳頭是為了和男人互毆而存在的。」

「性別歧視可不好喔～」

亞里沙搖晃食指發出咂嘴聲：「嘖嘖嘖！」

「莉薩可是接受過當代劍聖指導，在希嘉王國也是屈指可數的長槍使喔。就連希嘉八劍首席祖雷堡先生也打不贏她呢！」

見新勇者露出一副「那是誰？」的表情，琳格蘭蒂小姐她們將劍聖和祖雷堡先生的實力告訴他們。

「也就是說，是和教官他們實力相當的人吧。」

「那麼就夠格當我的對手了！拜託妳跟我切磋！」

雖然飛機頭勇者幹勁十足，由於對手太過強大，導致他如同兩格完結漫畫的展開般被痛扁了一頓。

百鬼夜行

「這世上只有像混蛋一樣的傢伙。只要露出破綻就會被搶，一旦同情就會被背叛，能相信的就只有血脈相連的大姊而已。我們兩個會從地底往上爬，將一切收入囊中——基基拉如是說。」

「痛痛痛痛痛。話說她未免太強了吧？」

勇者陸撫摸被痛扁一頓的身體喃喃自語。

或許是心理作用，他那象徵性的鮮紅色飛機頭看起來有些髒兮兮的。

現場只有勇者陸、瞇瞇眼勇者海，以及被新的勇者召喚捲入的少年真三人而已。他們拒絕了隨從和護衛騎士同行，在優沃克王國那宛如廢墟般的街道上散步。

「有那麼強嗎？」

「水準完全不同。如果光看近身戰，她比鬼教官還要強。」

勇者海詢問。

「有這麼誇張？」

「是啊。第一次交手我不知不覺就被打倒了，在那之後我也沒能和她打成平手。」

「陸學長居然贏不了，對方一定用了卑鄙的手段！」

真說出討好勇者陸的發言。

「住口吧，真。是我太弱才會輸掉，就只是這樣。」

勇者陸斥責真。

「這麼說來，你沒跟那個叫做卡麗娜，胸部非常大的姊姊切磋嗎？她看起來很想跟你交手耶。」

「誰能跟那種大小姐戰鬥啊？」

「咦～大小姐和不良少年調性很好吧？說不定會萌生愛意喔？」

「我不需要那種東西。」

「你果然對空一心一意啊？」

「跟、跟空沒關係吧！」

見勇者海不懷好意地露出笑容，勇者陸紅著臉轉過身去。

「話說回來，這裡沒有人在耶。」

真無意間露出無聊的表情改變話題。

「倖存者都去避難，或是去參加教官他們的賑濟了吧？」

「陸學長和海學長不去參加賑濟可以嗎？」

「沒興趣。」

「我也不喜歡那種討好人的偽善行為。」

兩位勇者雖然被琳格蘭蒂要求參加慰問，他們說沒興趣就逃出來了。

「呀哈哈哈。」

「事到如今只能喝了吧！」

醉鬼們在半毀的酒館裡大聲喧鬧。

「這種狀況下也有營業嗎？」

「醉鬼真厲害呢～」

「要進去看看嗎？」

「沒興趣。」

三人一邊說著這種話，一邊走過吵鬧的酒館面前。

「那是什麼？」

勇者海在巷子裡發現了詭異的黑長袍集團。

他隨即發動鑑定技能。

或許是裝備了性能良好的妨礙認知道具，要是不集中精神，鑑定技能就無法生效。即使如此，他還是設法知曉了黑長袍集團是賢者的弟子帕莎·伊斯克和他的徒孫。

「說是賢者的弟子耶。不知道長得可愛嗎？」

「巴里恩神國在哪裡啊？」

和勇者海一樣發動鑑定技能的勇者陸看著他們的出身國家皺起眉頭。

「印象中是位於大陸西邊，像巴里恩神殿總部的國家。大概是像羅馬那樣的地方吧？」

「雖然如此，看起來很詭異呢。」

看著黑長袍一行人的方向聆聽兩人對話的真突然叫了出來。

「老、老爸！」

「真！你是真嗎！」

一名衣衫襤褸的中年男子推開那群黑長袍人士，從巷子裡走了出來。

「為什麼應該失蹤的老爸會在這種地方啊！簡直莫名其妙！」

真態度慌張地叫了出來。

「這裡是哪裡？你也跟陷害我的傢伙是一夥的嗎？算了，把錢拿來。我有一陣子沒好好吃飯了。」

中年男子無視真的問題自顧自地說個不停，搜著真的身體拿走錢包。

兩名勇者制止了他。

「我說你，在做什麼？」

「就算是父親也有該做跟不該做的事喔。」

「少囉嗦！你們也是那些角色扮演的同伴吧！竟然敢把我綁來這裡！無論是鮪魚船還是白令海我都討厭！對了！那個紫頭髮的美女在哪裡？我從來沒看過那種美女，要是肯讓我跟她親熱，我就原諒你們吧。」

「誰認識那種奇怪頭髮的女人啊！」

「是個把我拐走，待在像是外國城堡一樣地方的女人啦！」

「是哪裡的國家？」

「誰知道啊！是個很遠的國家！」

「怎麼會不知道呢？」

「有個黑漆漆的怪物抓住我，然後把我丟在這裡。」

「被怪物吃掉還比較好呢。」

面對回答勇者海問題的中年男子，真忿忿不平地說。

「你怎麼對父親說這種話！」

「像你這種差勁的家長才不是我的父親！」

「你說什麼！」

「住手。」

勇者陸制止打算毆打真的中年男子。

「放開我！你以為本大爺是什麼人啊！」

即使對體格比自己壯碩的兩位勇者感到畏懼，中年男子依然虛張聲勢地叫喊。

「你是什麼人？」

「我乃大家都認識的刀疤男！來自松戶的吾郎大人！」

「不認識耶。」

「拿走自己孩子的錢包有什麼錯。」

「講話顛三倒四的呢。」

「海，別搭理那種醉漢啦。」

聽見中年男子支離破裂的發言，兩位勇者露出傻眼的表情。

中年男子趁著兩位勇者對自己失去興趣的機會，朝真伸出手說：「快點交出來。」

「給我滾一邊去！」

感到難堪的真將錢包扔向中年男子。

中年男子連忙撿起掉在附近的錢包，回收裝在裡面的現金。

「哇喔～居然還有金幣，這下能喝酒了！」

就像在說「已經沒事找你們」似的，中年男子看都不看真他們一眼，衝進附近的酒館。

「比起久別重逢的兒子，居然更重視酒嗎？」

看著中年男子那副模樣，勇者陸輕蔑地說。

「比起這個，剛剛那些傢伙消失了耶。」

勇者海注意到巷子裡的黑長袍人群消失一事。

「走吧，學長。」

「放著不管真的好嗎？」

「畢竟他很差勁。」

真語氣僵硬地這麼說，快步離開現場。

「這麼說來，為什麼真的爸爸會在異世界啊？」

「大概是被某個國家召喚的吧？」

勇者海和勇者陸一邊追著真，一邊這麼聊著。

如果這段對話被佐藤他們或琳格蘭蒂聽見，他們說不定會聯想到被東方小國盧莫克召喚的第八位日本人。

然而，在場三人並不知道這件事，而他們也沒興趣繼續深究，因此只會被埋藏在記憶的角落吧。

◆

「排隊、排隊～」

「準備了很多飯，不用著急也沒關係喲！」

小玉和波奇兩人整理著賑濟的隊伍。

雖然人們充滿殺氣，爭先恐後地搶著確保食物，在小玉和波奇天真無邪的模樣以及蜜雅演奏的平靜曲調安撫下，他們逐漸恢復秩序。

即使如此，依然有硬要插隊的人。

「禁止推開幼生體插隊，我這麼告知道。」

「少囉嗦！先給我！」

「鬧事的人去後面重新排隊！莉薩小姐！」

「了解。」

然而，亞里沙毫不留情地作出處罰，由莉薩負責執行。

佐藤和露露一起大量製作了賑濟的料理，娜娜、卡麗娜及沙珈帝國的人們則負責分發。

最初的確因為蜂擁而至的人潮忙得不可開交，不過途中有些優沃克王國的婦女們主動幫忙，現在總算穩定下來了。

佐藤似乎打算之後將可以保存的食物當作禮物贈送給前來幫忙的人。

「真好吃。」

「好久沒吃過這麼正經的飯了。」

「媽媽，有好多配菜喔。」

「甚至還放了肉！」

或許是持續不斷的內亂導致糧食短缺，人們對樸素的賑濟料理高興到簡直要流下淚水。

「要好好咀嚼再吃下去喔。」

「畢竟最近連加波瓜的配給都沒有啊。」

「明明種了那麼多，到底消失到哪裡去了啊？」

「反正肯定被那些大人物收進口袋裡了吧。」

從享用賑濟食物的人們那裡傳來了這樣的對話。

看來官員的腐敗也越來越嚴重了。

「佐藤，我來幫忙。」

「我也是～雖然能力不足～我也想幫忙～」

前往王城的琳格蘭蒂和神官蘿蕾雅回來了。

「兩個勇者和真逃掉了。」

琳格蘭蒂雙手抱胸，忿忿不平地說：「真是的。」

「不管他們沒關係嗎？」

「沒問題喔。畢竟就算是小孩，他們也是勇者。而且還有沙珈帝國的騎士們護衛。」

回答佐藤的問題後，琳格蘭蒂開始幫忙準備工作。

「真熟練呢。」

「別看我這樣，我也曾經在聖騎士團做過類似侍從的工作。」

露露稱讚幫蔬菜削皮的琳格蘭蒂。

「那麼王國有什麼對策嗎？」

「說是放著別管。」

她們為了確認家裡被燒燬的人們待遇才前往王城。

「那些達官貴人說～國民們應該自力更生～設法解決食衣住的問題喔～」

「真是亂七八糟呢。正因為能在困難時幫助民眾，貴族和王族才會受人尊敬呀。」

聽見琳格蘭蒂這麼說，亞里沙露出鄙視的表情責罵優沃克王國的首腦們。

「這樣沒資格當統治者。」

「儘管我深有同感，話就說到這裡吧。畢竟有很多人正在監視我們，想要找麻煩呢。」

琳格蘭蒂朝著賑濟廣場外面，那些正在監視他們的公主派和繆黛派成員看了一眼。

「卡麗娜大人～我跟妳換班～」

神官蘿蕾雅接替卡麗娜分發食物的工作。

此時卡麗娜就像在尋找某個人似的東張西望起來。

「怎麼了嗎——」

當佐藤打算開口詢問時，沙珈帝國的騎士們氣喘吁吁地回來。

「琳格蘭蒂大人，不好了！我們跟丟勇者大人們了！」

「你說什麼！」

琳格蘭蒂拿著刀子逼近騎士們。

「真是令人擔心呢。畢竟現在優沃克王國的治安並不算好。」
就算外表成熟，國高中生的小孩子在陌生國家亂晃很危險。
「我去找他們！」
卡麗娜這麼喊著衝了出去。
「卡麗娜大人！」
對佐藤來說，比起勇者他們，卡麗娜自己跑出去還比較危險。
「不可以一個人～」
「波奇也跟妳一起去喲。」
波奇和小玉追著卡麗娜。
不安倍增了。
「希爾芙，追過去。」
蜜雅派出巡邏周圍的其中一隻小希爾芙去追卡麗娜她們。
這樣只要發生什麼事，就能透過小希爾芙傳達給身為召喚主的蜜雅。
「謝謝妳，蜜雅。」
「嗯，交給我。」
聽見佐藤的道謝，蜜雅挺起單薄的胸膛。
兩人還沒有發現。當小希爾芙報告時，他們已經陷入麻煩的漩渦之中……

◆

「繆黛大人，讓基基拉大人分頭行動真的好嗎？」

「嗯，我已經吩咐基基拉引起騷動，將勇者他們引出沙珈帝國的駐紮地。」

將優沃克王國分成兩派持續抗爭的其中一方首腦繆黛，正帶著少數護衛前往沙珈帝國的駐紮地。

「繆黛大人，勇者們似乎不在據點裡。」

「據說前任勇者的隨從，以及琳格蘭蒂和蘿蕾雅也前往了城下町。」

當繆黛來到駐紮地附近時，從先派出去的間諜那裡收到報告。

「唉呀？意思是不需要派基基拉引起騷動嗎？」

「不，繆黛大人，由於無法確定勇者何時會回來，將他們引出來應該比較有效。」

「是嗎？」

「是的，繆黛大人。」

親信肯定繆黛的做法。

「只要把能成為勇者隨從的沙珈帝國精銳收入囊中，就能一口氣殲滅那個乳臭未乾的小丫頭和她背後的頑固貴族們了。」

繆黛有勝算。

就算因為經歷了和魔王的激戰疲憊不堪，她依然成功魅惑過隨從們。

只要做好準備再去嘗試，就能確實將他們化為自己的棋子，她是這麼想的。

「能看見駐紮地了，你們留在這裡就行了。■■■……」

繆黛舉起長杖，開始詠唱精神魔法。

她詠唱的是名為「誘惑空間」的魔法。繼誘惑空間之後她又使用了「發情空間」，接著脫掉長袍，只穿一件薄衣便走了出去。

每當她踏出步伐，薄布底下的肌膚和陰影就會隨之浮現。

繆黛的部下們也彷彿被她的背影魅惑一般，視線固定在她身上。

「振作點，要支援繆黛大人了。」

親信開始詠唱水魔法和光魔法，使得四周陷入霧氣和幻術之中。

「——霧？」

在沙珈帝國的駐紮地，負責守門的士兵發現了霧氣。

「這麼說來賽娜大人說過，早上跟下午會有很多霧喔。」

「是這樣嗎？感覺會很難看守呢。」

「我去請能夠使用風魔法的隨從大人幫忙吹散霧氣吧。」

「算了、算了，隨從大人們因為中午的魔王戰已經很累了，現在就讓他們休息吧。」

年邁士兵攔住打算離開的年輕士兵。

「只要有我們的技能，應付區區鄉下小國的傢伙總會有辦法吧。」

他們是擁有索敵技能和察覺危機技能的菁英。

「說得沒——什麼人！」

打著瞌睡隨口回應的年邁士兵很快便察覺到霧裡有人影，立刻詢問對方的身分。

「午安，沙珈帝國的諸位。」

「好漂亮的美女。」

「妳是誰，女人？」

和受到繆黛妖豔的身體迷住而忘我的年輕士兵不同，年邁士兵壓抑住從內心湧出類似渴望的情慾。

「我是來慰問大家的。」

「哇喔～真的嗎！優沃克王國最棒了！」

年輕士兵脫下鎧甲朝繆黛衝了過去。

「喂、喂！別忘了任務啊！」

「前輩也快點！跟我一起接受慰勞吧～！」

「不，我還有……任、任務要做……」

年輕士兵完全被魅惑住了。

年邁士兵即使被繆黛吸引，依然察覺了自己的異狀。

「——妳對我做了什麼吧！」

年邁士兵咬下自己的手腕，憑藉痛覺清醒過來。

「連底層都是菁英呢。大國真令人羨慕。」

繆黛轉過頭來俯瞰那位年邁士兵。

士兵將手伸向掛在腰間的角笛。

「不過呢——」

「唔、唔啊啊啊啊——」

角笛從嘴巴吐著泡沫的年邁士兵手上滑落。

「不可以受傷喔。因為這陣霧裡加了許多毒藥嘛。」

這麼快就用上魅惑失效的保險，令繆黛皺起眉頭。

儘管年邁士兵倒了下去，年輕士兵依然專注地品嘗繆黛的身體。

「你就稍微睡一下吧。」

隔著單薄衣物吸著繆黛胸部的年輕士兵昏了過去。

她的衣服和身體似乎塗了安眠藥。

「這對沒有抗性的人很有效呢。我偶爾也想不作惡夢地睡個好覺。」

繆黛這麼裝傻，接著為了達成本來的目的，鑽進了隨從們所在的帳篷裡。

◆

「您說提供食物嗎？」

在露出不解表情這麼說著的佐藤面前，站著這個國家的公主凱菈莎烏妮。

「就是這樣。我們缺乏兵糧，如果有能夠提供民眾的糧食，就分給我們吧。」

這不是請求，而是命令。

「我沒有義務服從那個命令，不過我可以接受肚子餓的士兵，因此請您命令他們在這裡排隊。」

「你說什麼！居然要違抗公主殿下的命令嗎！」

「這個不敬的傢伙！」

公主身後的騎士和貴族發聲拔出武器。

儘管排隊的人們感到害怕，依然忿忿不平地看著公主等人。

「妳打算硬搶嗎？」

佐藤身旁的亞里沙詢問公主。

莉薩和娜娜冷靜地移動到能支援佐藤等人的地方。

「要搶走我們的食物？」

「奪走我們的住處還不夠，連好不容易吃到的飯都要搶嗎？」

「不可原諒！」「什麼公主！」「算什麼貴族啊！」

聚集在賑濟處的人們撿起腳下的瓦礫，表情險惡地包圍公主等人。

「你、你們幾個！打算背叛王國嗎！」

「我要把你們所有人都關進牢裡！」

虛張聲勢的貴族們表情都很難看。

這種人數差距應該還是寡不敵眾吧。

「好了，到此為止！」

佐藤拍著手作出仲裁。

「要是吵架的話，賑濟會中止喔。」

聽佐藤這麼說，聚集在賑濟處的人們不甘不願地扔掉瓦礫。

「公主殿下，不嫌棄的話請用。」

「無禮的傢伙！居然敢讓殿下吃這種雜糧粥！」

在公主反射性地伸手接過佐藤遞出的碗之前，貴族從旁打斷，打算把碗拍掉。

「真浪費。」

佐藤閃過貴族的手。

當然，碗裡的雜糧粥一滴都沒有漏出來。

「你、你這傢伙！」

「——回去了。」

公主無視以為自己被愚弄而激動的貴族轉身離開。

「公、公主殿下？」

「請您等一下，公主殿下！」

貴族和騎士們追著公主。

貴族們最後離去前撂下了狠話，不過包含佐藤他們在內，沒有任何人在意那些話。

「漂亮。」

默默地削著蔬菜皮的琳格蘭蒂對佐藤說。

「琳格蘭蒂大人，您只顧著旁觀太過分了。」

「像那種小人物，你自己能輕鬆搞定吧？」

「被您這麼信賴真是不敢當。」

佐藤態度裝模作樣地這麼說完，便回頭繼續做飯。

蜜雅的小希爾芙前來報告異狀，則是在這之後。

◆

在小希爾芙報告異狀的不久之前——

「找不到勇者大人他們耶。」

「耶耶～」

「沒問題喲！馬上就能找到喲！」

「真的嗎？」

「真的喲。波奇是找人的專家喲！」

卡麗娜她們為了尋找勇者，在化為瓦礫的王都裡徘徊。

大概是為了在治安糟糕的街道上搜索，她們穿上在賑濟時脫掉的武裝。

「不要！快住手——！」

此時聽見慘叫聲。

「不好了！」

「Emergen～」

「是Scrambled egg喲！」

卡麗娜她們朝著慘叫的方向跑去。

『卡麗娜大人，在那裡！』

「具有智慧的魔法道具」拉卡在卡麗娜胸前大喊。

一名被撕開衣服，半裸的女孩正抵抗著長相詭異的壯漢基基拉。

「禁止野蠻行為！」

卡麗娜衝刺起來對基基拉使出飛踢。

基基拉用外表看不出來的敏捷動作閃避。

「沒事拔～？」

「波奇的毛毯給妳，代替被弄破的衣服喲！」

波奇和小玉兩人將應付基基拉的事情交給卡麗娜，照顧著受害的女孩。

「原以為是勇者，結果釣到了更好的貨色呢。」

基基拉舔著舌頭，上下打量著卡麗娜的身體。

面對許久沒碰過明顯有所意圖的視線，卡麗娜就像要遮住自己豐滿身體似的雙手緊抱著身體。

「怎麼啦、怎麼啦？只有一開始能威風嗎？」

基基拉嘲諷卡麗娜。

「壞、壞人就該懲罰！」

卡麗娜鼓起勇氣擺出架式。

「哦？格鬥嗎？真合我胃口啊——來一決勝負吧。」

基基拉雙手戴起掛在他腰間的尖刺拳套。

「我、我是不會輸的！」

「要是老子贏了就把妳收下吧。老子會好好疼愛妳直到早上。就算哭著求饒還是被玩壞，老子都不會停手喔。」

基基拉的宣言讓卡麗娜感到畏懼。

「卡麗娜，Fight～」

「加油喲！如果是卡麗娜，絕對會贏！」

『卡麗娜大人，要是對這種混混感到害怕，可就不能和佐藤大人並肩嘍。』

波奇和小玉開口聲援，拉卡鼓勵著她。

「囉囉嗦嗦吵些什麼！」

基基拉揮拳揍向卡麗娜。

卡麗娜並未仰賴「拉卡的守護」，而是迅速閃過基基拉的攻擊。

基基拉失去目標的拳頭打碎附近的建築物。

「跟波奇的速度和小玉的敏銳度比起來根本沒什麼。」

「不可以大意～」

「會遺憾終生喲！」

小玉和波奇斥責輕敵的卡麗娜。

「還以為妳是個只有胸部大的千金小姐，還挺能幹的嘛！」

基基拉從化為瓦礫的建築物裡拔出拳頭，向卡麗娜發起猛攻。
卡麗娜閃過所有攻擊，甚至還會看出破綻進行反擊。
「拳頭真不錯。」
被反擊打中的基基拉雖然皺起眉頭卻絲毫不受影響，雙手抓住了卡麗娜。
「這個狀態下妳就跑不了啦！」
「拉卡先生！」
基基拉得意洋洋的手被拉卡的守護——日本古代金幣狀的小型盾牌群彈開。
「是魔法道具嗎！」
卡麗娜沒有回答，而是向基基拉進行猛攻。
雙方一邊改變攻守，一邊反覆進行拉鋸戰。
卡麗娜沉重的一擊遭到基基拉身體發出的紅色光芒削弱。
「紅繩？」
『不，那個有些不同。』
基基拉的身體閃動著紅黑色的光芒。
效果很類似過度服用魔人藥的人用來保護自己的「魔身附加」。
「這是魔人藥的好處，也分妳一點吧？」
「我才不會仰賴那種違禁藥品呢！」

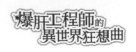

基基拉搖晃著魔人藥的瓶子說：

「嘿嘿嘿，真是會說漂亮話。」

基基拉將瓶中的液體喝光，進一步強化肉體。

「唔！好重。」

「威力還會繼續增加喔——！」

雖然「拉卡的守護」減弱了基基拉的攻擊，還是偶爾會受到沉重的打擊。

「這種程度算不了什麼！」

「那麼這招怎麼樣？」

基基拉朝卡麗娜的臉撒出沙子遮蔽視線。

「卑鄙小人！」

「遮蔽視線可是決鬥的基本喔，基本。」

戰鬥方式堪稱模範生的卡麗娜無法完全應對基基拉無所不用其極的粗俗打法。

明明雙方的等級應該差不多，光靠拉卡的優勢無法輕易取勝，卡麗娜逐漸被逼入絕境。

「卡麗娜，不要輸～」

「要打得更**蔥明**一點喲！」

或許是被沖昏了頭，小玉的聲援和波奇要她打得聰明點的建議她都沒聽進去。

「打敗妳之後，那個深紅色的拳套就由老子收下了。」

基基拉似乎很中意卡麗娜裝備的獸王葬具。

「不過，要是被我的大玩意兒塞進去，說不定會壞掉呢。」

他將自己碩大的手掌握拳又張開，發出下流的笑聲。

「——這是什麼狀況？」

此時出現了新的登場人物。

「唉呀呀，玩過頭了嗎？」

基基拉不敢大意地看著那些人。

「聽到慘叫聲過來，結果是認識的美女在戰鬥呢。」

「學、學長，那傢伙感覺好像很強耶。」

勇者陸瞪著基基拉，勇者海愉快地環顧四周，而真則是語帶畏懼地躲在兩人背後。

「妳很努力了。接下來是我的架了。」

勇者陸戴起聖拳，左右雙拳互相敲了幾下，像是要保護卡麗娜似的擋在前面。

「勇者大人。」

憧憬名為勇者這個存在的卡麗娜露出少女般的表情，看向擋在自己面前的勇者陸背影。

「嘿嘿嘿，當不上騎士的勇者大人為了拯救公主殿下現身了嗎？」

基基拉嘲諷勇者陸似的譏笑。

「陸，別大意嘍～對手雖然不及我們，等級還是很高。」

「無所謂！覺得會輸就停手可算不上打架。」

聽到勇者陸這麼說，卡麗娜露出察覺什麼的表情。

「放馬過來吧，大塊頭！我的拳頭可是有～點燙喔？」

勇者陸粗俗地豎起中指回嗆基基拉。

「卡麗娜，沒問題吧？」

「沒受傷吧～？」

「嗯、嗯，我沒事。」

小玉和波奇擔心坐倒在地的卡麗娜，前去向她搭話。

「之後交給陸就行了。他在老家可是打遍天下無敵手。」

「沒錯、沒錯。女人就該躲在後面乖乖被人保護。」

真附和勇者海說出男尊女卑的發言。

——女人別給我上戰場！弱小的女人就該乖乖躲在強悍男人的後面！

卡麗娜腦中閃過某人說過的話。

「我、我是……」

——身為女人又如何？卡麗娜大人已經是個獨當一面的戰士。

「……的確是呢。」

將佐藤的話放在心裡，卡麗娜猛然站起身。

勇者海和真的目光都集中在她身上。

「怎麼啦？」

「我忘記了重要的事。」

卡麗娜確認著獸王葬具的狀況，露出下定決心的表情走向基基拉。

「拉卡先生，魔力的存量還夠嗎？」

『當然。半天左右的話，不必擔心魔力耗盡。』

拉卡的超強化包覆住卡麗娜。

「喂！女人就乖乖讓人保護啦！」

「不，這是我的戰鬥。」

卡麗娜這麼說道，走向基基拉和勇者陸展開激戰的戰場。

「真不錯，我就喜歡這種的。」

勇者海更加瞇起眼睛露出微笑。

「陸！換人上場了！」

彷彿在回答他的宣言似的，勇者陸和基基拉拉開距離。

「海，你要打嗎？」

「不是、不是，是那位千金小姐。」

勇者陸轉頭看向卡麗娜。

「交給我吧，妳這場架我包下了。」

「不，那是我應該打倒的對手。」

從卡麗娜充滿決心的表情，勇者陸理解到對方並不希望被保護。

「這樣啊──那麼我就不說掃興的話，妳全力去打一場吧。」

「那當然了！」

「拉卡的守護」如同鎧甲般保護卡麗娜的身體。

「咯咯咯，這就是所謂的魯莽啊。」

基基拉嘲笑卡麗娜的勇氣。

「卡麗娜，對拳頭套注人魔力～」

「沒錯喲！不要忘記要讓武器充滿魔力，當作是手的延伸喔！」

「武器──的確是呢。這是防具，同時也是武器……」

在小玉和波奇的建議下，卡麗娜看著深紅色的護手。

「讓獸王葬具成為我的一部分──」

「戰鬥中不要東張西望！」

基基拉對卡麗娜展開速攻。

他就像要重現先前的場景般撒出遮蔽視線的沙子，不過卡麗娜彷彿在說自己不會再中同一招似的用「拉卡的守護」將沙子彈開。

基基拉預測卡麗娜會用手臂擋住沙子，因為從死角攻擊的計畫落空而咂嘴一聲。

卡麗娜架開基基拉強硬揮出的拳頭，在極近距離下放出必殺技。

「——櫻花百烈閃！」

「混帳東西！」

基基拉用粗壯的雙臂擋住卡麗娜的攻擊。

即使有金剛身技能和設置在魔法鎧裡的防禦障壁，依然無法澈底防禦住卡麗娜的攻擊，每次攻擊都使得傷害逐漸累積。

「妳要打到什麼時候！」

基基拉擔心再這樣下去情況會越來越糟，強硬地踢出一腳和卡麗娜拉開距離。

「蠻我猛爪！」

基基拉就像要逆轉剛才的攻守情況般朝卡麗娜猛烈進攻。

「這種程度無法突破拉卡先生的防禦！」

卡麗娜將拉卡預設能守護所有方向的障壁集中在前方，抵禦基基拉的猛攻。

「是這樣嗎——蠻我天落！」

卡麗娜的頭上落下第三隻手。

「什——！」

密度較薄的上方障壁被打碎，命中了卡麗娜的頭頂。

雖然她透過鎧甲般包覆身體的「拉卡的守護」避開了致命傷，還是受到不小的傷害。

「卡麗娜～」

「唉唷了喲！」

小玉和波奇擔心倒在地上的卡麗娜。

『為了抵禦猛攻，將障壁集中在前方造成反效果了嗎……』

拉卡操作障壁，以防備第三隻手的襲擊。

「那、那傢伙，有三隻手耶！」

「真詭異，那是什麼啊？」

觀戰中的真顯得相當吃驚，勇者海則說著：「真噁心。」退了一步。

「那個很麻煩呢。」

只有勇者陸在思索和基基拉交戰時的攻略。

「很方便吧？這是魔人藥副作用長出來的手。好久沒遇到能用到這玩意兒的對手了。」

基基拉用第三隻手摸著下頜說：

「好了，該結束了！」

卡麗娜用小玉傳授，類似地板舞的踢技擊退打算倒地追擊的基基拉。

「——嘖！這不是還好端端的嗎？」

「卡麗娜大人，沒事吧？」

「腦袋還有些搖搖晃晃的。」

「那樣居然還沒死，真是個結實的女人。」

看見卡麗娜站了起來，基基拉用充滿嗜虐心態的表情俯視她。

卡麗娜的腦震盪似乎還沒恢復，腳步搖搖晃晃的。

「卡麗娜，Fight～」

「**不放永棄**喲！」

『看來那些孩子沒懷疑過卡麗娜大人會贏得勝利喔。』

在拉卡的催促下，卡麗娜看向聲援自己的小玉和波奇。

「**鏡明止水**喲！妳還遠遠沒有和武器合而為一喲！」

波奇提出明鏡止水對卡麗娜建議。

「**鏡明止水**，遙遠西方武士大將的教誨……」

卡麗娜調整呼吸，將魔力注入到獸王葬具的每個角落。

獸王葬具上刻著的野獸浮雕發出光芒。

「來吧、來吧，到愉快的戰鬥時間了——蠻我猛爪！」

基基拉拖曳著暗紅色的光芒施展連續技。

「千手防陣！」

帶著紅色光芒的獸王葬具擋下基基拉的所有拳頭。

「這個自大的女人！蠻我天落！」

卡麗娜側著身體閃過第三隻手臂。

「防禦崩解了喔！」

——**鏡明止水**喲！

基基拉瞄準自己臉龐揮出的拳頭和說著建議的波奇重疊在一起。

「閃過了！卡麗娜閃過了喲！」

「Very good～」

無意識行動的獸王葬具迎擊了基基拉的拳頭。

「就是現在！」

卡麗娜雙眼彷彿和獸王葬具上刻著的野獸浮雕同步般發出光芒。

——《第一封印》解除。

獸王葬具發出類似野獸的低吟聲。

與此呼應，它釋放的紅色光芒逐漸增強。

「卡麗娜鐵拳————！」

卡麗娜用瞬動踏出步伐，使出突進系的必殺技。

紅色的光點如同火焰般飛散，將基基拉和他打算防禦的手臂一起打飛出去。

「趁現在喲！」

卡麗娜跳了起來，在空中轉身改變姿勢。

「卡麗娜飛踢————！」

卡麗娜身上纏繞著宛如紅蓮火焰的紅色光輝，用飛踢命中了打算起身的基基拉。

基基拉雖然勉強用雙手進行防禦避開了致命傷，傷害仍舊非常沉重。

他雙手的骨頭粉碎，飛出去猛烈地撞碎建築物牆壁失去了意識。

「勝負已定！」

卡麗娜擺出勝利姿勢。

「大勝利～？」

「成功了喲！」

小玉和波奇抱住卡麗娜慶祝勝利。

「挺能幹的嘛。」

勇者陸看著卡麗娜嘀咕。

「不僅漂亮還很強，是個能成為戰鬥女主角的孩子呢。」

「雖然招式名稱有點土。」

「說得沒錯。」

勇者海和真一起笑了出來。

在他們背後，獸王葬具悄悄發出的低吟聲逐漸消失。

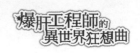

沒有人注意到那沉默的聲音。

——《第一封印》關閉。

◆

「這還真是災難呢。我會向繆黛嚴重抗議。」

帶著勇者們返回的卡麗娜將自己被巨漢基基拉找麻煩的事情說了出來，琳格蘭蒂顯得相當憤怒。

波奇和小玉則得意洋洋地向莉薩訴說卡麗娜有多麼努力戰鬥。

在距離熱鬧的女孩們有段距離的地方，佐藤一邊收拾賑濟的物品一邊注視天空。

「主人，你發現什麼了嗎？」

「我聽見了暗殺公主的計畫。」

佐藤回答亞里沙的提問。

這是因為他用空間魔法「眺望」和「遠耳」調查了藉由地圖搜索發現的幻桃園根據地。

「真的嗎？主人果然要去救她嗎？」

「再怎麼說，知道了就不能放著不管。」

佐藤一邊這麼說，一邊用地圖搜索確認公主的據點——公主宮附近有沒有一般人。

公主宮中雖然有少量的傭人，許多人都因為魔王出現而逃之夭夭，變成了一種空白地帶。過幾天或許有人會回來，不過好像暫時不必擔心有人會受到戰鬥牽連。

「算了，畢竟主人一定會這麼說嘛。換作是我，一定會放著那種討人厭的公主不管。」

「好啦、好啦。」

佐藤無視亞里沙的發言。

這是因為佐藤相信如果狀況相同，亞里沙就算抱怨還是會幫助公主。

「那麼，要去巡邏確認有沒有需要幫助的人嗎？」

佐藤採納了亞里沙的提議，於是收拾完畢後，一行人和琳格蘭蒂她們說好要分頭行動。

「因為治安很差，要在太陽下山前回到駐紮地喔。」

「嗯，知道了。」

天色已經變暗，不久後太陽就會沉入山的另一邊吧。

在距離琳格蘭蒂等人夠遠的地方，佐藤向夥伴們提議：

「這樣人數有點多呢。我們分成兩組吧。」

佐藤這麼說，將獸娘們和卡麗娜分到另一組，獨自一人變身成庫羅的模樣悄悄前往距離王都很遠的幻桃園根據地。

◆

「這裡就是柯賽雅王妃魔王化前造訪的地方嗎……」

前任勇者隼人的隨從——斥候賽娜潛入位於王城地下的遺跡。

「艾爾迪克大王時代的遺跡嗎……總覺得光待在這裡就有股寒意呢。」

雖然賽娜不可能知道，這座遺跡的氛圍跟位於皮亞羅克王國的札伊庫恩中央神殿地下封印「抗拒之物」的地方相似。

「這座壁畫上面畫的是魔族嗎？」

賽娜仰望在尋找王妃痕跡途中發現的壁畫。

壁畫上用黑色顏料描繪的奇妙生物，和札伊庫恩中央神殿出現的厭子基本外型相像。

然而，對於沒有「抗拒之物」相關知識的賽娜來說，看起來只是一幅奇特的壁畫而已。

她在壁畫的前方發現一扇厚重的門。

「門——不行，我的少女直覺告訴我，這是一扇不能打開的門。」

賽娜相信自己的察覺危機技能，沒有試圖去觸碰帶有奇特光澤，刻著厭子浮雕的門。

「不過，那是什麼門啊？」

賽娜從距離很遠的地方回望著門。

「每隔一段距離就有一個七柱神祇的聖印？」

就像圍繞著厭子的浮雕，門上刻著聖印。

「聖印散發淡淡的光芒，真漂亮。哈哈哈，感覺只有札伊庫恩神的聖印髒兮兮的呢——咦咦咦？」

賽娜對聖印產生了不對勁的感覺。

「一、二、三，果然有九個。」

這是刻在門上的聖印數量。

「這是七大神明的聖印對吧？哪個是多出來的呢——噫！這個不是刻在魔王信奉者經典上的邪印嗎！」

發現邪印的賽娜皺起眉頭。

「為什麼會有這種東西……另一個是哪個呢？」

她眺望剩下的八個聖印尋找不對勁之處。

「咦？巴里恩大人的聖印有兩個？不，好像有點不太一樣呢？」

賽娜從懷裡拿出刻在護符上的巴里恩神聖印比較。

其中一個聖印像是映照在鏡子上一樣左右相反。

「如果不是巴里恩神的聖印——難不成是龍神大人的嗎？畢竟是將召喚勇者的魔法交給巴里恩大人的神明，或許感情很好吧？」

賽娜回想起在描述神話的繪本中，有些會把龍神當成第八柱，魔神當作第九柱的事，喃喃自語地接受自己的推論。

「不過，跟工作無關的事就算了吧。」

賽娜這麼說著環顧四周。

「這裡好像有人來過的痕跡耶～」

門所在的廣場有個椅子和桌子殘骸傾倒的角落。

「——嗯？這裡好像有點奇怪。」

賽娜到處摸著沒有描繪壁畫的牆壁。

「找到了！就是這個！」

當她按下距離地面很近的石塊後，牆壁發出某種東西脫落的聲音出現縫隙。

「哦，打開了。」

暗門隨著「轟隆隆」的沉重聲響出現。中途因為發出類似石塊碎裂的聲音，賽娜停下動作，然而即使等了一陣子也沒有反應，因此她小心翼翼地把門打開。

「開到這樣就進得去了吧？」

賽娜鑽進牆壁之間出現的縫隙。

在暗門的深處，有個放有小型書架的書房。

「歷史書、宗教書——這個是邪教的經典？看來王妃果然是魔王信奉者呢。」

賽娜就像碰到髒東西一樣，用手指夾起魔王信奉團體「自由之翼」的經典扔掉。

「有沒有什麼線索——這個潦草的筆跡……教主大人？師父大人？寄宿魔王之力的寶珠？嗯～都是些片段的詞彙和草書，找不到重點耶～」

賽娜把感覺能當作線索的字條收進道具箱裡。

「總之姑且做個回收，之後全部交給琳就行了吧。」

她說著：「畢竟我也不想繼續待在這裡。」結束了地下調查。

賽娜並沒發現，身後的札伊庫恩神聖印出現了些微的裂痕……

◆

「真是安靜耶。」

返回駐紮地的琳格蘭蒂對這寂靜的狀況產生不對勁的感覺。

「真奇怪耶～鍋子還放在火上～」

「真的耶，都燒焦了。」

神官蘿蕾雅和勇者海看著被燒黑的鍋子。

真不安地東張西望，勇者陸也戒備地環顧四周。

「比起這個，沒有半個守衛實在太奇怪了。」

琳格蘭蒂這麼說著，掀開幾個帳篷確認內部。

「沒有人在？是琉肯把他們帶去哪裡了嗎？」

「應該～沒有那回事喔～」

蘿蕾雅手指的方向，有個像毛毛蟲般不斷蠕動的物體。

解開繩子掀開捲在上面的布之後，露出了黑騎士琉肯的樣貌。

「琉肯，這是——」

「——搞什麼鬼啊！」

琉肯打斷琳格蘭蒂的提問。

「居然把小睡一會兒的我綁起來！就這麼想要功勞嗎！妳這希嘉帝國的狗！」

黑騎士責罵琳格蘭蒂。

「大叔，把你綁起來的不是在這裡的某個人。」

「沒錯，我們才剛從賑濟地回來。大家都上哪裡去了？」

兩名勇者向黑騎士解釋。

大概是無法認定勇者的發言有假，黑騎士的語氣變弱了。

「這、這是真的嗎？」

「就算要我賭上聖拳也行喔？」

都說到這個地步，黑騎士也無法繼續深究，只能不甘願地承認是自己誤會了。

「教官，這裡的飛空艇也沒有任何人在。」

「這邊的～飛空艇也～沒有人喔～」

「我試著用飛翔鞋從高處看了一下，他們好像不在飛空艇周圍喔。」

眾人交換著情報。

「會是被某個人～帶走了嗎～」

「不過，這裡也沒有戰鬥過的痕跡喔？」

「應該是幻術～精神魔法～或是魅惑之類的吧～」

或許是蘿蕾雅的發言讓她有了靈感，琳格蘭蒂皺起眉頭。

「——幻桃園的魔女繆黛。」

「如果～這是真的～她帶勇者的隨從們～前往的地方是～」

「公主的據點吧。」

琳格蘭蒂覺得無法坐視不理，於是衝了出去。

「喂！不要一個人去啊！」

「就算是鬼教官，一個人去也太危險了！」

兩名勇者追上琳格蘭蒂，真也受到影響跑了出去。

蘿蕾雅抓住打算追上去的黑騎士肩膀。

「不可以～讓飛空艇毫無防備喔～」

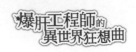

「只要上鎖就沒問題了吧！」

「至少～得讓它浮在空中～才可以～」

蘿蕾雅和黑騎士優先確保飛空艇的安全，因此落後琳格蘭蒂等人。

◆

「呼、呼、呼……學長們……跑太快了……」

雖然受到衝出去的勇者們影響而追了上去，等級五十的勇者們和等級只有個位數的真跑步速度截然不同，使得他轉眼間就被拋了下來。

「這個小鬼是怎麼回事？」

「穿的衣服挺高級的，是有錢人的小鬼吧？」

「過來趁火打劫一趟，結果每間屋子都空蕩蕩的。就帶走這個小鬼也行吧？」

一群充滿暴力氣息的男人們圍住真。

「喲，如果不想受皮肉痛，就把錢全部交出來。」

受到威脅的真立刻就想拿錢出來求饒，卻找不到錢包。

「糟了，那個時候……」

他回想起把錢包扔給父親，所有錢都沒了的事。

「我也可以揍完之後硬搶喔？」

一名表情凶惡的男性讓手指發出「喀啦喀啦」的聲響逼近真。

「在那裡的人是誰？」

「禁止野蠻粗暴～」

「不可以做壞事喲！」

「這些小鬼是怎樣？」

制止這些男人的，是和佐藤分頭行動的卡麗娜和獸娘們。

「哎呀，連美女監護人都在啊～？」

「來跟叔叔玩玩——噫！」

男人們對著卡麗娜得意洋洋地露出色瞇瞇的表情，卻在見到莉薩從後面刺出的長槍之後，臉色變得蒼白。

「如果不想在臉上開洞就快點離開。」

莉薩帶著殺氣的威嚇一下子震懾住男人們，轉眼間就將他們趕跑了。

「你為什麼會一個人在這裡？」

「因為學長——沒事。」

真沒有把自己迷路的事告訴年長的美女，露出不快的表情別過頭去。

「迷路～？」

「那樣的話，波奇我們送你回去喲！」

「才不是！只是稍微散步一下而已！」

真聽見她們說出自己想蒙混過去的事實，連忙開口否認。

「散步嗎？這附近治安很差，獨自一人很危險。既然要回去的地方一樣，就跟我們一塊兒同行吧。」

「真是個好主意！畢竟我們全都是女性，有男性在場會比較安心呢。」

卡麗娜說出不像有溝通障礙，了解男性想法的發言。這是因為她記得在迷宮都市時，潔娜隊的伊歐娜曾經說過這種話：「都是女性的話很容易被男人纏上，所以至少帶著一個男人比較好。」

當然，更大的理由是不忍心把一個無依無靠的少年扔在像是廢墟一樣的地方。

「如、如果是這樣，我可以跟妳們同行。」

「那麼我們走吧。」

此時邁出步伐的卡麗娜等人聽見爆炸聲。

「怎麼回事？」

「是戰鬥的聲音呢。」

「從城堡的方向傳來的～？」

「啊！是小隻的希爾芙的人喲！」

小希爾芙降落在卡麗娜她們身邊。

『莉薩小姐，公主宮好像發生了戰鬥。』

亞里沙向莉薩發出遠話。

「陸學長、海學長和琳小姐趕過去了。」

「真閣下，這是真的嗎？」

「嗯、嗯。沙珈帝國的據點變得空無一人，琳小姐就說要去公主的據點。」

「這件事為什麼不一開始就說出來呢！」

遭到莉薩責備的真害怕得眼眶泛淚。

『莉薩小姐，有什麼發現嗎？』

莉薩將情報告訴亞里沙。

『既然如此，我們也去公主宮吧。』

「那麼我們也——」

莉薩即將說出要去之前，才想起身為被保護對象的真也跟她們在一起。

她小聲地把真也在一起的事情告訴亞里沙。

『這樣不太妙呢。光靠小希爾芙護衛不夠力，要是他被抓走當成對付勇者的人質就太糟糕了。』

「真的護衛——」

莉薩看向小玉和波奇。

她們的戰鬥力十分足夠，不過即使如此，要臨機應變地應付緊急情況還太過稚嫩。但也不可能將本來的護衛對象卡麗娜一個人留下來。

『總之先會合，接下來的事等確保安全的地方再說吧。』

莉薩把要和亞里沙她們會合的事情說了出來，在小希爾芙的帶路下和夥伴們會合。

其地點是一樓設有酒場的旅館，是一間即使遭遇內亂和魔王災禍也沒有被燒燬的堅固建築物。

「這裡應該很安全吧？不僅牆壁厚實到受到火杖直擊也沒有損壞，大門也刻有抗火的魔法陣。」

大概是一間被貴族當成藏身處的店吧。

「由於魔王騷動的緣故，公主宮之外的地方都沒什麼人在，假如偷偷躲著，我想大概不會有人來吧。」

透過蜜雅小希爾芙的巡邏、小玉的調查，以及亞里沙的空間魔法，已經確認了周圍沒有任何人在。

「跟主人聯絡了嗎？」

「還沒有。畢竟主人正在潛入敵人陣地，那麼做會妨礙到他。」

而且她自認只要魔王不出現，現在的自己一行人就能充分應付狀況。

「也有地下室～」

「只要在入口堆放路障，就足夠應付歹徒了，我這麼評價道。」

小玉和娜娜將旅館改造成要塞。

「精靈魔法。」

「只要蜜雅再用精靈魔法強化就完美了呢。」

「嗯，交給我。」

蜜雅手持長杖，沿著旅館一樓繞了一圈。

「喂、喂，妳們打算把我一個人留在這裡嗎？」

真露出不安的表情，高高在上地詢問。

「沒錯——雖然想這麼說，讓你一個人待在這裡太危險了。卡麗娜大人，雖然很抱歉，可以請妳和小希爾芙一起在這裡待命嗎？」

「不要！我也要一起去！」

在卡麗娜她們爭論的時候，人們正在距離旅館有段距離的公主宮激烈交鋒。

◆

「公主殿下！第三門遭到突破了！」

「貝爾森卿和佐利倫卿戰死！」

悲痛的消息不斷傳進公主宮的辦公室。

公主咬著指甲掩飾焦慮。

「……姊姊。」

「不可以發出沒出息的聲音。你可是要成為下任國王的人！」

公主斥責抓住自己裙襬的膽小弟弟，向部下下達迎擊的指示。

「殿下，總覺得很不對勁啊。」

「我知道，光靠基基拉一派和被繆黛魅惑的蠢貨，不可能輕易突破我方守備。」

「該不會是那些鼬人……」

「沒有那種事。雖然他們是一群忘恩負義的獸人，可是對他們來說，我國沒有任何有價值的東西。」

國王死後，鼬商人們便離開這裡了。

「他們會支持我國，是想在比斯塔爾公爵領的內亂中使用我國的軍隊。既然現在已經從那場內戰得到魔獸使和載人型魔巨人的戰鬥紀錄，就不可能繼續拘泥在內亂不斷的荒蕪國家才對。」

結果使得他們無法阻止繆黛派崛起，被逼入絕境。

「假如至少能使用那些鼬人們留下來的載人型魔巨人……」

「馴服師他們被挖角，載人型魔巨人也因為維修不良無法啟動——已經沒救了。」

「哪能現在就放棄！我們可是有著大義和正統繼承人！擁有悠久歷史的我們怎麼可以在這種地方被擊潰！」

一群貴族在公主們的房間裡爭論。

「說得沒錯！咱們不可能向繆黛那種人投降！」

「王妃大人會遇到那種事，肯定也是繆黛帶進王國的那些詭異傢伙搞的鬼！」

「……母親大人。」

回想起王妃的年幼王子眼眶泛淚。

「住口，現在比起發牢騷，不如思考能打破現狀的方法！」

「可是殿下……」

狀況已經接近絕望。

「殿、殿下！請您快逃吧！」

當公主正在和親信辯論時，一名侍從慌張地衝進房間。

「他們馬上就要來到——」

一把刀刺穿侍從的胸膛。

在吐血倒地的侍從背後，出現一名手持出鞘長劍的詭異男子。

「發現了——老大！公主在這裡——」

這名皮膚粗糙，殺掉侍從的男子對走廊上大喊。

「在本大爺過去之前不准出手！」

粗獷的聲音傳了過來。

「那個聲音是基基拉。」

「殿下，我來殺出血路。」

親信用下定決心的眼神看著公主。

「我不會忘記你的忠誠。」

「請務必讓王子殿下戴上王冠。」

親信這麼說完，拿著短刀整個人朝著長相詭異的男子撞了過去。

「我才不會中這麼老套的招式呢。」

詭異男子砍斷親信拿著刀子的手，隨意將其踢飛出去。

接著反手握劍走近親信，打算刺穿他的胸膛——

「——蠢貨。」

親信按下藏在胸前的魔導炸彈按鈕。

他和詭異男子瞬間變得血肉模糊，血花濺上辦公室的牆壁。

「走吧。」

公主握住弟弟王子的手，強行拖著猶豫要不要踩血的他衝出房間。

接著朝基基拉正要過來的反方向開始奔跑。

那是出口的反方向，公主們逐漸被趕往建築物的上方。

在即將被基基拉追上的情況下，公主和弟弟王子爬到了屋頂上。

等在那裡的——

「歡迎光臨，公主大人。」

「——繆黛。」

幻桃園的魔女繆黛，以及——

「勇者的各位隨從？你們為什麼會跟繆黛這種人在一起？」

「說這種人真是失禮耶。我們只是對擁有憂國情懷的繆黛大人感同身受，才像這樣幫助她討伐賊人而已。」

受到繆黛魅惑的勇者隨從臉頰紅通通地宣言。

「——賊人？居然說擁有這個國家正統王家血脈的本公主和弟弟是賊人！」

公主露出怒火中燒的表情瞪著勇者的隨從。

「站在那邊的繆黛，才是讓國家陷入混亂的賊人不是嗎！」

「唉呀，真可怕。」

相較於彷彿要流出血淚的公主，繆黛擺出一副事不關己的反應。

「居然說繆黛大人是賊，就算是小孩也不可原諒。」

「快點殺掉她吧。收拾掉他們之後，就能自由使用王之力了吧？」

「等一下，讓他們活下來比較容易奪取王之力。」

「不是說魅惑對這些傢伙無效嗎？」

「只要沒有能妨礙精神操作的王家護符，要操控他們容易得很。」

「也就是說，把他們扒光就行了吧？」

基基拉露出滿是嗜虐心態的表情，打量著公主的身體。

面對這充滿獸慾的視線，公主因為羞恥和厭惡皺起眉頭。

「如、如果敢繼續靠近，我就從這裡跳下去！」

公主緊抱著弟弟王子靠近屋頂邊緣。

「姊、姊姊！」

「唉呀呀，膽小的王子似乎不想勉強自己輕生喔？」

繆黛露出如同貓在玩弄老鼠一般的笑容諷刺公主。

「誰來幫幫我——」

公主絕望地跪在地上。

「——好喲。」

一陣風捲起，瞇瞇眼的勇者海出現在公主身旁。

「勇者海！」

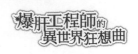

「沒錯。」

繆黛露出苦澀的表情瞪著用力揮手的勇者海。

「教官，可以了。」

當勇者海對懷裡的護符輕聲說的同時，繆黛等人所在角落的下方發生了爆炸。

「繆黛！」

基基拉從入口衝出來，在空中接住繆黛。

「襲擊犯的首腦似乎活下來了呢。」

前任勇者的隨從「天破的魔女」琳格蘭蒂，以及以飛機頭作為特色的勇者陸從碎裂的地板出現。

「其他隨從應該不會掛掉吧？」

「那當然嘍。我就是為此才控制威力。」

在琳格蘭蒂和勇者陸交談的期間，隨從們紛紛推開瓦礫，重新從樓下爬到屋頂上。

「兩名勇者和一名隨從——就這麼幾個人能夠贏過這麼多人嗎？」

「那是當然的。勇者的招牌和『天破的魔女』稱號可沒廉價到會輸給這種年輕隨從。」

繆黛和琳格蘭蒂之間迸發著看不見的火花。

◆

「可惡，那些討債的傢伙。趁我喝得正爽的時候把錢都搶走了。」

被真稱為差勁家長的中年男子被痛扁一頓倒在地上。

「算了，也罷。明天再找個小鬼搶錢就行了。」

中年男子毫不擔心自己的兒子，說出自我中心的話。

「師父，找到了。就是那個男人。」

「追蹤適合的淤積，找到的居然是中午的男人嗎？」

一群身穿黑色長袍的男人發現中年男子，朝他走了過去。

「你們是白天的——」

中年男子說到一半就昏了過去。

有名黑袍男子從後面用詭異的魔法道具電暈了他。

「這樣會不會有點粗魯？」

「請您放心，我不會做出誤傷實驗體的行為。」

面對師父的嘮叨，弟子恭敬地回答。

「算了，也罷。那麼就依照預定，用這個個體進行最後的實驗吧。」

「為了不被妨礙，我會用暗魔法堵住巷子。」

「那麼我就用風魔法架設結界，避免聲音外洩吧。」

不等師父下達指示，弟子們率先展開行動。

「師父，魔王珠的實驗不是已經十分足夠了嗎？」

「身為首席弟子的你反對這個實驗嗎？」

「是的，我反對把貴重的魔王珠用在這種男人身上。」

首席弟子直接反對了師父的話。

「畢竟已經透過柯賽雅王妃完成主動性權能的實驗，在魔女繆黛和其弟弟基基拉身上的被動性權能實驗也幾乎完成了。」

首席弟子口中的權能，就是佐藤他們所說的獨特技能。

「確認王妃化為魔王，甚至連討伐時的狀態實驗都已經結束，實驗非常充分。因此，我想不到刻意浪費剩餘魔王珠的理由。」

「首席！調查擁有被動權能的人化為魔王的條件，不也是實驗的一環嗎？」

其他弟子向首席弟子提出疑問。

「我們不就是為此才挑上繆黛和基基拉嗎？那對姊弟充滿汙穢，而且弟弟還濫用魔人藥到了外觀扭曲的程度。即使身上重複這麼多惡劣條件也依舊沒有魔王化，那麼認為光靠有被動權能的魔王珠不會魔王化比較合乎常理吧？」

「正是如此。」

肯定首席弟子的人是他的師父。

「不過，你忘了一個東西。」

師父從胸口拿出一個黑色小瓶子。

「這個是……」

「這是吾師，賢者索利傑羅大人託付給我的『煉獄詛咒』。」

他們口中的煉獄詛咒，就是佐藤所說的魔神殘渣——也就是襲擊了希嘉王國的「魔神的產物」殘骸。

「沒錯，這能強化擁有權能的人，促進魔王化。」

「您要使用這麼貴重的東西嗎？」

師父對首席弟子的話點了點頭。

「可是，師父，如此一來不必用在這個男人身上，對繆黛和基基拉使用不就好了嗎？」

「很遺憾，他們的直覺很敏銳。在柯賽雅王妃已經魔王化的現在，他們肯定不會讓我們輕易靠近吧。」

「所以才要使用這個男人嗎？」

「不僅如此，你忘了我給予繆黛和基基拉相同權能的理由嗎？」

「這樣啊，原來是共鳴！」

「正是如此。相同的權能會產生共鳴。跟繆黛剛得到權能的時候相比，在基基拉得到權能之後，她的權能變得更加強大了。我們就是要利用這點再次進行新的實驗。」

「真不愧是師父！我對自己的愚蠢感到羞恥！」

「沒關係，你不是一經提點就能全盤理解嗎？」

師父安慰跪在地上的首席弟子。

「師父，首席好像已經理解了，可是對於我們這些資質差的人來說還不明白。」

「我們究竟要以什麼樣的目的來進行實驗？」

其他弟子們乞求師父能夠說明。

「是共鳴！我們要進行魔王化的共鳴實驗！」

首席弟子一臉陶醉地講述：

「給這個男人和繆黛他們相同種類的『魔王珠』，然後注入『煉獄詛咒』讓他強制魔王化，這是第一項實驗。接著透過權能共鳴，確認繆黛和基基拉是否會因此連鎖開始魔王化，這是第二項，也是師父真正想進行的實驗。」

聽見首席弟子的說明，師父滿意地點點頭。

雖然談論的內容非常危險，光從討論的模樣看來，他們就像一群誠摯的研究者。

「原來如此，終於理解了。」

「只要這個實驗成功，就能成為能夠攻陷任何國家的威脅性兵器。」

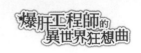

「很遺憾，這是不可能的。」

師父否定了弟子們的危險發言。

「要說為什麼，是因為魔王珠無法再次生產。」

「因為賢者大人已經過世了嗎？」

「既然賢者大人做得出來，那麼身為直系弟子的師父也一定做得到！」

「我認為只要去找，應該就能找到作為魔王珠基礎，擁有權能的轉生者……」

弟子們激動地對師父說。

「這是不可能的。就算我能夠成功代替賢者大人的職責，沒有聖女大人的權能，就無法製作魔王珠。」

師父環顧弟子們的臉龐開始說明：

「從轉生者身上汲取出權能，裝進聖女大人從『祝福的寶珠』抽出技能之後的『無垢的寶珠』裡，誕生的就是魔王珠。之所以能夠製作擁有同樣權能的魔王珠，是因為一顆『無垢的寶珠』無法容納所有權能，剩下的部分要裝進其他『無垢的寶珠』裡的緣故。」

師父接著說：「聖女用三種權能製作了九顆魔王珠。」

「師父說過自己擁有四顆魔王珠吧？」

「沒錯，剩下五顆交給其他師兄弟了。這麼說來，也有人在賢者大人給與的時候就用在自己身上了呢。」

「師、師父。」

察覺到某件事的弟子臉色蒼白地詢問師父：

「如果您的師兄弟也用了和柯賽雅王妃一樣的魔王珠……」

「要是共鳴和距離無關——他們會魔王化吧。」

師父就像要稱讚他著眼點不錯一般看著弟子。

「這下又多了一項新的實驗呢。效率非常好，真是不錯。」

他似乎不覺得自己的師兄弟變成魔王是件壞事。

「那麼，已經沒有問題了嗎？」

師父環顧弟子們的面容說。

「看來沒了呢。那麼，就開始在這個國家最後的實驗吧。」

師父這麼說著，對昏倒的中年男子植入魔王珠，用術理魔法「理力之手」將危險的「煉獄詛咒」小瓶子塞進中年男子嘴裡。

「唔、唔嘎啊啊啊啊！」

徒弟們和抽搐的中年男子拉開距離。

「嘎呀、唔喝呀啊！」

像毛毛蟲般蠕動的漆黑血管在中年男子的皮膚底下跳動，皮膚不斷地開始冒出泡泡。

他的眼睛和嘴巴散發暗紫色的光芒，鼻子和指尖滲出黑色的霧氣。

「嘎HYU啊。」

從地上猛然站起身的中年男子朝著天空發出咆哮。

「來吧，新的魔王誕生嘍！」

——SZHUUBBBTYEN。

中年男子的肌肉大了一圈，從內部撐破簡陋的衣服。

下面露出的肉體長滿漆黑和暗紫色斑點，帶著類似金屬的質感。

「師父，已經確認魔王的稱號了。」

「那麼，接下來就是確認繆黛他們了呢。」

聽完擁有鑑定技能的弟子報告，師父向弟子們發出接下來的指示。

弟子們放出使魔，派去尋找繆黛和基基拉。

「那麼，我們移動到適合觀察的地方吧。」

師父不管化為魔王的中年男子，朝著王都外快步離開現場。

「師父，這裡的事情結束之後，就依照預定行事嗎？」

「嗯，去聖留市的迷宮培育幼苗，之後就正式開始吧。」

「我明白了。確保幼苗了嗎？」

聽見師父這麼說，首席弟子向其他弟子們確認情況

「我派了使魔跟著，現在似乎在東方小國群冒充神的使徒。」

「神的使徒？又做了這種不要命的事。」

「看來得在天罰摘下幼苗之前讓實驗有所進展才行呢。」

「那麼，在離開王都之後，我就去確保幼苗吧。」

「交給你了。」

儘管他們策劃著等同顛覆國家的事，卻沒有讓魔王顯現、讓世界陷入混亂的願望。

只是一味地為了滿足自己對知識的好奇心而絞盡腦汁。

他們缺乏「良心」、「常識」以及「倫理觀念」三樣東西。

◆

此時，佐藤潛入策劃要暗殺公主的「幻桃園」根據地。

「躲在廢棄礦山裡面嗎……」

佐藤一邊確認地圖，一邊沿著如同螞蟻窩般錯綜複雜的廢棄礦山前進，在最底層發現一座類似祭壇的詭異物體。

祭壇周圍有詭異打扮的幻桃園成員正在進行作業。

（魔神牢？）

佐藤發現祭壇和在巴里恩神國見過，位於魔神牢深處的儀式場很像。

（不，有點不同吧……）

他逐一鑑定現場所有東西，確認是否存在危險物品。

縱使花了一點時間，佐藤來到這裡的目的——企圖暗殺公主的幹部們正熱烈地開著會，因此他能毫無顧忌地花費時間。

（這好像是增強幻術或精神魔法的魔法裝置，應該是用來增強繆黛的力量吧。）

佐藤這麼作出結論，決定在離開時將其摧毀。

「——我就是這個意思！」

接近幹部們開會的區域之後，佐藤的順風耳技能開始聽見聲音。

「是叫『富國的神祕公主』嗎？」

「不對！是『亡國的魔女』！」

「稱號是什麼根本無所謂。那種乳臭未乾的小女孩能幹什麼。」

佐藤對這個稱號有印象。

「亞里沙公主很危險！在庫沃克王國因為我等造成的飢荒即將衰亡的時候，比現在更年輕的那女孩可是讓國家重振旗鼓了喔！」

「這只代表她是個很優秀的政治家吧？」

「沒錯、沒錯。之後她不是澈底被我們的妨礙工作影響，在失落中淪落為奴隸了嗎？」

幹部們並不知道。

自己一行人犯下踩住老虎尾巴，觸摸巨龍逆鱗般的愚蠢行為。

「我等應當幹掉的是這個國家的公主。要是那麼擔心，就在殺掉公主的時候也順便把那個叫做亞里沙的小鬼收拾——」

話才說到一半，會議室厚實的大門就被打飛了。

門重重撞上桌子撒出大量木屑，讓倒楣的幹部昏了過去。

「什、什麼人！」

「有襲擊？是勇者們嗎？」

幹部們驚慌失措，武鬥派則拿起暗器和法杖。

「我是勇者無名大人的隨從庫羅。」

打扮成庫羅模樣的佐藤怒氣沖沖地瞪著幹部們。

「要以暗殺公主未遂的罪名逮捕你們。」

佐藤用無詠唱發動「弱昏迷彈」和「追蹤昏迷彈」迎擊一起衝過來的武鬥派幹部們。

打擊如同雨水般毫不留情地落下，幹部們連保護自己都做不到，被打了個落花流水。

直到現場沒有人能夠行動，連些微的呻吟聲都變得斷斷續續的時候，佐藤才停止施放魔法。以他而言是罕見的過度殺傷。

「把這些傢伙綁好之後，接下來要確認文件……」

偶然瞥見的文件中，有鎮壓優沃克王國後重新征服庫沃克王國的計畫書。他們似乎想透過散布加波瓜讓達米哥布林加速繁殖，人為性地製造暴動來奪走庫沃克王國的軍力。

其他甚至還有讓聖留市迷宮失控的計畫書。

「事先來解決他們真是太好了。」

佐藤一邊想著熟人們的面容，一邊安心地吐了口氣。

「這個是？利用『幻桃園』的侵略計畫？」

他發現令人在意的文件，於是拿起來看了一下。

「是當作組織名稱的『神代祕寶』嗎……」

那是能夠提升繆黛潛在能力，發揮影響一座都市效果的危險祕寶。

剛剛佐藤發現的魔法裝置，似乎就是模仿該祕寶製造的物品。

「看來他們似乎沒有發揮原本性能所需的『賢者之石』，應該不需要擔心吧……」

佐藤並不知道。

跟繆黛接觸的「賢者弟子帕沙．伊斯克」將魔王珠連同「賢者之石」一併交給了她。

「這邊還有其他計畫書——入侵王妃的夢境，藉由每天晚上作惡夢來破壞她的精神？原來如此……」

看到這份計畫書，佐藤誤以為柯賽雅王妃魔王化的原因，就是幻桃園的成員。

佐藤並不知道。

讓柯賽雅王妃魔王化的人，是在優沃克王國王都暗中活躍的「賢者弟子」，以及他們現在還打算創造出新的人造魔王這件事。

然而他非常清楚。

自己該做的事。

◆

「歐拉歐拉歐拉歐拉啊啊啊啊！」

「去死吧！」

死鬥在公主宮的屋頂上不斷持續。

雖說有等級差距，想一邊保護公主和王子一邊戰鬥十分困難。

「這種人數差距果然很吃力呢。」

縱使能力因為受到繆黛操控而有所下滑，隨從們依然保有能和勇者共同行動的優秀能力，沒有弱到能像小嘍囉一樣輕鬆解決。

更重要的是，基基拉比預料中更強，使得勇者陸得專心對付他而顯得吃力。

「要是賽雅和蘿蕾雅能過來——」

琳格蘭蒂罕見地說出懦弱的話。

「哦呵呵呵呵，再怎麼等也不會有援軍。快點放棄，把公主和王子交出來吧。」

繆黛從後方嘲笑琳格蘭蒂。

「沒有那個必要！」

如同太陽般充滿熱氣的聲音在戰場上響起。

「是誰！」

繆黛質問聲音的真實身分。

跟屋頂連接的瞭望臺上出現了人影。

「天知地知你知我知！我們是身為祕銀級探索者，同時也是光龍級冒險者的『潘德拉剛』！回應少女的求救就此登場！」

身上散發白銀光輝的少女們就在那裡。

「莉薩小姐！」

「娜娜、小玉、波奇，要上嘍！」

「是的，莉薩。」

「系系系～？」

「好喲！今天的刀子渴望正義喲！」

——LYURYU。

獸娘和白色幼龍溜溜分割戰場，娜娜來到能保護公主和王子的位置。

亞里沙和蜜雅也移動到娜娜身後。可惜的是，為了保護卡麗娜和真，露露留在了旅館的據點。

「接招吧，缺氧之術！——氧氣燃燒空間！」

亞里沙使出佐藤設計的對人鎮壓式魔法。

無法呼吸的人們驚慌失措起來，反而使體內失去更多氧氣，接二連三地昏了過去。

「喵嗚～回收、回收、沒收～？」

小玉用忍術將昏倒的人們送進「影之牢獄」。

保持冷靜和使用魔人藥增強實力的人們立刻停止呼吸跳到「氧氣燃燒空間」的範圍外，因此平安無事。

「不愧是『亡國的魔女』，真是不能掉以輕心的對手呢。」

「被人用那種蔑稱來稱讚，感覺很奇特呢。」

「自大也該有個限度，別以為這種程度就能夠逆轉。」

雖然勝負似乎已經確定，不清楚隊伍「潘德拉剛」有多超乎常理的繆黛臉上露出得意的神情。

「面對魅惑和精神魔法無效的對手，妳能做什麼呢？」

「幻桃園——這是這個祕寶的名稱喔。」

繆黛舉起看似燈籠的魔法道具。

亞里沙透過無詠唱向祕寶發射火焰彈，卻被一旁的隨從挺身擋住了。

「來吧，這是結束的開始！」

祕寶發出霧氣。

「有股甜甜的香味喲！」

「桃子～？」

——LYURYU。

波奇、小玉和溜溜，與霧氣拉開距離。

「莉薩小姐！」

「了解！」

莉薩用瞬動逼近繆黛。

「休想得逞！」

面對擋在面前的基基拉，莉薩長槍一揮將其打倒在地。

「唔啊啊啊啊！」

在打碎祕寶之前，繆黛突然開始痛苦掙扎。

倒在地上的基基拉也一樣。

在莉薩無視他們打算擊碎祕寶之際，她的長槍被繆黛快速變大的身體擋了下來。

「莉薩小姐，快離開！那傢伙是——」

繆黛那變得如同被搓揉過的小麥麵糰般的身體，將祕寶吸收進去。

「——魔王啊！」

在亞里沙叫喊的同時，從繆黛身體噴出的霧氣覆蓋住公主宮的屋頂，吞沒了王城，朝整座王都擴散開來。

佐藤回到王都時，正好是這種不得了的狀況。

幻桃園

「我是佐藤。我有過登山途中進入濃霧般雲層中的經驗。我還記得那伸手不見五指，樹木的影子模糊地在霧中浮現的景色，簡直就像陷入惡夢中一樣，令人內心滿是不安。」

「那是什麼？」

以王城為中心的區域包覆著白色的霧氣。

根據AR顯示，那似乎是「結界：幻桃園」。沒有「賢者之石」應該無法啟動祕寶「幻桃園」才對，看來是從某處取得，變得能夠使用了吧。

亞里沙她們似乎在結界裡，因此我試著使用空間魔法「遠話」，卻遭到妨礙導致無法順利接通。

雖然從地圖的標誌一覽確認了她們的平安，依舊會擔心。還是衝進霧裡跟她們會合吧。

這麼決好之後，我在衝進霧之前做了一項準備。

既然空間魔法會被阻擋，代表想用「歸還轉移」也有很高機率會遭到妨礙。因此為了能用單位配置脫離，我在化為廢墟的角落用「製作住宅」魔法建造了一棟避難屋。

準備結束後，我迅速衝進結界裡面。

儘管是如同濃密牛奶般的濃霧，似乎對人體沒有影響，就算看紀錄也沒有任何抵抗的訊息出現。

『主人！』

幸好剛進入結界就和亞里沙接通了「遠話」。

聲音參雜著雜音不太穩定，不過只要都在霧裡似乎就能通話。

「那邊的大家都沒事吧？」

『沒有任何人受傷。』

即使透過標誌一覽知道她們沒事，還是直接交談確認平安無事比較放心。

『不過呢，露露和卡麗娜大人跟我們分頭行動了。』

「為什麼要這麼做？」

亞里沙說明了事情的經過。

她們在前往調查公主宮發生的異狀途中，發現了迷路的真。由於不能丟下他不管，當時他們把旅館半堡壘化將其保護起來，並留下卡麗娜小姐和露露當作護衛。

大概是為了不讓卡麗娜小姐亂來，才以護衛名義留下來吧。

我打開地圖打算確認地點，結果卻顯示著「地圖不存在的空間」。

『剛剛用「遠話」確認過了，露露也說她們平安無事。另外——』

亞里沙用嚴肅的語氣繼續說：

『繆黛和基基拉魔王化了。雖然正確來說是虛假的魔王。』

是那對擁有獨特技能的姊弟。

把亞里沙說的內容依照順序統整的話，起初是魔女繆黛和壯漢基基拉率領手下襲擊公主宮，接著琳格蘭蒂小姐和兩名新勇者介入。由於戰鬥中凱菈莎烏妮公主差點遭到殺害，監視著戰鬥的亞里沙她們也參戰了。

在那之後，繆黛和基基拉突然痛苦掙扎發生魔王化。正確來說似乎是變成和背德妃柯賽雅一樣的虛偽魔王——也就是偽王。不過，因為很容易混淆，叫魔王就行了吧。

『這陣霧是魔王化之後巨大化的繆黛放出來的。原本以為是幻術之類的東西，可是根據使用空間魔法調查的結果，這陣霧內部區域似乎被「異界化」了，跟樹海迷宮的固有魔法也不一樣。』

在霧氣出現後不久，眾人的所在位置似乎產生了變動，即使到了現在，空間的聯繫也不停變化的樣子。

這大概就是亞里沙和露露她們映照在空白地圖上的光點會不停移動的理由吧。

『我們雖然在一起，卻和小琳琳以及勇者們走散了。我們剛剛遇到公主和王子並保護起來了，繆黛和基基拉則行蹤不明。被小玉用影之牢獄抓住的傢伙們似乎也消失不見了，其他在公主宮戰鬥的騎士和士兵們應該也在這裡。』

「總之先會合吧。」

不光是亞里沙她們，要是魔王出現在露露和卡麗娜小姐的所在地就危險了。

『是呢。小希爾芙找到露露——啊，等一下，她好像也找到主人了。』

——嗡。

和亞里沙聊到一半，小希爾芙從天而降。

『蜜雅說她能追蹤和小希爾芙的聯繫，所以跟露露和主人會合沒問題。』

隔了一會兒，亞里沙繼續說：

『小希爾芙說也能追蹤自己和分身的聯繫，我們就在露露所在的旅館會合吧。』

如果是透過精靈力的聯繫，我以為用精靈視就能看見，卻沒有發現類似的痕跡。應該是藉由非物質界的精靈們的世界——類似精靈界的空間進行聯繫吧。

「我明白了——拜託妳了，希爾芙。」

——嗡。

我跟著希爾芙展開移動。

試著用地圖搜索之後，繆黛和基基拉分成了兩邊個別行動。新勇者們和琳格蘭蒂小姐似乎正在一起行動，其他幾個光點應該是兩方陣營的士兵吧。雖然無論哪邊距離露露和夥伴們都很遠，現狀看來還不能放心。

切斷和亞里沙的通話後，我將遠話對象換成露露向其發話。

「露露，現在能說話嗎？」

『主人！』

露露的聲音帶著安心的色彩。

看來她果然快被不安壓垮了。

我以地圖的標誌為基準點啟動空間魔法「眺望」確認露露所在的地方。雖然影像和遠話時一樣很不穩定，卻不妨礙掌握狀況。

儘管卡麗娜小姐和真也露出不安的表情，據點本身似乎很安全。我將視角移動到據點屋頂上環顧四周，沒有發現可疑人物。

——嗡。

此時幫忙帶路的小希爾芙停了下來，指著某個東西。

過了一會兒，順風耳技能捕捉到戰鬥的聲音，聲音迅速變大。

「歐拉歐拉歐拉歐拉啊啊啊啊！」

「太輕了，勇者小鬼！」

飛機頭勇者的聲音，以及混雜異音的粗獷聲音傳了過來。

看來飛機頭勇者正在和基基拉交戰。大概是在我和露露交談時遇到的吧。

「歐拉！去死吧！」

飛機頭勇者穿過霧氣，渾身是血地滾了過來。

我用迴旋踢迎擊追過來的基基拉。

「誰會中招啊！」

——哦？被擋住了。

儘管是動作很大的迴旋踢，卻被基基拉用腳擋了下來。

算了，只要把牠連同防禦踢飛就好。

基基拉在地上打滾。

我一邊追著牠的身影，一邊將魔法藥遞給飛機頭勇者。

「勇者陸，請用這個——」

「抱歉，幫大忙了。」

飛機頭勇者一口氣喝光藥劑，但AR顯示他的體力計量表沒有回復。

「果然這個也不行嗎……」

「勇者大人？」

「魔法藥喝過頭了。」

確認AR顯示後，發現他正如自己宣告的那樣陷入攝取過剩的狀態。

因為夥伴們會遵守用量用法來使用，幾乎沒有這種狀況。不過要是魔法藥喝過頭，就會像遊戲一樣需要冷卻時間吧。

他也有自我治療技能，我想應該不會致死，可是他的傷勢相當嚴重，聖鎧上到處都存在凹陷。

「另一位勇者大人和琳格蘭蒂大人呢？」

「途中走散了。」

根據地圖情報，他們兩人都受到了讓體力計量表減少到一半以下的傷害，不過傷勢比飛機頭勇者來得輕。

「嘖！腳骨折斷了。沒想到居然能把本大爺連同防禦的腳一起踢飛。」

基基拉站了起來，腳如同其他生物般扭動，恢復成原本的形狀。看來牠用自我再生治好了骨折。

雖然剛剛沒有發現，魔王化的基基拉外觀有了改變。

牠原本是個壯漢，現在體格又大了五成。身體和長相變成異形，到了讓人不覺得牠原本是人族的程度。

「你退後，這傢伙是魔王。」

飛機頭勇者就像在袒護我一般走到前面。

即使受到重傷，狀態搖搖欲墜，他似乎仍能做出保護他人的行為。

不愧是被巴里恩神選上的勇者。

「咯哈哈哈，臭小鬼假裝自己是獨當一面的勇者嗎——蠻我猛爪！」

基基拉手背長出巨大的爪子襲向飛機頭勇者。

這招很危險，對於沒有防禦性獨特技能的飛機頭勇者來說負擔太重了。

我用縮地來到飛機頭勇者的前方，用盾手環在前方張設自在盾擋下攻擊。

——好沉重。

自在盾被瞬間打碎。

我瞬間在手背上展開魔力鎧，好不容易才擋下基基拉的爪子。

基基拉的爪子和魔力鎧激烈衝突，飛濺的暗紫色光芒和紅色的魔力光相當耀眼。

「呿！」

見攻擊遭到抵擋，基基拉立刻用腳踢了過來。

我踩踏地面往上一跳，閃過感覺能輕鬆踢斷大樹的踢擊。

基基拉的踢擊在途中改變軌道，對身在空中的我展開追擊。我瞬間啟動天驅閃過基基拉的踢擊。

攻擊通過時的風壓十分驚人。如果是一般的衣服，感覺光是風壓就會被扯破。

「居然到處亂跑！」

基基拉背上冒出的無數纖細手臂朝我逼近，手臂的指尖似乎是高品質的刀刃。

我拔出妖精劍砍斷牠背上的手臂。

原本明明打算全部砍斷，但有幾根手臂閃開了攻擊。

「挺能幹的嘛，臭小鬼二號。」

魔王基基拉相當強大。

實力足以跟同等級的莉薩匹敵。

「但是——遊戲到此為止了。」

無數的鉤爪從基基拉四肢的皮膚竄出，如同咬合不正的牙齒般不規律地冒出來。

「鑾我祕祭！」

鉤爪如同電鋸的鋸齒般動了起來，胡亂揮動手臂的基基拉像陀螺般開始迴轉。

雖然乍看之下很滑稽，用無法預測軌道的方式襲擊過來的拳頭和踢腿很難閃躲。

再加上宛如橡膠般能夠伸縮的手腳，使我好幾次都差點被打中。

「——啊！」

我不小心砍下了基基拉的頭。

一雙粗壯的手臂接住飛出去的頭。

是基基拉本人。失去腦袋的基基拉自己接住頭，並強硬地塞回原本的位置上。

「可惡！這個怪物！」

被魔王叫做怪物了。

「之後絕對要殺了你。」

基基拉在霧中消失身影。

這是一次我來不及使用縮地的華麗逃跑。

「慢、慢著！」

儘管飛機頭勇者打算追上去，才走幾步就「砰」的一聲倒了下來。

畢竟他流了不少血，應該是貧血吧。

——嗡。

小希爾芙指著霧對面的建築物。

在那棟建築物的屋頂上，一隻別的小希爾芙正揮著手。

看來我們似乎抵達了目的地。

我將肩膀借給飛機頭勇者，朝旅館走去。

◆

「主人！」

跨越路障走進旅館後，露露用熱情的擁抱迎接我。

她大概就是這麼不安吧。

「露露，不好意思，我想先讓他好好休息。」

總覺得飛機頭勇者很安靜，才發現他在不知不覺間失去意識了。

「我明白了。這裡有可以躺的地方。」

我在露露的帶路下前往旅館內部。

「佐藤！那位是勇者大人！」

卡麗娜小姐在最裡面的房間裡拿著雙手用的釘錘。真也在這裡。

「陸學長！你這傢伙對陸學長做了什麼！」

「他被魔王打傷了。我想讓他躺下去，來幫忙。」

真因為誤會，前來找麻煩。我隨口回應他的誤解，讓飛機頭勇者擺了個輕鬆的姿勢。

就趁現在脫下聖鎧，修理那些能修好的凹陷吧。

「陸學長！你沒事吧！」

「住手，不要晃他。雖然流了不少血，他的傷口已經閉合了。」

真打算搖晃渾身是血的飛機頭勇者，我出聲制止他。

「……這裡是？」

或許是真的聲音太吵，飛機頭勇者醒了過來。

「陸學長！你還好吧！」

「嗯，別擔心。」

面對抓著自己的真，飛機頭勇者用懶散的聲音回答。

我向飛機頭勇者說：「是安全的地方。」催促他繼續休息。

「喂，你沒有藥水或萬靈藥嗎？」

「已經用過了。要是繼續使用，會因為用藥過頭產生副作用。」

我用儘量簡單易懂的方式，將狀況告知把矛頭轉到我身上的真。

「他擁有優秀的『自我治療』技能，很快就會康復。」

目前飛機頭勇者的傷勢正以一目了然的速度恢復。

只要再過十分鐘，他應該就能行動了。

我發動「眺望」和「遠耳」觀察亞里沙她們的情況。

那邊看起來沒什麼問題。

「海學長和琳小姐怎麼了？他們應該跟陸學長在一起才對。」

「我遇到他的時候，就只剩下他一個人了。」

或許是不安使他無法保持沉默，真對我發問。

「海和教官在和基基拉戰鬥的時候走散了。」

「陸學長。」

「你還是再睡一下比較好。」

他的體力計量表幾乎還沒有回復。

依照飛機頭勇者的說法，他們是三人在一起的時候遇到基基拉並展開戰鬥。

當我喝著露露泡的茶稍作休息時，亞里沙傳來了緊急通知的遠話。

『主人，發現魔王繆黛了。』

我將「眺望」的視角轉到亞里沙手指的方向。

附近能夠看到優沃克的王城，那座城堡被壓成類似白色黏液的東西。流動的白色黏液上，浮現出女人的側臉。

「——繆黛？」

看來魔王繆黛的體積非常龐大。

這麼說來，聽說魔王化的時候會變得巨大的樣子？

『糟糕！』

浮在黏液上的巨大眼球發現到亞里沙她們。

『先打先贏！——火焰地獄！』

亞里沙用火的上級魔法攻擊繆黛。

大概是因為空間魔法在這裡很難產生作用，她選擇使用火魔法。

『穿過去了？』

『幻影？』

依然發動著的遠耳能聽見夥伴們的聲音。

看起來亞里沙的火魔法的確沒有生效。即使從地圖情報來看，繆黛的體力也只減少了一丁點。

『緊急迴避～？』

『Emergen喲！』

——LYURYU。

塊狀的黏液從天而降。

那是繆黛的手。

——QZEEBBBN。

牠在發出咆哮的同時，伸出無數由白色黏液構成的手。

『方陣，我這麼告知道。』

『小玉也方陣～？』

『波奇也會用方陣喲！』

——LYURYU。

溜溜的吐息焚燒著黏液，分成兩半的黏液猛然撞上娜娜她們的拋棄式防禦盾方陣後飛濺四散。

『與魔王保持距離！』

由於飛機頭勇者和真就在我附近，我不出聲地向亞里沙下達指示。

如同海嘯般的黏液質量非常驚人，最外側的方陣被打碎了。

『允許換裝成黃金鎧，必要的話也能用強化外裝。』

攻擊結束的黏液繆黛正縮回黏稠的手，現在正是好機會。

『可是，這樣會被公主和王子看到——』

『被看到也無所謂，大家的安全比較重要。』

不能搞錯優先順序。

而且看到巨大的黏液繆黛，公主和弟弟王子已經昏了過去。

『我知道了！——《真裝》！』

亞里沙用一開始登錄的奇怪姿勢變身成黃金鎧。

夥伴們也在黏液繆黛發起攻勢之前換上黃金鎧。

『亞里沙，對面有什麼東西過來了。』

『巨漢。』

莉薩和蜜雅發現了巨漢——魔王基基拉。

『我來了，繆黛！』

——QZEEEBBBN。

和基基拉不同，繆黛或許失去了自我，只會反覆發出咆哮。

既然兩隻魔王都聚集在那邊，就算離開這裡應該也沒問題。

「卡麗娜大人，魔王好像出現在亞里沙那邊。」

「唉呀！不得了！得快點去支援才行！」

「就是這樣。不過，也不能丟下受傷的勇者大人不管。」

我向拉卡使了個眼色，請他幫忙說服卡麗娜。

『卡麗娜大人，如果您想成為勇者的隨從，護衛勇者不就能當作預演嗎？』

「拉卡先生……我明白了。」

「謝謝您。等勇者大人恢復之後，再請兩位一起追上來吧。」

卡麗娜小姐心不甘情不願地退讓，因此我留下兩隻小希爾芙的其中一隻當作標記，在另一隻的帶領下跟著露露一起前往與繆黛和基基拉兩人交戰的夥伴們身邊。

我一邊移動，一邊用空間魔法守望夥伴們的戰鬥。

由中希爾芙抱著的亞里沙利用火魔法從空中攻擊黏液繆黛，娜娜和裝備強化外裝的獸娘們一起向基基拉挑起近身戰的樣子。蜜雅則一邊在暗處護衛公主們，一邊對前衛陣施展回復魔法。

亞里沙的攻擊魔法似乎仍舊沒有直接命中，不過對黏液繆黛造成的傷害仍在不斷累積。

在與基基拉的戰鬥中，娜娜澈底封鎖了基基拉的攻擊，獸娘們聯手壓制了牠。

雖說等級上比較低，沒想到她們面對魔王級的對手也能打到這種地步。

——察覺危機。

我抱著露露往旁邊一跳。

我們原本的位置沾上了白色液體，發出惡臭逐漸融化。

「主人，霧中有類似白色史萊姆的東西。」

臉頰微微泛紅的露露舉起從妖精背包中拿出的輝焰槍。

白色史萊姆跟黏液繆黛非常相似。這也是理所當然的，根據AR顯示，白色史萊姆好像是繆黛的分身。從地圖搜索看來，似乎有三隻左右。

「那是魔王的爪牙，等級剛好四十，要小心點。」

我這麼說著的同時，使用火焰暴風的魔法將附近的一隻給蒸發掉。

足以融化地面的火焰捲起強風吹散周圍的霧氣，使得視野變得明朗。

「是區域之主的眷屬級呢。瞄準——射擊！」

露露狙擊了暴露位置的其中一隻分身。

只射一槍無法將其解決，她合計開了五槍。光靠輝焰槍似乎有點火力不足。

由於我的火焰暴風威力似乎會大過頭，我朝最後一隻連續射出小火焰彈將其蒸發。

「露露，我們也換裝吧。」

「是！《真裝》！」

露露從白銀鎧換成黃金鎧，我也用快速更衣技能打扮成勇者無名。

「主人，霧的另一邊有個好大的影子！」

「那好像就是魔王繆黛的本體呢。」

露露發現如同小山般的黏液繆黛影子。

光源大概是亞里沙的火魔法吧。

雖然空間魔法在剛剛的戰鬥中解開了，好像立刻就能會合，因此我沒有再次使用，而是提升移動速度趕了過去。

這麼做或許有了回報，我們很快就和其他夥伴們會合了。

◆

「主人～」

「是主人喲！」

「嘖！敵人增加了。」

小玉和波奇相當開心，魔王基基拉開口抱怨。

——咦？

直到剛剛應該都渾身是傷的基基拉身上不見任何傷勢。

「閃光螺旋刺！」

我放下露露，用發動速度快的突進系必殺技對基基拉造成瀕死的傷害。

我瞬間嘗試模仿勇者隼人的招式，看來成功發動了。

「唔喝啊啊啊！」

被打飛的基基拉消失在霧的另一端。

「主人，請別大意。」

「馬上就會過來～？」

莉薩和小玉發出警告，基基拉從被打飛的不同方向衝了出來。

「——毫髮無傷？」

「無論怎麼做都沒用！」

「閃光六連擊！」

我砍斷基基拉的手腳，也將牠的頭和身體一分為二。

對手是魔王，這種程度的攻擊死不了。畢竟牠剛剛也毫不在意地重生被砍掉的頭嘛。

「果然會再生嗎……」

被霧氣包圍之後，毫髮無傷的基基拉從其他地方出現。

「從剛剛就一直在耍詐喲！」

——LYURYU。

溜溜朝憤怒的波奇點頭表示同意。

「霧很奇怪～？」

「波奇也這麼覺得喲！少女的直覺正在閃閃發光喲！」

如同小玉和波奇說的一樣，我也認為這陣霧就是一切的關鍵。

「霧、風╳」

蜜雅用簡短的詞彙，將她試圖用風吹散霧氣卻失敗的事情告訴我。

畢竟就算是我那足以融化地面的火焰風暴也只能將其吹散一瞬間，亞里沙用上級火魔法的結果也一樣。

即使嘗試使用「魔法破壞」，也只能暫時消去霧氣，立刻就會恢復原狀。

「哦哇哇哇哇哇！」

黏液繆黛朝著和希爾芙一起飛在空中的亞里沙發出對空攻擊。

看來比起這裡，她那邊比較不妙。

「主人，這裡請交給我們吧。」

「我知道了。那麼就拜託妳們了。」

我把應付基基拉的事交給莉薩她們，用閃驅移動到亞里沙身邊。

亞里沙的魔力即將耗盡，因此我用「魔力轉讓」的魔法替她回復。

「用火焰地獄也沒有效果。」

「牠會像基基拉那樣再生嗎？」

我試著對繆黛發射小火焰彈。

「果然跟我一樣，穿過去了呢。」

因為繆黛的黏液觸手如同長槍尖般對空刺了過來，我維持恰到好處的距離閃避。

「這果然是幻術嗎？」

「不，實體就在那裡。」

畢竟幻術對我無效。

「這麼說來，主人，聽說其中一個新勇者受了重傷對吧？只有卡麗娜大人不要緊嗎？」

「畢竟兩個魔王都在這裡，只要有卡麗娜大人和拉卡在應該沒問題。」

繆黛的分身從那之後就沒再增加。

趁現在還有餘裕的時候，我再次發動空間魔法「眺望」和「遠耳」，將焦點集中在卡麗娜小姐的所在地。

琳格蘭蒂小姐在她的身後，似乎是在我離開之後才前去會合。

她好像也跟飛機頭勇者一樣受了很嚴重的傷。

「如何？」

「琳格蘭蒂大人過去會合了。」

「那麼那邊就萬無一失了呢。」

我同意亞里沙的話。

這下就能放心，專注應付這裡了。

「這陣霧果然是繆黛的獨特技能嗎？」

「我想應該不是。」

繆黛和基基拉擁有的獨特技能是「臨機應變」。從字面上來看，實在不覺得會是再生系技能。

「是有什麼機關嗎……」

亞里沙陷入沉思。

——機關？

這個詞彙盤踞我的腦海。

——機關、霧、結界。

我的腦中如同走馬燈般接連不斷地浮現各種印象。

——幻桃園、祕寶。

「對了，是祕寶！」

是遭到繆黛所屬組織拿來當名稱的神代祕寶「幻桃園」。那是能夠提升繆黛潛在能力，使得效果覆蓋一整座都市的危險祕寶。

我在視野範圍內進行地圖搜索。

「——找到了。」

我從儲倉裡拿出魔力過度充填完畢的聖短槍全力扔了出去。目標是包覆在黏液繆黛體內的祕寶「幻桃園」。

如同雷射般的藍色閃光貫穿黏液繆黛，消滅包覆在牠體內的祕寶。

魔力過度充填完畢的聖短槍威力或許太大了，黏液繆黛彷彿氣球從內部爆炸般被炸飛，霧氣就像被餘波吹散似的逐漸散開。

雖然和希爾芙一起被風暴般的強風吹得東倒西歪，亞里沙用空間魔法「立方隔絕壁」確保了安全區域，因此平安無事。

畢竟娜娜會用堡壘保護地面的大家嘛。

「城堡的正中央被消滅了呢。」

黏液繆黛消失的地方有個非常深的大空洞。

底層變成熔岩狀，到處都冒著白色的蒸氣。

「主人，看那個！」

底部有兩道人影。其中一個是宛如木乃伊般滿身皺紋的老太婆——不，那是魔王化的繆黛。從黏液狀恢復成人形是不錯，但牠急速老化，完全不見還是美女那時的影子。

渾身是傷的基基拉就躺在繆黛身旁。

基基拉失去下半身，左手也只剩下手肘。

看來在祕寶消滅的同時，完全恢復的機關好像也解除了。

「希爾芙，去大家身邊吧。」

——嗡。

我和帶著亞里沙的希爾芙一起降落在夥伴們身旁。

「主人，要給牠們致命一擊嗎？」

莉薩這麼詢問。

「說得也是——」

畢竟是大壞蛋，就這麼把牠們解決掉也可以，可是現在也能拜託原本的憂鬱魔王靜香幫忙除去「神之碎片」。

不過，牠們並非是不惜讓靜香承受精神負擔也要幫助的人。

「GI基拉。」

「繆黛，不要死。」

基基拉朝趴伏在地上的繆黛伸出手。

總之，在這些傢伙做出多餘的事情之前先用魔封藤綁住牠們，再把所有魔力抽走吧。

『呀！』

正在作業的我聽到了卡麗娜小姐的慘叫聲。

我將注意力移到眺望的視野上，上面映照出瞇瞇眼勇者打碎牆壁跳進旅館裡的身影。

『咦？是陸和胸部小姐？還有教官！』

牆壁倒塌的巨大聲響蓋過瞇瞇眼勇者開心的聲音。

一道跟魔王化的基基拉差不多巨大的身影出現，是個身上纏著破布的異形。不知為何給

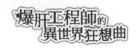

人不受歡迎的中年男子的印象。

『這是什麼？』

『別大意了。』

異形不斷地嗅著味道。

——SZWABBBBKYE。

接著發出咆哮，破壞地板鑽進地下的酒窖，如同要沐浴般喝起酒。

『……老爸？』

真搖搖晃晃地接近地板上的洞。

『快離開，真！』

縱使琳格蘭蒂小姐大喊，真彷彿沒聽見一樣，手抓著洞穴邊緣探頭看著裡面。

『真，快離開！那傢伙是魔王！』

——魔王？

我連忙進行地圖搜索。

那的確是魔王。正確來說是偽王，擁有和基基拉以及繆黛一樣的獨特技能。

真奇怪。今天中午搜索地圖時，擁有獨特技能「臨機應變」的人只有基基拉和繆黛，這點是無庸置疑的。

既然如此，就代表牠在這麼短的時間內，用某種方法得到了獨特技能。

不，該認為牠是從我的地圖圈外出現會比較妥當嗎？從附近看來，像是「都市核之室」之類的地方應該就屬於另一張地圖。

「主人，怎麼了？」

「旅館出現了其他魔王。」

我把另一邊的情況告訴亞里沙。

『居然還有其他魔王……』

「居然還有其他魔王……」

琳格蘭蒂小姐的聲音和亞里沙重疊在一起。

牠跟魔王繆黛還有基基拉相同，除了獨特技能之外，沒有像是轉生者或勇者的技能。

『我在用酒精消毒傷口時，那個怪物突然衝了過來。』

瞇瞇眼勇者也處於魔法藥使用過量的狀態。他似乎判斷那個狀態下無法跟未知的魔王戰鬥，因此逃走了。

『海，你應該能用獨特技能甩掉牠吧？』

『沒辦法。因為傷口很痛，沒辦法用獨特技能加速。』

面對瞇瞇眼勇者的說明，琳格蘭蒂小姐就像在忍耐頭痛似的按著太陽穴。

『老爸，你在幹什麼啊！居然變成那副德性！』

看著下面的真一邊抱怨，一邊對魔王扔出瓦礫。

——ＳＺＷＡＢ？

魔王對真有了反應。

牠的身體表面浮現類似中年男子的臉。

『該死！居然真的是老爸嗎！』

『真的耶，那張臉我有印象。』

『真的老爸被魔王吸收了嗎？』

『不對喔，陸。魔王的名字是「吾郎」，印象中真的爸爸也叫做這個名字吧？』

聽瞇瞇眼勇者這麼說，飛機頭勇者看著真，只見他懊悔地輕輕點了點頭。

『……為什麼要變成魔王啦，混帳老爸。』

——ＳＺＷＡＢ？

發出悲嘆的真和魔王身上浮現的臉互相對視。

魔王浮現在漆黑黏液上的嘴巴看起來就像在嘀咕說著「真」。

停頓了一會兒之後，大叔魔王的背上長出無數的觸手，朝真伸了過去。

兩名勇者和琳格蘭蒂小姐分別從左右兩側跑去攔截。瞇瞇眼勇者的短聖劍和琳格蘭蒂小姐的魔劍斬斷了許多觸手，飛機頭勇者的聖拳接連不斷地將觸手打飛出去。

然而，面對數量驚人的觸手，他們的速度稍嫌不足。觸手鑽過勇者們攔截的空隙，纏住了真的身體。

『住手，老爸！』

——呃！

真被大叔魔王的身體給吞了進去。

大叔魔王的肩膀上浮現真的臉孔。

真的假的……

「主人，發生什麼事了？」

「……真被另一邊的魔王吸收了。」

「真的嗎？勇者們和小琳琳在幹嘛啊！」

雖然我認為真隨便強出頭也是原因之一，考慮到如果對象不是真而是卡麗娜小姐，就能理解亞里沙想這麼說的心情。

「主人，這裡請交給我們吧！」

「之後拜託妳們了。」

這邊的兩個魔王已經在不知不覺間昏了過去，交給她們監視應該沒問題。

就算這兩個半死不活的魔王有什麼不好的企圖，莉薩她們也一定有辦法應付。

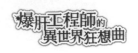

◆

『真！我一定會救你！』

遠耳聽見飛機頭勇者悲壯的聲音。

兩名勇者一邊辛苦地應付觸手，一邊努力試圖救出真。

『我、我也來幫忙！』

卡麗娜小姐這麼說著，拿出「封魔之鈴」搖了起來。

大叔魔王渾身僵硬，勇者們趁機砍斷觸手。

『很好！就這樣繼續下去！』

琳格蘭蒂小姐也加入，幫忙應付觸手。

大叔魔王的觸手很脆弱，切斷的速度相當快。然而那些觸手不僅滑溜，每當被砍斷就會立刻長出新的，因此沒完沒了。

——SZWABBBKYE。

當我用閃驅抵達旅館上空時，大叔魔王「噗哈」一聲吐出褐色的霧氣。

『——酒臭味！』

瞇瞇眼勇者這麼說的同時，旅館的天花板爆炸了。

『燙燙燙！教官，不能這麼亂來啦！』

『區區燙傷不算什麼吧？要是再那樣下去，所有人都會死。』

充滿酒氣的空氣隨著暴風飄了過來。

大叔魔王噴出的褐色霧氣似乎是高濃度的酒精。如果琳格蘭蒂小姐沒有不惜點燃酒精破壞屋頂換氣，所有人很有可能因為急性酒精中毒陷入昏迷。

實際上，除了琳格蘭蒂小姐以外的人都醉得站不住腳。

「琳！」

「勇者大人沒事吧！」

當我為了救出真，從上空發動「透視」魔法掌握他的狀態時，神官蘿蕾雅和黑騎士趕來支援了。

「這個怪物是怎麼回事！」

「別大意了，琉肯！這傢伙是魔王！」

神官蘿蕾雅開始詠唱，黑騎士舉起魔劍。

「很適合當我的對手！」

追著琳格蘭蒂小姐的觸手對黑騎士的殺氣起了反應，朝他的方向伸了過去。

「唔姆姆，幹什麼，你這傢伙——！」

不夠靈敏的黑騎士轉眼間就被逮到，被觸手纏住吊了起來。

「唔，殺了我！」——我不想看到大叔的這種場景。

而且解析也完成了。

我拔出從儲倉裡拿出的聖劍迪朗達爾。

「——閃光六連擊！」

我趁卡麗娜小姐搖晃「封魔之鈴」，大叔魔王渾身僵硬的瞬間發動攻擊。

同時透過閃驅以堪稱瞬間移動的速度快速降落到大叔魔王的眼前，用大叔魔王反應不及的速度從牠身上把真分離出來。

接著用「理力之手」抓住真，移動到神官蘿蕾雅的後方。

「這次是陰陽師？這個異世界是怎樣啊？」

「誰知道？既然幫助了真，應該是同伴吧？知道這點就夠了。」

瞇瞇眼勇者陷入混亂，飛機頭勇者則用單純的想法接受了我。

「……■■■　爆裂！」

琳格蘭蒂小姐見機不可失，用爆裂魔法砸向大叔魔王。

被我用斬擊開膛破肚的大叔魔王因為爆裂魔法受到了沉重的傷害。

「等……教官？」

「那個是真的老爸耶！」

兩位勇者開口抱怨。

「在說什麼天真的話！那可是魔王喔！」

琳格蘭蒂小姐和兩位勇者相互瞪視。

卡麗娜小姐握緊拳頭卻無法上場戰鬥，顯得不知所措。

「不重要了！像他那種人，死了就算了！」

受到神官蘿蕾雅照顧的真悲痛地大喊。

「不可以說這種話喔。這樣總有一天會成為苛責自己的枷鎖。」

我刻意維持無名的語氣，拍了拍真的肩膀。

嗯，把真的父親打倒之後，就帶他去找靜香吧。繆黛和基基拉姑且不論，他還沒有犯下殺人的罪行。假如可以，我希望能給他一個改過的機會。

『主人，這裡的魔王死掉了。』

亞里沙突然來了通知。

『是哪個魔王？』

『兩個都死了！從乾枯的狀態變得像沙子一樣崩塌了。』

是魔封藤使得牠們無法回復魔力，導致無法再生毀滅了嗎？

為了以防萬一，我打開地圖打算進行地圖搜索。

《碎……片。》

細微的聲音傳進正打算搜索的我耳中。

正當我打算聽個仔細的時候，牆壁如同爆炸般被打碎了。

——是基基拉。

應該已經被打倒的基基拉出現了。

真不愧是魔王，就算是虛偽的，依然非常難纏。

「噫！好像有其他魔王出現了。」

瞇瞇眼勇者發出類似慘叫的聲音。

「找到了，剩下的碎片！」

基基拉看到大叔魔王後大聲說。

——QZEEBBN。

基基拉身上纏繞著類似雙面鏡的幻影。

仔細一看，牠的肩膀上長出繆黛的臉。看來創造出幻影的人就是繆黛。

牠們是合體變成了繆黛基基拉嗎？

在想著這種蠢事的時候，我的身體已經做出行動。

「閃光六連擊！」

我用縮地接近，將繆黛基基拉連同幻影切成碎片。

被切碎的肉片散落四周，其中有幾片飛到了大叔魔王身上。

——察覺危機。

不妙。我在還搞不清楚狀況的時候，對大叔魔王發射了冰柱槍。

為了不對魔王面前的勇者們造成傷害，我偏移了目標，因此冰柱槍只凍結了大叔魔王一半的身體。

「天真的傢伙。」

繆黛基基拉被切碎的手臂**撲通**一聲陷進了大叔魔王的體內。

魔王們的體表包覆著暗紫色的光芒，如同漫畫的X光效果一樣，使體內的暗紫色光源顯現出來。

「抓到了。」

位於大叔魔王中心的暗紫色光芒彷彿被捏碎般逐漸縮小，與此相反，繆黛基基拉手上的暗紫色光源逐漸變大。

「「這下就是完全體了。」」

繆黛和基基拉的聲音重疊在一起。

手臂膨脹，繆黛基基拉的身體瞬間再生。

跟牠們相反，大叔魔王的身體崩塌，逐漸化為黑色的水窪。

「酒……去……買ＪＯ……」

在繆黛對面的肩膀上，浮現出大叔魔王的臉，開始說著模糊不清的胡言亂語。

「說什麼去買酒啊！你這傢伙，到了這種地步還想喝酒嗎！」

真似乎明白胡言亂語的內容。

我嘗試使用「透視」，想知道是否能像剛剛救出真一樣，然而臉的內部好像沒有真父親的身體。

「真，對不起，牠看起來已經沒救了。」

「真，如果難受就閉上眼睛。接下來我們會送牠上西天。」

瞇瞇眼勇者道著歉，飛機頭勇者將怒火轉到基基拉身上。

「臭小鬼勇者這麼囂張，要被收拾掉的人是你們！」

我用縮地接近打算掃開勇者們的繆黛基基拉，將牠踢飛出去。

或許是有點認真踢得太用力了，繆黛基基拉撞碎牆壁，猛然飛出了旅館。

這下戰鬥時就不必擔心把旅館弄垮了。

「勇者們小心點，對手遠比剛剛還要強大。等級是六十，稱號也從偽王變成了魔王——牠是真正的魔王。」

剛剛基基拉所說的完全體，應該就是指不是虛假，而是成為了真正的魔王吧。

儘管如此，從剛剛就一直感受到的危機感是怎麼回事？

「虛偽是真實，幻影是現實。」

繆黛浮現在魔王肩膀上的臉說。

這麼說來，繆黛的自我不知在何時恢復了。

「好了，一起前往幻桃園吧。」

——QZEEBBN。

霧氣滿溢而出，魔王像照鏡子一樣增加了。

「騙人的吧。」

「別說喪氣話，只要把牠們全部打倒就行了。」

瞇瞇眼勇者表情僵硬，飛機頭勇者則在虛張聲勢。

「我也有同感喔，勇者陸——閃光六連擊！」

我將其中一個魔王切成粉碎，用藍光將其燃燒殆盡。

「既然一隻贏不了，就用數量壓制你們！」

魔王們從四面八方襲擊過來。

「去死吧————！鑾我天落！」

我沒有插手，看著魔王使出必殺技。

要說為什麼——

「休想得逞！」

如同夏天太陽般充滿熱量的稚嫩聲音在戰場上響徹。

「——次元椿亂舞！」

隱形的繩索將魔王們束縛在空中。

「什麼——？」

魔王們如同被蜘蛛絲綁住的蟲子一樣不斷掙扎。

雖說是強韌的次元樁，卻也無法承受魔王的力量，發出「啪嚓啪嚓」的聲音逐漸碎裂。

只能拘束魔王一秒鐘左右。可是，這樣就足夠了。

「發射！」

『開火！』

如同藍色光線的加速砲射穿數隻魔王，將其中一隻從現實變回幻影。

從濃霧另一端浮現的巨大影子對魔王發出超乎常理的招式。

「嗯，天變地異。」

落雷暴雨打落在魔王們身上。地面裂開，冒出的岩漿將魔王吞噬。

我以最大數量展開自在盾，保護勇者們不會遭受夥伴們攻擊。

「區區這種程度——」

有三隻魔王將其他魔王當作墊腳石，滿身是傷地活了下來。

就算是魔王，面對沒有防禦系獨特技能的對手，還是很容易造成傷害。

「什麼人！」

基基拉對神祕的襲擊者大喊。

「勇者無名大人的隨從！黃金騎士團登場！」

受到黃金光輝包覆的少女們吹散霧氣出現在眾人面前。

出場方式相當華麗。

「呵呵呵，就算打倒我們也沒用。」

——QZEEBBBN。

繆黛發出咆哮，減少的魔王數量增加，受傷的魔王也恢復了原狀。

「哼哼，既然會復活，只要打到你們無法復活就行了！」

「說得沒錯。」

橙色斗篷隨風飄蕩，一陣強風吹過魔王面前。

「魔槍龍退擊！」

莉薩的龍槍拖曳著藍色光芒，刺向其中一隻魔王。

「別想得逞！」

魔王迅速舉起粗壯的手臂防禦，卻連同防禦一起被刺穿。

「在龍槍面前，防禦完全沒有意義。」

——QZEEEBBBN。

繆黛的臉發出咆哮，讓魔王的身體纏繞幻術裝甲。

「防禦是用來破壞的，我這麼解說道——魔刃崩砦。」

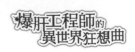

讓白色斗篷飄蕩的娜娜使出必殺技，破壞繆黛張設的幻術裝甲。

緊接著，夥伴們沒有放過這個機會。

「魔刃影牙～？」

小玉帶著藍光的雙劍切開魔王，影子刀刃將魔王的身體縫住。

「魔刃旋風喲！」

裝備強化外裝的波奇用長大的魔刀將魔王一刀兩斷。

——ＬＹＵＲＹＵ。

變成黃金龍模式的溜溜吐出氣息，將打算從肉片再生的魔王燃燒殆盡。

「那就是勇者無名的黃金騎士團？」

「真厲害耶～所有人都使用了神聖的武器呢～」

透過開在旅館牆壁上的洞觀戰的琳格蘭蒂小姐和神官蘿蕾雅發出驚訝的喊聲。

「騙人的吧，居然能把魔王當小嘍囉一樣解決？」

「我們也上吧。可不能讓她們獨占所有功勞！」

「琉肯我也一起去！」

「等一下！別忘了獨特技能！蘿蕾雅，要盡可能幫忙強化喔！」

「好～我知道了～」

琳格蘭蒂小姐和神官蘿蕾雅對勇者們施展支援魔法，黑騎士也使用了自我強化魔法。

「堅韌不拔、武鬥遊戲！」

深藍色的光芒流過飛機頭勇者的身體。

「天下布武！」

或許是不習慣使用獨特技能，他在使用第三項獨特技能後，前面用過的兩項技能就被解除了。

「勇者陸，更換順序試試看吧。」

「你說什麼？」

我一邊減少魔王的數量，一邊對飛機頭勇者提出建議。

畢竟在遊戲中，有很多發動時會解除其他技能的東西嘛。

「就當作被騙再試一次吧。這次先用武鬥遊戲試試看。」

「——算了，也罷。武鬥遊戲！」

飛機頭勇者依照我的說法使用獨特技能。

「堅韌不拔、天下布武！」

嗯，看來進行得很順利。

「唔哇！陸的身體就像漫畫裡的戰鬥民族一樣，全身冒著藍光耶。」

如同隨隨眼勇者說的一樣，飛機頭勇者就像進入超級模式一樣，全身纏繞著特效。

ＡＲ顯示的強化幅度也很驚人。

不光只是數倍，而是強化了接近十倍。

「騙人的吧？明明目前為止都沒成功過……」

飛機頭勇者很吃驚地低頭看著自己的身體。

「……■　幼神武勇。」

此時神官蘿蕾雅的強化魔法包覆住飛機頭勇者。

現在的他肯定充滿了無所不能的感覺。

「強化魔法結束了！可以上了，勇者陸！」

「好！」

飛機頭勇者互碰雙拳衝向魔王。

「不准小看我，這個臭小鬼勇者！」

「歐拉歐拉歐拉歐拉啊啊啊啊！」

——好厲害。

每當勇者的拳頭打中魔王，牠的身體就會開洞、血肉橫飛。

其他魔王繞到施展連續攻擊停下腳步的飛機頭勇者背後。

「陸學長，後面！」

「沒問題——瞬足天步！」

瞇瞇眼勇者發出藍光，用瞬間移動般的速度繞到那個魔王側面，全力撞了過去。

「呿，只有速度快的臭小鬼——！」

「別想出手喔——神絲自在！」

瞇瞇眼勇者操控鋼絲纏住打算把自己掃開的魔王手臂。

「幹得好，海！」

解決掉一個魔王後，飛機頭勇者朝著被鋼絲綁住的魔王連續出拳。

這無雙的模樣，讓人不覺得他在跟自己實力之上的魔王戰鬥。

「我也來幫忙！」

「少得意忘形了，雜碎！」

——ＳＺＷＡＢＢＢＫＹＥ。

面對打算施展必殺技的黑騎士，大叔魔王的臉朝他吐出褐色氣息。

「唔喔喔喔喔！」

「琉肯！」

直接被氣息命中的黑騎士跌倒在地面上。

或許是鎧甲摩擦產生了火花，被點燃的褐色霧氣使得黑騎士全身燃燒起來。

「■■■■■　雨。」

蜜雅用精靈魔法放出雨水澆熄黑騎士身上的火。

「……脅持人質。」

『卡麗娜大人，後面！』

其中一隻魔王為了把真當作人質闖進了旅館。

「櫻花百烈閃！」

「……■破裂。」

卡麗娜一邊搖動「封魔之鈴」，一邊牽制性地發出連續攻擊。琳格蘭蒂小姐的爆裂魔法則將魔王反推回去。

「這種程度沒用的！」

魔王穿過爆炸的煙塵。

雖然很想去幫忙，我正在魔王最多的地方進行殲滅，沒辦法抽身。

我用曲射軌道射出「追蹤箭」當作不無小補的支援。

「嘖，混帳雜碎別來礙事！」

魔王的一擊將卡麗娜小姐連同「拉卡的守護」一起打飛出去。

琳格蘭蒂小姐為了防止追擊擋在雙方之間。

「早知道妳會過來——蠻我祕祭！」

魔王對琳格蘭蒂小姐使出連續攻擊。

琳格蘭蒂小姐用發動速度快的魔法和劍加以招架，然而很快就到了極限。

「卡麗娜鐵拳————！」

魔王輕鬆擋下卡麗娜小姐的突進技。

「別礙事！」

接著一腳踢飛卡麗娜小姐。

「呀！」

雖然拉卡立刻用障壁擋了下來，卡麗娜小姐依然被踢飛在地上打滾。

「這樣就結束了，鑾我天落！」

在劍被連續技彈飛的琳格蘭蒂小姐上方，追擊落了下來。

「幼神聖盾！」

神官蘿蕾雅用隨時準備好發動的防禦魔法擋下魔王的追擊。

「旋風散華！」

卡麗娜小姐對停止動作的魔王使出踢擊系必殺技，可是對魔王完全無效，就像趕蒼蠅似的被一腳踢開。

『不愧是魔王，半吊子的攻擊似乎沒有效果。』

「如果能像當時一樣使用獸王葬具……」

卡麗娜注視著獸王葬具。

「腳踝橫掃～」

「煩死了！」

神官薩蕾雅用長杖攻擊魔王的腳踝，但是立刻就被踩斷了。

情況看來有點不妙。琳格蘭蒂小姐疲倦地倚靠在牆上，神官薩蕾雅也幾乎耗盡了魔力。

我連續追加發動「追蹤箭」，將魔王釘在原地。

『是叫鏡明止水嗎？只要能重現那個——』

「對喔，波奇教導我的武士奧義——鏡明止水。」

卡麗娜小姐說著錯誤的詞彙，集中精神試圖達到明鏡止水的境界。

隨後「鏗」的一聲，卡麗娜小姐的獸王葬具發出紅色光芒。總覺得它看起來好像稍微膨脹起來了。

「成功了！解開第一道封印的獸王葬具威力，就請你用身體好好體會一下吧！」

卡麗娜小姐宛如拉弓的箭矢般將拳頭舉到身後。

「現在必殺的——卡麗娜鐵拳——————！」

卡麗娜小姐朝著因為追蹤箭停下動作的魔王揮出散發紅蓮光芒的拳頭。

魔王立刻雙手交叉進行防禦，不過她的一擊將魔王連同防禦一起擊退。

「該死的女人！」

魔王將卡麗娜小姐踢到空中。

因為拉卡張開防禦障壁，卡麗娜小姐並未受到傷害。

來到拋物線頂點之後，卡麗娜小姐用二段跳躍的訣竅踩著創造出的立足點翻轉身體。

她大概想使用自己擅長的踢擊吧，但那樣很不妙。

因為魔王正抬頭仰望天空，等待著卡麗娜小姐發動攻擊。

此時，一個預料外的人物顛覆了絕境。

「薔薇刺環！」

黑騎士的必殺技打了魔王一個出其不意。

「卡麗娜飛踢————！」

卡麗娜小姐帶著紅色光芒的必殺飛踢，在被薔薇刺環拘束的魔王身上炸裂。

她穿戴獸王葬具的腳跟貫穿魔王的障壁，粉碎了牠的裝甲。

「唔喔喔喔喔喔喔！」

魔王扯開荊棘彈開卡麗娜小姐。

就算是卡麗娜小姐能造成傷害的量產型魔王，等級四十左右的她要對付等級六十的對手還是有點勉強。

「繚亂滅殺陣！」

黑騎士想要趁機搶下功勞，但他的必殺技只是挖開了魔王的表皮。

「……■　連鎖爆裂。」

琳格蘭蒂小姐維持靠著牆邊的姿勢放出上級攻擊魔法。

無數爆炸連續發生，將旅館連同魔王一起炸飛。

「唔啊啊啊啊啊！」

人在附近的黑騎士被爆風吹走。

明明做得不錯卻遭受這種待遇，實在有點可憐。

《碎片。》

我的背上竄起一股寒意。

「小玉！在戰場上不能停下腳步喲！」

波奇掩護小玉的破綻。

「……系。」

小玉似乎也察覺了這股寒意。

我開始左顧右盼。

這股恐懼是從哪裡來的？

《哪裡？》

思念從某處傳了過來，就像浮起的氣泡一樣。

「魔王消失了？」

在我眼前的魔王消失了。

不光是眼前，數量眾多的魔王都失去了蹤影。

「法術解開了耶？」

「基基拉，小心點。」

基基拉和繆黛的聲音傳來。

地點在旅館前面，是剛剛跟卡麗娜小姐交戰的魔王。

「再來一擊——」

琳格蘭蒂小姐舉起劍。

那是櫻花一閃的架式。

「櫻花一閃——」

「琳，不可以——！」

從旁衝過來的斥候賽娜撞開打算使出必殺技的琳格蘭蒂小姐。

「賽娜？——那個是！」

琳格蘭蒂小姐面前——她打算起步的地方——有個正在冒出泡沫的黑色積水。

那是大叔魔王的屍體造成的黑色水窪。

「主——！」

小玉的叫聲和我的察覺危機同時有了反應。

寒意和恐懼感的來源就是那個水窪。

《在哪裡？》

水窪悄無聲息地逐漸擴散。

《碎片。》

邊緣接觸到了魔王的腳尖。

《找到了。》

水窪從中心高高隆起，冒出漆黑的異形。

那是一頭既像野獸又不是野獸，既像龍又不是龍，既像人又不是人的生物。流體狀的異形用生物無法做出的動作東張西望。

根據ＡＲ顯示，異形的名稱叫做「未知（UNKNOWN）」。

會這麼顯示的對象屈指可數。

《找到、碎片了。》

魔王用相當於瞬動的速度後退。

《摯愛、之人的、碎片。》

然而，異形以加倍的速度吞噬了魔王。

碎骨啃肉的聲音「啪哩啪哩、喀拉喀拉」在被濃霧包圍的大地上響起。

接著感覺會削減理智的聲音消失，周圍一片寂靜。

《還有、其他。》

異形的表面長出幾顆擠在一起的眼睛，注視著勇者們和亞里沙。

我用縮地來到能保護亞里沙的位置。

「娜娜，用城堡。」

「是的，主人。『不落城』展開，我這麼告知道。」

黃金鎧在娜娜說出關鍵字的同時變形，朱紅色和紅色的光芒像閃光燈一般閃動。障壁一枚接著一枚冒出，形成強韌的橢圓形積層障壁。

《摯愛、之人的、水滴。》

異形的眼睛緊盯著娜娜。

原來如此，不只是擁有「神之碎片」的轉生者和勇者們，娜娜裝有神石的黃金鎧似乎也是那傢伙的目標。

「這傢伙是怎樣啊？」

「不妙喔，陸。這傢伙超不妙的。」

兩位勇者在異形面前後退。

『主人，那個該不會是……？』

亞里沙用遠話對我說著悄悄話。

「嗯，那是『**抗拒之物**』。」

是過去在具有札伊庫恩中央神殿的皮亞羅克王國，和眾神合作對付過的可怕敵人。

「為什麼那種怪物會出現在這裡？」

「我想那大概是被眾神封印在王城地下，艾爾迪克大王時代遺跡裡的東西。」

斥候賽娜回答琳格蘭蒂小姐的喃喃自語。

如果有這麼危險的遺跡存在，真希望妳早點告訴我。

搞不好是我用短聖槍解決黏液魔王繆黛的那一擊解開了封印也說不定。

「我來爭取時間，勇者們全力逃回飛空艇吧。」

「怎麼可能把事情交給女人逃跑啊！」

「說得沒錯。咱們不可能做這種事，更重要的是——」

瞇瞇眼勇者朝**抗拒之物**看了過去。

「——那傢伙的目標好像是咱們勇者。」

「喂，那邊的面具人，如果是你，能夠贏過那傢伙嗎？」

飛機頭勇者對我說出預料之外的話。

「大概可以吧。」

我全力展開精靈光。

假如不將那傢伙釋放的瘴氣稍微淡化一點，感覺連在王都郊外的人都會受到影響。

《是誰？》

抗拒之物第一次將視線移到我身上。

《認識？不認識？》

我將稱號換成「弒神者」。

《認識！摯愛之人！》

當我從儲倉拔出漆黑神劍的同時，用縮地衝進**抗拒之物**的懷裡。

一股被刺穿一般的劇痛，以及能夠使內心墮落的負面情感奔流從腳底傳來。

我緊咬牙關忍了下去，用神劍將**抗拒之物**一分為二。

《可怕之人！摯愛的、可怕之人！》

被砍成兩半的**抗拒之物**撲通一聲鑽回了水窪裡。

我將神劍收回儲倉，做好隨時都能拔刀的準備。

「唔哇！」

《人質。可怕之人、有效。》

抗拒之物從擴大到真腳邊的水窪出現，瞬間將黏液般的觸手纏上真的身體。

我用縮地從真和**抗拒之物**的側面接近，用神劍將牠砍成兩半。

並且迅速把真踢飛，試著將**抗拒之物**的本體切成碎片——

「呀啊啊啊啊啊，放開我——————！」

真被漆黑的手臂抓住，冒著白煙痛苦掙扎著。

纏在真身上的**抗拒之物**組織增殖，尺寸變得跟本體一樣，打算包住真加以拘束。

「真！」

「喂！把真放開！」

勇者們對增殖體大喊。

我也試圖用縮地介入，試圖救出真，卻被**抗拒之物**的本體擋住。

「跟我一對一單挑吧！武鬥遊戲、堅韌不拔、天下布武！」

飛機頭勇者再次發動獨特技能。

「不能單挑，我也要一起上——瞬足天步！」

「不行！不可以靠近那個——」

勇者們甩開打算制止自己的琳格蘭蒂小姐，朝增殖體走了過去。

「住手，勇者！」

我開口警告勇者們，然而為時已晚。

「歐拉歐拉歐拉歐拉啊啊啊啊！」

飛機頭勇者衝進增殖體懷裡使出擅長的連續攻擊，然而所有攻擊都穿過那漆黑的身體，空虛地劃過空氣。

「那是什麼！」

瞇瞇眼勇者在絕佳的時機出現在側面，嘗試用小聖劍把真給救出來，然而小聖劍也穿過**抗拒之物**漆黑的身體。

《摯愛、之人的、身體！》

增殖體身上冒出無數漆黑的觸手，打算將兩位勇者吞進體內。

——休想這麼做喔？

我用縮地擋在前面，將兩人踢飛到觸手的範圍外。

接著用神劍砍斷試圖抓住我的觸手。雖然想趁機救出真，牠沒有露出這麼大的破綻。

《會撕裂、人質、喔？》

「呀啊啊啊啊啊啊啊啊啊啊！」

增殖體用漆黑的手指撕下了真的耳朵。

《接下來、是頭？》

漆黑的手指隨手抓住真的頭。

牠根本不把真的命當一回事。就算折斷頭部讓真喪命，牠也只會毫無感覺地抓其他人當人質吧。

《還是、眼珠？》

「快住手————————！」

真害怕地發出慘叫。

《真棒的聲音。》

增殖體和本體融合。

『……嗯。』

不知哪裡發出了聲音。

抗拒之物流動的體表冒出氣泡。

「救救我，陸學長！海學長！老爸————！」

真被逼到向那麼討厭的父親求助的地步。

我移動「眺望」的視角，小心翼翼地尋找能救出真的角度。

『……真……』

沒有能夠一刀將其救出的位置。

「不要啊啊啊啊，老爸——爸爸————！」

呼應真的哭喊，浮出漆黑體表的氣泡增加了。

——怎麼回事？

「老爸救救我————！」

『你對我兒子，做了什麼ＲＵ**啊啊啊啊啊啊啊啊！**』

漆黑的體表變成大叔魔王的臉，從內部勒住**抗拒之物**。

《剩下的殘渣？不需要。》

抗拒之物用力將大叔魔王撕開。

『把我的兒子還來————！』

在被撕開之前，大叔魔王從**抗拒之物**手中奪回真。

「海！」

「我知道！」

瞇瞇眼勇者從大叔魔王手中接過真，將他帶回安全區域。

——就是現在。

『亞里沙！』

『ＯＫ～！』

亞里沙配合無間地發動空間魔法，將我和**抗拒之物**以外的人進行轉移。

《摯愛之人、在哪裡？》

抗拒之物用奇特的動作東張西望。

已經不需要在意四周的損害了。

我說出那個詞彙。

「——《毀滅吧》。」

神劍的聖句讓真正的黑暗顯現。

《可怕、可怕、可怕之人。》

抗拒之物沉進水窪裡。

——沒用的。

刺進地面的神劍將連結的異世界連同水窪一併毀滅。

《是誰？摯愛、可怕之人、不對？》

被拉回地面的**抗拒之物**很害怕似的往後退。

「將——」

帶著毀滅的神劍將**抗拒之物**吞進真正的黑暗底處。

「——軍！」

飛散到四周的**抗拒之物**殘渣也被神劍的劍身吸收進去。

我將神劍收回劍鞘放回儲倉裡。

儘管帶著毀滅的神劍堪稱無敵，使用後會湧現出相當大的疲勞感。

「呼，真是累人。」

我如此喃喃自語，抬頭仰望萬里無雲的天空。

「今晚是新月嗎——」

——請小心沒有月亮的夜晚。

赫拉路奧神那如同威脅的神諭在我腦中浮現。

……神明大人。

請把神諭講得更容易理解一點吧。

我體會著更深的徒勞感，抬頭仰望新月的天空低聲埋怨。

尾聲

「我是佐藤。雖然有時會因為依賴父母而產生衝突，還是會儘量想在當天道歉和好。畢竟俗話說『子欲養而親不待』嘛。」

「歡迎回來，主人。」

「謝謝妳，亞里沙。剛剛幫大忙了。」

我向沒有事先商量就按照我想法行動的亞里沙道謝。

「那麼，要去跟勇者們會合嗎？」

「嗯，我是有這個打算啦……」

亞里沙她們得到了「弒魔王者」的稱號。

原以為也能拿到勇者的稱號，很遺憾沒能如願。

「果然不太好？」

「至少是不能輕鬆觀光的程度吧。」

雖然我已經被當成「弒魔王者」了，由於我沒有露餡，我想遲早會平靜下來吧。

「那麼就換一下吧。」

「沒關係嗎？」

「英雄就該隱藏身分不是嗎？」

亞里沙說她已經得到大家的同意，迅速將稱號換成了「光龍級冒險者」。

「妳怎麼改掉的？」

「我學會了技能樹上有個叫做『稱號變更』的技能。」

至今她似乎覺得那招浪費技能點數，所以沒有去學。

我們先是換上白銀鎧回收倖存下來的公主們和勇者的隨從，再去跟勇者們會合。

◆

「……老爸。」

真低著頭，表情一副快要哭出來的樣子。

一直惡言相向的父親挺身而出保護他的模樣似乎觸動了真的心弦。

「弒魔王者。」

飛機頭勇者來到我身旁。

「叫我佐藤就行了。」

「那麼佐藤，這次承蒙關照了。我會回沙珈帝國鍛鍊。儘管沒辦法達到勇者無名那怪物般的實力也說不定，我會努力鍛鍊到不用獨特技能也能跟你們不相上下。」

因為無法說出自己是同一個人，我用場面話作回應。

「明明打倒了魔王，卻不回故鄉去嗎？」

「我們不能丟下真一個人。」

「沒錯～真是個怕寂寞的傢伙。」

兩位勇者得到了「弒魔王者：人造魔王」與「真正的勇者」的稱號。

隨從們似乎沒有取得「弒魔王者」的稱號，就連琳格蘭蒂小姐和黑騎士都沒有。真沒有得到稱號是理所當然的，而卡麗娜小姐同樣沒有增加「弒魔王者」這項稱號。我想應該不是造成傷害程度差異的關係。

「我找不到鈴鐺了。」

「謀問題～？」

「沒錯喲！波奇是找東西的專家喲！」

卡麗娜小姐的「封魔之鈴」好像在戰鬥中弄丟，如今正在跟小玉和波奇一起拚命地在瓦礫底下翻找。

難怪她中途就沒有再使用「封魔之鈴」。

「下次見面再跟我切磋一下吧。到時一定要在妳手中拿下一場。」

「無論幾次我都會奉陪。」

對於飛機頭勇者的話語，莉薩裝模作樣地回答。

也許是跟他戰鬥很開心吧，莉薩的尾巴很愉快似的搖動著。

「下次再見了～特別是想再跟小露露見面呢～」

瞇瞇眼勇者用看不出是認真還是開玩笑的表情這麼說，推著真的後背搭上飛空艇。

「佐藤，真的不用送你們一程嗎？」

琳格蘭蒂小姐走到我身邊。

「是的，機會難得，我們打算繞去亞里沙的故鄉和聖留市之後再回去。」

畢竟兩個地方都在優沃克王國旁邊嘛。

「我明白了。我暫時會負責指導勇者們，記得在結束之前來沙珈帝國一趟喔！」

琳格蘭蒂小姐這麼叮囑後，登上了飛空艇。

「佐藤，這個給你。這是我的謝禮。」

斥候賽娜交給我一份文件。

我簡單瀏覽了一下，發現是有關優沃克王國魔王騷動的報告書。

「這樣沒問題嗎？」

「嗯，裡面沒有機密情報，記得跟希嘉王國的大人物分享喔。」

我跟斥候賽娜道謝，將報告書收進萬納背包裡。

跟返回沙珈帝國的飛空艇揮手告別後，我們也走向馬車準備啟程。優沃克王國的凱菈莎烏妮公主和弟弟王子正在那裡等著我們。

原以為是剛替勇者們送行準備返回，然而她的氛圍明顯是有事要找我們。

「請問有什麼事嗎？」

我隨口這麼詢問公主，她當場跪了下來。

擺出所謂的跪地磕頭姿勢。

公主的侍從和侍女們連忙想要制止她，但她完全沒有起身的跡象。

「───公主殿下？」

好歹解釋一下理由吧。

「優沃克王國的罪行由我背負。所以！請您放過我弟弟吧！」

公主突然開始求饒。由於她臉色發青顫抖著，應該不是在開玩笑吧。

我對此毫無頭緒，麻煩各位部下不要瞪我。

「拜託妳，亞里沙公主！」

包含我在內，四周人的視線都集中在亞里沙身上。

「即使想把我活活燒死也無所謂，請您放過我弟弟和王都，別將他們化為灰燼。」

「拜託～別說這種沒有根據的話啦～」

亞里沙嘴上發出「噗噗───」的噓聲。

就算她擺出開玩笑的態度，公主依然顫抖個不停，只是一味反覆地說著：「拜託您。」

「您為什麼覺得亞里沙會做出那種事呢？」

我在公主耳邊這麼小聲說，她渾身顫抖了一下。

「因、因為我看到了。」

「看到了？」

亞里沙也將臉湊近，懷疑我花心的蜜雅也這麼做。

或許以為是在玩某種遊戲，小玉和波奇也做了同樣的動作，接著連幼龍溜溜和娜娜也很感興趣地聚集過來。

雖然對瞪大眼睛的公主很抱歉，我還是請她繼續說下去。

「那麼，公主殿下，您看到了什麼呢？」

「亞、亞里沙公主燃燒如同小山般巨大的魔王場景。」

公主一邊偷看亞里沙，一邊編織話語。

「啊～連發火焰地獄的時候被看到了嗎～」

亞里沙拍了一下額頭，嘴上說著：「我真是太大意了。」

「假如把證人也燒成焦炭——」

「對不起對不起對不起！」

當亞里沙開玩笑地這麼說的瞬間，公主害怕地用頭摩擦地面。

「快住手。」

「好～」

畢竟人有沒辦法開玩笑的時候嘛。

「那麼，公主殿下，妳現在有兩個選項。」

亞里沙語氣認真地這麼說，公主求救似的看著她。

「第一個是跟優沃克王國一起變成黑炭——好痛！」

由於亞里沙想繼續開玩笑，我用一記手刀制止她。

「另一個是把我燒死魔王的事情帶進墳墓裡，不跟任何人說。」

亞里沙注視著公主的雙眼這麼說。

「妳要選哪個呢？」

「我會帶進墳墓裡！絕對不會告訴任何人！優沃克王國會作為庫沃克王國的從屬國，永遠盡心盡力！」

「那就不必了。」

「——咦？」

「意思是庫沃克王國不打算把這個國家當作從屬國。」

公主露出一副難以置信的表情看著亞里沙。

「彼此別互相干涉吧。這樣是最和平的。」

「我明白了！我發誓，優沃克王國絕對不會侵犯庫沃克王國的國境！」
公主低頭這麼立誓。
「這樣就行了。好了，站起來吧。不需要跪在地上。」
亞里沙這麼說，拉住公主的手讓她站起身。
當手被抓住時，公主全身抖了一下。這是沒辦法的事吧。
不過照這個情況看來，只要公主還在世，就不會對庫沃克王國挑起戰爭的樣子。

◆

「呼……明明我已經不是王族了。」
亞里沙露出有些寂寞的側臉小聲說。
「亞里沙。」
「討厭～是小亞里沙散發的高貴氣質讓她這麼想了嗎？真令人困擾～」
感受到蜜雅關切的目光，亞里沙用裝傻的方式蒙混過去。
雖然我尊重亞里沙不想妨礙哥哥艾路斯繼位成為國王的想法，贊成她捨棄王位繼承權和身為王族的地位——
「真是的～就說沒什麼了嘛，蜜雅想太多了。」

地位。

「唔。」

不過見到亞里沙假裝有精神打馬虎眼的模樣，就會讓人想恢復她身為庫沃克王國公主的地位。

縱使無法立刻辦到，等艾路斯的立場穩定之後，再嘗試跟他商量恢復亞里沙地位的事吧。艾路斯肯定會贊成才對。

「主人，要搭乘馬車去庫沃克王國嗎？」

「因為山谷和漫長的牆壁擋住了馬車能通過的路，所以到中途就轉移過去吧。」

這是我為了防止優沃克王國在庫沃克王國復興期間多管閒事找麻煩才擋住的。

我用「歸還轉移」抄近路進入庫沃克王國的領土內。

轉移地點是一座能遠遠看見庫沃克王都的山上。

「喵？」

「那是什麼東西？」

「黑色地面好像有東西在爬行，我這麼告知道。」

小玉發現情況，莉薩和娜娜則指出王都方向的異狀。

「那是一群魔物！」

「非常非常不妙喲！」

視力良好的露露和波奇看穿那些東西的真面目。

足以覆蓋大地的魔物群體似乎正朝著庫沃克王都移動。

根據地圖情報，大多數魔物的等級都很低，等級三十的相當少，沒有等級超過四十的。

「為什麼這麼多魔物會……」

「說不定是『幻桃園』的成員配合優沃克王國出現魔王的時機引起的。」

依照在幻桃園根據地發現的計畫書，應該尚未決定執行的時間才對。看來有人搶先進行了這項計畫。

「幸運的是，周圍的居民好像都進入王都避難了呢。」

艾路斯似乎相當優秀。

「既然如此就不用客氣了。這種程度的數量，就讓小亞里沙大人用火魔法把牠們一網打盡吧！」

亞里沙捲起袖子舉起法杖。

「慢著，亞里沙。」

我想到了一石二鳥的妙計。

◆

「艾路斯大人！住在周圍農村的居民已經全部收容進王都內了！」

在庫沃克王都正門上方的閣樓中，少年王艾路斯正在聆聽一名騎士的報告。

「接近這裡的是好幾萬隻的魔物大軍。」

「好幾萬！你、你沒搞錯吧？」

「沒有，這個數量是我們最保守的估計了。」

艾路斯露出深陷絕望的表情。

「這恐怕是在優沃克王國顯現的魔王幹的好事吧。」

「魔王嗎……」

聽宰相這麼說，艾路斯握緊拳頭。

「亞里沙，請原諒我這個不爭氣的哥哥，今天這個國家就要毀滅了。」

「我不會讓這種事發生喲。」

亞里沙脫掉隱形斗篷出現在艾路斯面前。

今天她為了不暴露身分，披著從頭到腳覆蓋全身的外套。

她稍微掀開外套的兜帽，只讓艾路斯看見並向他搭話。

「亞里沙？」

「這種程度根本不算什麼，交給我吧。」

亞里沙舉起法杖，瞪著布滿整個平原的達米哥布林大軍。

「讓你們見識一下『爆焰公主』亞里沙的驚人絕技！」

她這麼說著，深深吸了口氣。

「自動追蹤無限火焰彈！」

這個由我製作的魔法一口氣耗光亞里沙的所有魔力——或許應該說，這是一招只要還有魔力，就會不斷發射自動追蹤火焰彈的超廣範圍攻擊魔法。

無數的火焰彈被射向空中，發現魔物的火焰彈會自動鎖定追蹤擊中目標。因為這個魔法要跟我的地圖連動，具有不在我身邊就無法使用的缺點。

「距離命中還有三、二、一——」

露露拿著望遠鏡觀察命中情況。

「——就是現在！」

在她這麼說的同時，被火焰彈命中的達米哥布林一個接著一個地變成火球。

平原到處都竄起火柱，十分壯觀。

「好、好厲害。」

艾路斯啞口無言地看著眼前驚人的光景。

「填充結束。」

我把轉讓魔力完成的事情告訴亞里沙。

「ＯＫ～！要繼續上嘍！」

亞里沙連續使用廣範圍攻擊魔法。

由於途中連我都快要耗盡魔力了，便拿出當成魔力電池的魔劍進行補充。

「亞里沙！有大型魔物衝過來了！」

艾路斯指著衝過爆炸煙塵的魔物。

「不必擔心喲。露露！」

「好的，亞里沙。瞄準——射擊！」

狙擊手露露的頭部射擊命中目標，最後的魔物也倒在地面上。

「你看？就說很輕鬆吧？」

亞里沙抱住露露的手臂露出笑容。

「真不愧是亞里沙。」

艾路斯對亞里沙招了招手，解開她外套上的釦子。

「艾路斯王兄？」

接著摟住困惑的亞里沙肩膀大聲說：

「聽著！王國的居民啊！吾的臣子們啊！現在，王國的危機已經結束了！」

風魔法使將他的聲音傳遍整座王都。

「拯救王國的人究竟是誰！是吾的妹妹，同時也被稱為『睿智之神的愛女』和『富國的神祕公主』的王妹亞里沙·庫沃克本人！」

艾路斯這麼宣言，正式將亞里沙以王族身分重新介紹給國民，並且也將得到亞里沙和我們的幫助才得以奪回國家的事情說了出來。

「謝謝你，艾路斯王兄。我也有句話想說。」

在確認艾路斯點頭答應後，亞里沙繼續開口：

「我亞里沙，永遠放棄庫沃克王國的王位繼承權！」

「……亞里沙。」

「我可不想參與無聊的繼承人之爭。」

亞里沙笑著這麼說。

「可是，亞里沙——」

「別擔心。如果想要國家，我會拜託主人建立一個新的國家。」

亞里沙這麼說著並看著我，因此我聳了聳肩。

不過，畢竟我掌握了許多都市核，只要將大沙漠加以綠化，感覺甚至能做出跟希嘉王國不相上下的大國。

由於這天我們在庫沃克王城寄宿，我便變身成庫羅的模樣，將恢復成人類的奇美拉士兵們帶回庫沃克王國。

其中有幾名奇美拉士兵拒絕恢復原狀，選擇繼續默默在暗地裡支持庫沃克王國，因此我尊重他們的意願，讓他們維持現在的模樣返回庫沃克王國。當然，我也跟他們約好要是改變心意，隨時都能協助他們恢復原狀，希望他們別客氣儘管跟我聯絡。

「我們只顧著玩真的好嗎？」

「沒～關係啦。畢竟都好好工作過了，之後就交給當地人吧。」

做完事情的隔天，我、亞里沙和露露一起去參觀露露的故鄉和她成長的街道。

當然，卡麗娜小姐和其他孩子們也跟我們同行。

「好熱鬧～？」

「乾杯的聲音聽起來好開心喲。」

「呵呵呵，還有在桌上跳舞的情侶呢。」

酒館裡擠滿了慶祝平安無事的人潮。

畢竟是攸關國家存亡的危機，我能體會他們想大肆慶祝的心情。

「——唔哇！」

或許是有人在酒館裡打架，一名黑髮少年滾到我面前。

「你沒事吧？」

「嗯，沒事——」

當我幫助他站起身後，眼前頭髮亂糟糟遮住雙眼的人緊緊盯著我的臉看。

「怎麼了嗎？」

「鈴木學長！」

尾聲

黑髮少年撥起瀏海露出他的長相。

「難不成你是——」

出現在我面前的黑髮少年——不，青年是我認識的人。

是我來到異世界之前，陷入爆肝狀況的原因。

「——公司後輩？」

失蹤的公司後輩，就在這個異世界。

◆

當我和後輩意外重逢的時候，優沃克王國的國境附近發生了一起事件。

「師父，差不多快到國境了。」

賢者索利傑羅的弟子帕沙·伊斯克和將他當作老師尊崇的人們，來到希嘉王國聖留伯爵領和國境鄰接的魔物領域裡。

「話說回來，藉由共鳴連鎖引發的魔王化真的很棒呢。」

「是啊，假說能夠如此完美地得到驗證，作為研究人員實在太滿足了。」

儘管他們為了實驗將優沃克王國逼到近乎滅亡，這群師徒之中無人對此抱有罪惡感。

「接下來差不多要從幼苗開始了呢。」

「是啊，希望去取得幼苗的他能夠順利得手。」

「不必擔心，師父。假如是那傢伙，一定會確實達成使命。」

首席弟子非常信任先行派往東方小國群的弟子。

「而且我已經委託其他弟子們將魔王珠送到鄰近聖留市的旅館，這麼一來就能進行真貨和假貨的對比實驗了。」

露出興奮表情的師父嘴上說著不得了的事。

他的意思是要將經由魔王珠變成的虛假魔王，跟用幼苗——轉生者製作的真正魔王進行對比。

「……看來你還打算製作那種仿冒品啊。」

面對不知從何處傳來，帶有口音的話語，弟子們就像要保護師父般圍成一圈。

「是誰！」

「那種仿冒品很讓人困擾耶。」

首席弟子這麼詢問，只見一名長得**像哥布林**的小矮男從樹叢裡走了出來。

「你是——！」

「我應該用魔王珠和『煉獄詛咒』把你變成了魔王才對！」

弟子們瞪著那名小矮男。

不知道是什麼原因，小矮男的臉長得跟被弟子們變成魔王的真父親十分相似。

「你是不是把咱誤認成誰了？咱跟你們是初次見面喔。」

「廢話少說！」

首席弟子用雷杖發出雷擊，其他弟子們也用冰杖或風杖攻擊小矮男。

然而，那些攻擊都在小矮男面前消失了。

「那種玩具對咱沒用。」

小矮男用力揮了揮手。

隨著「劈里啪啦」的奇特聲響，雙腳出現不對勁感的首席弟子往下一看。

「石化？怎麼可能！狀態異常應該對我無效才對！」

「你說無效？這不是非常有效嗎？」

「不可能！我連人類最強的賢者大人的異常狀態魔法都能抵抗，不可能抵擋不住這種奇怪小矮男的石化！」

「要面對現實喔。而且啊——」

小矮男瞥了一眼開始詠唱石化解除的其他弟子，沒有妨礙他們繼續開口說：

「你口中的索利傑羅等級是九十九吧？咱比他還要強喔。」

「等級超過九十九的小矮男——」

師父彷彿想到什麼似的，語帶驚愕地嘀咕。

小矮男露出奸笑，將短短的牙齒和用帽子遮住的角露了出來。

「——哥布林魔王？」

「沒錯。」

弟子們懷抱著絕望和恐懼，從頭到腳被澈底石化。

「為什麼？」

頭部以下部分被石化的師父遺憾地開口詢問。

「什麼為什麼？」

「你應該是老師的盟友才對，為什麼要做出這麼過分的事？」

「你有資格講這個嗎？」

小矮男朝著優沃克王國的方向瞥了一眼，嘲笑地說。

意思是像你這種為了實驗造成數千名無辜民眾死亡的人有資格說嗎？

「告訴我理由！我想知道你殺害我等的理由！」

「用不著這麼拚命，咱也會告訴你。」

小矮男將石化的首席弟子雕像切斷到及腰的高度，代替椅子坐了下來。

「話說一開始咱就說過了啊，『仿冒品』很讓人困擾。」

「仿冒品——是指用魔王珠創造出來的人造魔王嗎？」

「沒錯。」

小矮男點了點頭。

「魔王可是恐怖的象徵呀。要是那種弱小的魔王到處出現，讓大眾認為『魔王其實沒什麼大不了』，對魔王的形象可是一大打擊呢。」

「那、那麼，我發誓今後不會再用魔王珠進行魔王化。」

「你不必發誓也無所謂。」

小矮男拐彎抹腳地對師父說「你就死在這裡吧」。

「我，不對，假如是我，就能培養出強大無比的魔王！培養出像是鬼人王陛下或『黃金豬王』那種偉大的大魔王——」

「——閉嘴。」

小矮男用變得巨大的手抓住師父的整張臉。

「像你這種程度的傢伙，不准談論魔王。」

伴隨著「喀嘰喀嘰」的聲音，小矮男的手指陷進師父的頭蓋骨裡。

「哎呀，咱真是的，還不能殺了他。」

他放開口吐白沫昏過去的師父開口自嘲。

「要是完全死掉，就會消失在異界的海洋裡吧——《打開吧》。」

小矮男打開道具箱。

他並非打開自己的，而是這些師徒們的道具箱。

「都是些研究資料嗎？沒有珠子，只有幾顆賢者之石，也找不到汙穢的小瓶子。貴重品都用得很大方呢，真令人受不了。」

小矮男回收幾項自己必要的東西，將強制打開的他人道具箱關上。

「大概就這樣吧。石化也結束了，差不多該離開了吧。」

回收完道具箱的物品時，師父被中途停止的石化也結束了。

「唉呀，得收拾善後才行呢。」

被石化的師徒石像瞬間化為塵埃隨風飄散。

這是經由空間魔法「空間消滅」進行的澈底破壞。

「這樣無論如何都不可能復活了吧。」

他事不關己地低聲說：「畢竟魔族偶爾會亂來呢。」

「那麼，回去吧。」

小矮男原地開啟「轉移門」返回某個地方。

當門關上之後，現場只留下寂靜、安寧，以及愚者的塵埃隨風飄蕩。

尾聲

後記

您好，我是愛七ひろ。

此次非常感謝各位購買《爆肝工程師的異世界狂想曲》第二十六集！

能像這樣順利地增加集數，都是多虧各位讀者的支持。

接下來我也會繼續追求比至今更加有趣的故事，還請各位今後也多多支持。

那麼，為了看過後記才決定是否購買的讀者，來講述本集的看點吧。

在這一集中，很久之前就已經提及，卻因為連續的騷動導致不斷延期的穆諾伯爵領移民計畫終於開始進行了。唉呀～真是漫長呢。

在穆諾伯爵領和公都這個中繼點，和熟面孔的重逢以及意料外的事件在等待佐藤一行人，其中也包含和在黑市認識的那些人再會。在穆諾城中，也會揭開ＷＥＢ版從未提及的穆諾伯爵夫人的真面目。她是個在各方面都讓人覺得是卡麗娜母親的角色，敬請期待！

當然，除了相遇，本集也新增了卡麗娜在封面所裝備，有關取得深紅色護手和護腿的短篇劇情。果然新裝備就必須有機關對吧？作者我和亞里沙都非常喜歡這種東西喔。

後記

與前半段的溫馨劇情不同，後半部分將會有驚人的發展。因為我將在上一集最後和琳格蘭蒂一起登場的真的劇情做了跟ＷＥＢ版不同的修改，還請喜歡偽王真的讀者多多見諒。

由於真被改成捲入沙珈帝國召喚的緣故，盧莫克王國召喚的第八人變成一個令人意想不到的角色。究竟會是什麼樣的人呢？就請各位想像看看吧。也有跟在ＥＸ劇情裡登場的新勇者們一同作戰的橋段喔～

就像這樣，超過九成以上的劇情都重新編寫過，是已經看過ＷＥＢ版的讀者一定也能好好享受的內容。

要是不小心寫太多將會開始劇透，所以看點的話題就到此告一段落吧。

那麼接下來是慣例的謝詞！

對於責任編輯Ｉ和Ａ，我無論怎麼感謝都不夠。不僅是精確的糾正和改稿建議，還能準確地找出作者漏看的矛盾點和沒寫到的地方，兩位實在給了我非常大的幫助，接下來也請兩位繼續鞭策指教。

對於用充滿魅力的插畫為狂想曲世界增添色彩炒熱氣氛的ｓｈｒｉ老師，我也是怎麼感謝都感謝不完。卡麗娜那充滿躍動感的封面實在棒極了。

接著，我要向以角川ＢＯＯＫＳ編輯部的各位為首，與本書的出版、通路、銷售、宣傳與媒體相關的所有人獻上感謝。

最後要向各位讀者獻上最深的感謝！

非常感謝各位將本作品看到最後！

那麼下一集，讓我們在狂想曲第二十七集〈聖留伯爵領再訪篇〉再會吧！

愛七ひろ

爆肝工程師的異世界狂想曲

哥布林千金與轉生貴族的幸福之路
為了未婚妻竭盡所能運用前世知識 1 待續

Kadokawa Fantastic Novels

作者：新天新地　插畫：とき間

商業才能、魔道具、前世知識……
為了未婚妻，我要面不改色大開外掛！

下級貴族吉諾偷偷活用前世知識，將商會經營得有聲有色。他的夢想是找個晚年能互相扶持的伴侶，但前世的他根本不受歡迎，因此不擅長和女性相處，阻礙重重。這時他得到一個相親機會，對方是因為容貌特殊，人稱「哥布林」的千金小姐……！

NT$260/HK$87

異世界
悠閒
農家
14
內藤騎之介
插畫 やすも
[異世界悠閒農家]
Farming life in another world
Presented by Kinosuke Naito
Illustration by Yasumo
Kadokawa Fantastic Novels

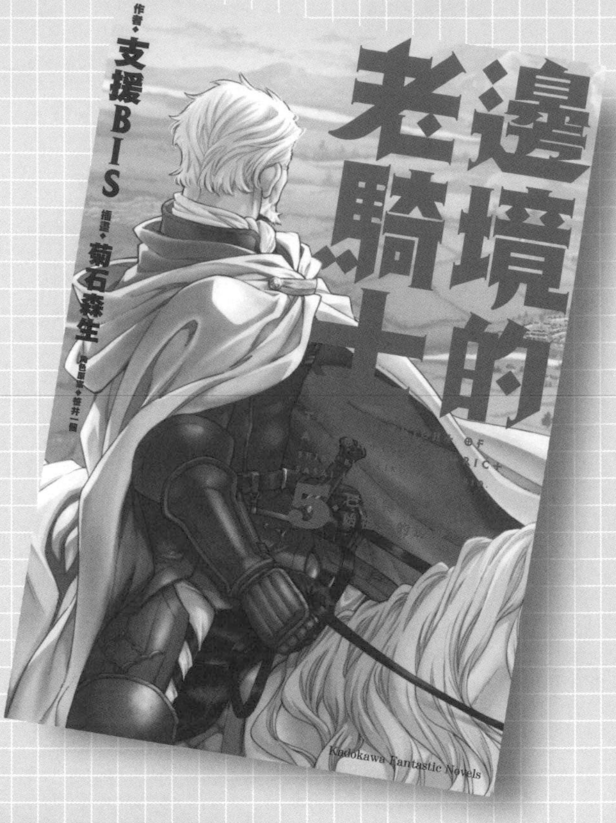

邊境的老騎士 1~5（完）

Kadokawa Fantastic Novels

作者：支援BIS　插畫：菊石森生　角色原案：笹井一個

美食史詩的奇幻冒險譚最終幕！
燃燒生命而活，直到最後一刻——

巴爾特總算踏上解開魔獸與精靈之謎的旅程。他從與龍人的邂逅中得到新線索並逐漸逼近世界的祕密。就在這時，帕魯薩姆王宮遭到意料之外的勢力所襲擊。巴爾特被迫面臨處於劣勢的防衛戰。面對身懷壓倒性力量的對手，他該如何與之對抗呢？

各 **NT$240~280/HK$75~93**

異世界漫步 1~3 待續

Kadokawa Fantastic Novels

作者：あるくひと　插畫：ゆーにっと

在新的城鎮也有許多嶄新的邂逅！
悠閒的異世界旅程第三集！

空一行人為了與在艾雷吉亞王國分離的冒險者盧莉卡和克莉絲會合，決定暫居於以魔法學園和地下城聞名的城鎮瑪喬利卡。為了想學習魔法的同伴們，他們在蕾拉的引薦下特別入學魔法學園！在探索地下城的課堂上，由「漫步」學會的技能也大放異彩……！

各**NT$280/HK$93**

八男？別鬧了！ 1~19 待續

Kadokawa Fantastic Novels

作者：Y.A　插畫：藤ちょこ

威爾遠赴邊境欲支援與魔族之國的對戰
卻被魔族媒體採訪並與魔王接觸！

以巨大魔導飛行船琳蓋亞失去音訊，西方海域出現魔族之國的魔導飛行船艦隊等事件為開端，威爾等人去邊境欲支援，情況卻陷入膠著。後來威爾意外接受來自魔族媒體的採訪，還與「魔王」接觸！為您送上來到魔族之國這個全新舞臺的第十九集！

各 NT$180~250/HK$55~83

國家圖書館出版品預行編目資料

爆肝工程師的異世界狂想曲 / 愛七ひろ作；九十九夜譯. -- 初版. -- 臺北市：臺灣角川股份有限公司, 2023.12-
冊； 公分. -- (Kadokawa fantastic novels)
譯自：デスマーチからはじまる異世界狂想曲
ISBN 978-626-378-309-6(第26冊：平裝)

861.57 112017670

Kadokawa
Fantastic
Novels

爆肝工程師的異世界狂想曲 26

（原著名：デスマーチからはじまる異世界狂想曲 26）

2023年12月21日 初版第1刷發行

作　者：愛七ひろ
插　畫：shri
譯　者：九十九夜
發行人：岩崎剛人
總編輯：蔡佩芬
編　輯：彭曉凡
美術設計：李思穎
印　務：李明修（主任）、張加恩（主任）、張凱棋

發 行 所：台灣角川股份有限公司
地　址：104台北市中山區松江路223號3樓
電　話：（02）2515-3000
傳　真：（02）2515-0033
網　址：www.kadokawa.com.tw
劃撥帳戶：台灣角川股份有限公司
劃撥帳號：19487412
法律顧問：有澤法律事務所
製　版：巨茂科技印刷有限公司
ISBN：978-626-378-309-6